生きのびるには、いくつもの話を語らなければならない。

ウンベルト・エーコ

『前日島』

プロローグ

ネイサン・フォウルズの謎

『ル・ソワール』紙、二〇一七年三月四日

今や伝説的な文学作品とされている『ローレライ・ストレンジ』を発表し、文学界から二十年近くも姿を消していながら幅広い年代層の読者を魅了してやまない作家ネイサン・フォウルズは、地中海の離島に隠棲（いんせい）後、メディアの取材に頑として応じようとしない。そんな隠遁（いんとん）作家のボーモン島での暮らしぶりを追ってみた。

ストライサンド効果、有名なアメリカ人女性歌手の名のついたこの言葉は、あることを隠そうとして逆に好奇の目を集めてしまう現象のことを言う。三十五歳で忽然（こつぜん）と文学界から姿を消したネイサン・フォウルズは、その意地悪なメカニズムの犠牲者のひとりと言えるだろう。神秘のベールに包まれた仏・米の二重国籍を持つ小説家の人生は、この二十年間を通じて、いわばお定まりの根拠なき流言（りゅうげん）の対象となってきた。

一九六四年、アメリカ人の父とフランス人の母とのあいだにニューヨークで生まれたフォウルズは、パリ近郊で幼少年期を過ごした後、高等学校は米国アンドーヴァーの名門フィリップス・アカデミーに学び、次いでイェール大学へと進んだ。法学と政治学を修め、卒業後は人道支援の世界に飛びこみ、数年間にわたって現地、ことにエルサルバドルやアルメニア、クルディスタンにて非政府組織〈反飢餓行動（ACF）〉および〈国境なき医師団（MSF）〉の活動に携わった。

人気作家

一九九三年、ニューヨークに戻ったネイサン・フォウルズは、精神科の病院に収容された十代の少女が体験する数々の出来事を描いた最初の小説『ローレライ・ストレンジ』を発表したが、すぐに人気作家となったわけではない。出版から数か月も経ってから、とくに若い読者のあいだで口コミによって評判が広まった結果、ベストセラーの首位に躍りでたのである。二年後、群像劇の手法を用いた千ページ近い二作目の長編小説『アメリカの小さな町』で、フォウルズはピューリッツァー賞を射止め、アメリカ文学を代表する最も斬新な作家としての地位を確立した。

一九九七年末、作家は文学界に最初の激震をもたらす。パリに移り住み、フランス語で執筆した作品を発表したのである。その小説『打ちのめされた者たち』は、悲痛な愛の物語であり、また死別と精神生活、さらには書く行為（エクリチュール）の影響力についての省察でもある。その刊行に合わせて、人気の教養トーク番組『文化のスープ（ブイヨン・ド・キュルチュール）』（本来は細菌培養液を意味する）にサルマン・ラシュディのほか、ウンベルト・エーコ、マリオ・バルガス＝リョサとともに出演し、フランスの読者たちはそれを機に実際のフォウルズを目にする。ほぼ一年後の一九九八年十一月、ふたたび同番組に出演、そのさらに七か月後、三十五歳になったばかりのフォウルズは、ＡＦＰ通信の記者によるインタビューにて断筆の決意を表明することになる。

ボーモン島の隠遁者

その後のフォウルズの暮らしぶりに変化はない。ボーモン島に落ち着いて以来、一行の文章を発表することも、またインタビューを受けることもなかった。小説を映画化、あるいはテレビドラマ化したいとの提案もすべて断った（最近の話として、ネットフリックスとアマゾンがかなりの好条件を提示したにもかかわらず拒まれ、断念したと言われる）。

まもなく二十年目を迎えようとする「ボーモン島の隠遁者」の、耳に痛いほどの沈黙は人々の好奇心を刺激してやまない。なぜ三十五歳になったばかりのフォウルズは、作家活動の頂点にいながら世を捨てることを決意したのだろうか？

「ネイサン・フォウルズの謎などありません」とデビュー当時から作家のエージェント

を務めるジャスパー・ヴァン・ワイクは断言する。「見破るべき秘密などないのです。ネイサンはほかのことをするようになった。作家活動と文学の世界から完全に足を洗った。そういうことです」フォウルズはどのように毎日を過ごしているのかとの問いに、「わたしの知るかぎりですが、ごく私的なことに時間を費やしているようですよ」とヴァン・ワイクの答えはひどく漠然としている。

幸せでいたければ、隠れて暮らせ

読者に淡い期待を抱かせぬためか、ヴァン・ワイクは「フォウルズはこの二十年間、一行の文章も書いていません」と強調している。さらに「しばしば『ローレライ・ストレンジ』は『キャッチャー・イン・ザ・ライ』と比べられるのですが、フォウルズはサリンジャーではないし、家に原稿を詰めた金庫があるわけでもない。今後もネイサン・フォウルズ執筆による新たな小説は出てきません。それは彼の死後も同じことであって、この点に関して、わたしは断言できますよ」と身も蓋もない。

それほど念を押されても、好奇心の強い人であればさらに知りたくなるものだろう。年を追うごとに、多くの読者はもとより、複数の報道関係者がボーモン島まで出向いてフォウルズ邸の周辺をうろつくのだという。だが、その門はいつも閉じられたままだ。フォウルズの警戒心は島の住民のよく知るところでもある。作家が住みはじめる以前から、「幸せでいたければ、隠れて暮らせ」を格言としてきた土地柄なので、べつに驚くべきことではないのだろう。島役場の助役は「役場としては、有名であろうがなかろうが、島民の個人情報を漏らすわけにはいきません」ときっぱり述べている。作家について何かを語ろうとする島民は少ない。まれに記者の質問に答えてくれる住民も、『ローレライ・ストレンジ』の作者が島に住んでいる事実について、「ネイサン・フォウルズは家から一歩も出ないというようなことはないし、自分の殻に閉じこもるような人でもありません。ミニ・モーク（英国の大衆車ミニをベースに製造された小型の多目的車。ビーチカー）に乗って島に一軒しかないコンビニ〈エドの店（エッズコーナー）〉に買い物に来るのをよく見かけます」と、たとえば島でたったひとりの医師の夫人イヴォンヌ・シカールさんはまったく特別視していないかのように話す。やはり島に一軒しかないパブにも「とくにオリンピック・マルセイユの試合が中継されるとき」は現れるのだと、パブの店主は言う。店の常連だという住民も、「ネイサンは、記者たちが言っているほど人付き合いは悪くないね。サッカーをかなり知っているし、日本のウイスキーに目がない男なんだ」と言い、ネイサン・フォウルズを不機嫌にさせる話題はと聞くと、「それは、あなたがネイサンの作品だとか文学に話題を向ければ、たちまち彼は席を立ってしまうだろうな」と答えた。

文学の空白

同業の作家たちにも、フォウルズに無条件に肩入れする人は多い。たとえば、トム・ボイドは手放しで褒めそやす。「わたしが最も感動させられた読書体験は彼の作品によるものであり、恩義を感じている作家のひとりであることは確かだ」と〝天使の三部作〟の作者は言明する。それはトマ・ドゥガレも同様で、フォウルズはまったく異なる三つの作品によって時代を画する独創的な業績を成し遂げたと、このフランス人作家は評価しており、「もちろんわたしも皆と同じで、彼が文学から遠ざかったことを残念に思う。この時代には彼の声が欠けている。ネイサン・フォウルズには新作を書き上げて文学界に戻ってきてほしいとわたしは願っているが、そうはならないだろうとも思っている」と打ち明ける。

実際にそうかもしれないが、フォウルズが最後の作品の冒頭に掲げた『リア王』のつぎの句を忘れてはならないだろう。「それは星たち、あの天の星々がわれわれの運命を支配しているのだ」と。

ジャン＝ミシェル・デュボワ

もう書かない作家

整理番号 379529

ラファエル・バタイユ殿

アリスティッド＝ブリヤン大通り七五番地
九二一二〇 モンルージュ

冠省

『梢たちの弱気』と題された原稿を拝受いたしました。弊社に原稿をご応募いただき誠にありがとうございます。

弊社の原稿審査委員会にて検討いたしましたが、残念ながら現在編集部にて刊行を推進している書籍の範疇には適合いたしませんでした。

原稿を刊行する出版社がすぐにみつかるものと確信しております。

ご応募いただきましたこと、重ねてお礼申し上げます。

草々

二〇一八年五月二十八日

株式会社カルマン＝レヴィ出版、文芸秘書課
モンパルナス大通り二一番地
七五〇〇六パリ

追伸
ご応募いただきました原稿は、弊社にて本日より一か月間保管いたします。郵便にて返送をご希望の場合は、切手を貼った返信用の封筒をお送りください。

1　作家に求められる第一の資質

作家に求められる第一の資質、それは尻の皮が厚いこと。
ダニー・ラフェリエール

二〇一八年九月十一日、火曜日

1

まばゆい空の下、風が帆をはたく。

二本マストのヨットが南仏ヴァール県の港を出たのは午後一時過ぎ、今は五ノットでボーモン島に向かっている。操舵(そうだ)席の船長(スキッパー)のそばに座ったぼくは、金粉をまぶしたように輝く地中海に自分を溶け込ませながら、沖つ風の兆しに酔いしれる。

ぼくはその日の早朝、アヴィニョンに向かう朝六時発のTGVに乗るため、パリ郊外の小さなアパルトマンを出た。かつての教皇領アヴィニョンからはバスでイエールに向かい、ボーモン島行きのフェリーが出る唯一の港サン＝ジュリアン＝レ＝ローズまでタクシーを乗り継いだ。もう慣れっこになったフランス国鉄(SNCF)の遅延のせいで、一日三便しかないフェリーにほんの五分の差で乗り損なった。スーツケースを引きずりながら桟橋をうろついていたら、島に客を迎えに行くというオランダ人船長が親切にも自分のヨットに乗ったらどうかと誘ってくれた。

ぼくは二十四歳になったばかりで、人生のかなり微妙な時期にあった。ぼくは二年ほど前にパリのビジネススクールを了(お)えていたけれど、そこで学んだことを活かせるような仕事を探す気はなかった。そんなエリート養成校を選んだというのも両親を安心させるだけのためで、経営とかマーケティング、ファイナンスをお題目に据えるような生活は望まなかった。ここ二年間は家賃を払うために短期のアルバイトを重ねながら、自分の全エネルギーを執筆のために費やしてきた。十を超える出版社から立てつづけに断られた小説『梢たちの弱気』のことだ。ぼくは机の向かいのコルクボードに拒絶状のすべてを張りつけた。画鋲でそれらを留めるたびに、小説執筆の情熱に反比例して膨らんでいく失望感に胸をえぐられる気持ちになった。

幸いにも意気消沈した状態が長続きするようなことはなく、今までのところ、失敗は成功の元であると自分に言い聞かせてきた。それを信じるために、ぼくは名高い例を挙げてはその前例にしがみついた。スティーヴン・キングは、『キャリー』の原稿が三十もの出版社から突き返されたとたびたび口にしている。ロンドンの編集者の半数が『ハリー・ポッター』は「子供たちにはとても長すぎる」と言っていた。世界で最も売れたＳＦ小説となるまえ、フランク・ハーバートの『デューン』は二十回も出版を拒まれるという憂き目に遭った。フランシス・スコット・フィッツジェラルドは、自分の短編小説の掲載を断った雑誌社からの拒絶状で書斎の壁を覆ったそうだ、云々。

2

とはいえ、自己暗示に頼るこの方法もほころびを見せはじめていた。ありあまるほど意欲はあるのに、なかなか執筆に戻れなかった。小説家の行き詰まり（ライターズ・ブロック）症候群とかアイデア不足とも違う。書くという行為において、自分がまるで進歩していないという深刻な無力感にとりつかれていたのだ。自分がどこに向かっているのか分からないという感覚。ぼくには新しい視点が必要だった。妥協は一切してもらいたくないが、思いやりのある新鮮な助言がほしかったのだ。年の初め、ぼくはある格式高い出版社が主催する〈創作・文芸講座〉への受講を申し込んだ。そのいわば執筆作法講座に多くの期待を寄せていたのだが、すぐに失望させられた。講師はベルナール・デュフィという一九九〇年代に脚光を浴びた小説家で、自らを〝文体の金銀細工師〟と称していた。そして、「あなた方の執筆活動はすべて、筋書きにではなく、言葉に向けられるべきなのです」と絶えずくり返した。「物語は言葉に奉仕するためだけに存在します。本を書くにあたって、形式とリズム、調和を追求する以外の目標を持ってはならない。独創性を発揮できる唯一の領域はそこなのです。というのも、シェイクスピア以来、あらゆる物語はすでに書かれてしまっているのですから」と。

その三回で計四時間の文芸講座のために一千ユーロも費やしたぼくは憤りを感じ、同時に貧窮した。デュフィは正しいのかもしれないが、ぼく個人としては真逆のことを思っている。つまり、文体自体は目的にはならないのだ、と。作家の第一の資質は、よくできた筋書きでいかに読者を魅了できるかという点にある。作家は物語で読者を日常から引き剝がし、登場人物たちの内面や彼らにとっての真実の只中に投げこんでしまう。文体は叙述に神経を行きわたらせ感動を与えるための手段でしかないのだ。結局のところぼくには、デュフィのような古典的な型から抜けだせない作家の言葉など必要なかったということだ。ぼくが意見を聞きたいと思う唯一の相手、重要と思えるただひとりの作家は、以前からぼくが偶像視してやまないネイサン・フォウルズのみであると確信したのだった。

彼の著作を知ったのは思春期の終わりで、フォウルズが筆を折ってからかなり経っていた。彼の三作目『打ちのめされた者たち』は、ぼくが高校（リセ）の最終学年だったころ、当時付き合っていたディアーヌ・ラボリーから、いわば別れ話のおまけとして贈られた本だ。その小説は、失恋もどきの悲しみより、よっぽどぼくの心を揺り動かした。そして、著者のほかの二作品『ローレライ・ストレンジ』と『アメリカの小さな町』を立てつづけに読んだ。以来、それらよりも刺激的な作品に出会うことはなかった。

比類のない文体で、フォウルズからじかに語りかけられているようだった。どの作品も流れるような筆致、いきいきとした濃密さ。だれの愛読者でも、だれのファンでもなかったぼくが彼の小説を何度もくり返して読んだというのも、各々の作品が、ぼく自身のことを、他者との関係を、あるいは人生における舵取りの難しさを、人間の弱さを、また存在の脆弱（ぜいじゃく）さを語ってくれたからだ。フォウルズの作品はぼくに力を与えてくれた。書く意欲を何倍にも増幅させてくれた。

彼が隠遁してしまったあとの数年間、ほかの作家たちがその様式に便乗しよう、あるいはその世界観を吸収しようとした。物語を構築する方法を模倣し、もしくは感受性を真似しようと試みた。だがぼくに言わせれば、だれひとりとしてフォウルズの足下にも及ばなかった。ネイサン・フォウルズはひとりしかいないのだ。好き嫌いはあるだろうが、フォウルズが特異な作家であることはだれしも認めざるをえないだろう。どの作品の、どのページでもいいから開いてそこを読めば、すぐに彼が書いた文章であることが分かる。まさにその点が才能の証しなのだ。昔からぼくはそう思ってきた。

ぼく自身も、フォウルズの才能の秘密を知ろうと彼の小説を細かく分析しているうちに、どうしても彼との接触を持ちたいと願うようになった。返事をもらえるチャンスなど望めないと知りつつも、ぼくはフランスの出版元と、アメリカにいる彼のエージェントに何度か手紙を書いた。もちろん原稿も送った。

そして十日前、ボーモン島役場のホームページで求人広告をみつけた。島の小さな書店〈深紅の薔薇（ラ・ローズ・エカルラット）〉（一九四〇年制作のイタリア映画でヴィットリオ・デ・シーカ監督のデビュー作『紅バラ』のフランス版タイトルに由来か）が店員を募集していた。ぼくはすぐさま書店のアドレスに応募のメールを送り、すると、店主のグレゴワール・オディベールがフェイスタイムで電話をかけてきて採用すると言ったのだった。契約は三か月。給料こそ良くなかったけれど、住まいのほか、村の中央広場にあるレストランのひとつ〈フォール・ド・カフェ〉（コーヒーが濃すぎるカフェオレのこと。〝やりすぎ〟を意味する十九世紀に大流行した表現）での昼夜二食も込みという条件だった。

書店主の言葉を信じるなら、その創作意欲が湧きそうな土地で執筆に割ける時間の余裕もあるということなので、採用が決まってぼくはとても満足だった。しかも、あのネイサン・フォウルズに会える機会も、きっとあるに違いないのだ。

3

船長が帆を操ると、ヨットは速度を落とした。

「ほら、正面に見える島だ！」彼は顎で水平線に現れた島影を示しながら叫んだ。

ヴァール海岸から船で四十五分の沖に位置するボーモン島はクロワッサンの形をしている。弧の長さは十五キロメートル、幅がおよそ六キロメートル。自然環境がそのまま保存された宝石箱のような島として知られる。ターコイズブルーの水をたたえる入り江や岩場、白浜に松林、まさに地中海に浮かぶ真珠だった。観光客、公害、コンクリートなどとは無縁の永遠なる紺碧海岸（コート・ダジュール）。

十日ほどまえから、ぼくは島に関する資料を手当たり次第に読みあさった。一九五五年以降、ボーモン島はイタリアの企業グループの創業家で、目立つのを極度に嫌うガッリナーリ家の所有となり、六〇年代初期には大規模な導水および土木事業に途方もない投資が行われ、何もなかった島にコート・ダジュールでもほぼ最初の優雅なヨットハーバーのひとつが建設された。

以来年月を経ても、ある方針を守りながら島の開発が進められてきた。それは、現代化という名の下に島民の快適な暮らしを犠牲にしないこと。島民にとっての明らかな脅威というのは二つあって、それは土地投機と観光客だった。

建造物を制限するために、島内の水道メーターの総数を管理するという極めて単純な方法を村議会は採用した。これはカリフォルニア州の小さな町ボリナスで長年のあいだ実践されてきたやり方を手本にしたものだ。その結果、ここ三十年間、島の人口はおよそ千五百人で落ち着いている。ボーモン島に不動産屋はなく、家屋の多くは家族で代々受け継がれていき、それ以外は住民による推薦と話し合いで譲渡が行われている。観光客に関しては、船の行き来を管理することで抑えられる。夏場でも真冬と同じように、〝フェリー〟と呼ぶのはおこがましい唯一の連絡船〈豪胆(テメレール)〉号が、ボーモン波止場と対岸のサン＝ジュリアン＝レ＝ローズ港のあいだを、午前八時、午後〇時半、午後七時の一日に三往復のみ運行している。しかもすべてが昔ながらのやり方、つまり事前予約は受けつけず、島民優先が原則だった。

正確に言うならば、島民は旅行客の来島に反対しているわけではない。ただ、そのための態勢がまるで整っていないのである。島にはカフェが三軒しかなく、うち二軒がレストランを兼ね、一軒はパブも兼ねていて、それだけである。ホテルはないし、民宿もほんのわずかしかない。だが、人々に来島を思いとどまらせようとすればするほど、神秘の度合いが増すので観光名所としての評価は高まってしまう。島で一年中暮らしている地元民に交じって、裕福な人々は別荘を所有している。数十年来というもの、島の優雅で田園風な、静かな環境が実業家や芸術家を魅了しつづけてきた。そして、ハイテク企業のトップや、さらに幾人かの著名なワイン醸造のシャトー・オーナーが別荘を手に入れることに成功した。しかし、いくら有名であろうと金持ちであろうと、ここでは全員が目立たぬように暮らすのである。地元社会は、新参者がボーモン島の昔からの価値観を受け入れているかぎり、彼らの同化を拒むことはない。そもそも新参者こそが、島の環境保護に熱心になるからである。

もちろん、この身内意識は批判の対象ともなり、仲間はずれにされた者たちの怒りを買うことになる。八〇年代の初期、社会党政権によるボーモン島買収の動きがあった。表向きの理由は島を環境保護地域に指定するためというものだったが、実際は、島が享受しているある種の治外法権を取りはらうためだった。だが猛烈な反対運動をまえに、政府はその計画を引っ込めざるをえなかった。以来、中央の行政当局はボーモン島は特別な島だと諦めたのである。こうして、ヴァール沿岸のほんの鼻先に、クリスタルのような澄みきった海に浮かぶ小さな天国が存在しつづけている。フランスの端っこにありながら、完全にはフランスではない島が。

4

ヨットから降りるとすぐに、ぼくは港の石畳をスーツケースを引いて歩きだした。それほど大きくないヨットハーバーはきれいに整備されていて、活気もあり、とても感じが良かった。港を囲むように広がる小さな村の眺めはローマ時代の劇場のようで、金属的な青さを見せる空の下、家々が色とりどりの層となってまばゆい。その輝きと家並みは、思春期のぼくが両親に連れられて訪れたギリシアのイドラ島を連想させると思ったその直後、急傾斜の狭い道に足を踏み入れたら一九六〇年代のイタリアだった。さらに高みに上がって初めて白砂の浜辺を目にしたとき、こんどはマサチューセッツ州の果てしない砂浜の広がりを思いだした。こうして島と初めて接しながら、そして村の中心部に向かう石畳の道にスーツケースを引っ張る音を響かせつつ、ぼくはそれら異質な要素の集合がボーモン島の特異で不可思議な魅力の根源なのだろうと理解する。ボーモン島はカメレオンのような場所で、分析や説明を試みようとしても無駄な、分類しようのない独特な土地だった。

中央広場にはすぐに着いてしまった。こんどは南仏プロヴァンス地方の村と同じような風景がジャン・ジオノの小説の舞台を彷彿（ほうふつ）とさせた。ここ殉教者広場（マルティール）がボーモン島の中枢とも言える場所である。広場全体が日陰になって、その周囲を時計台と戦没者慰霊碑、水音を奏でる噴水、そしてペタンク（南フランス発祥の球技）のコートが囲んでいる。日陰棚（パーゴラ）の下、島でたった二軒のレストラン、〈アン・サン・ジャン・イヴェール〉

（〝冬の聖ヨハネ祭〟の意味。アンリ・ヴェルヌイユ監督『冬の猿』の原題と同じ発音）と〈フォール・ド・カフェ〉が仲良く軒を並べている。その後者のテラスで、痩せた身体つきのグレゴワール・オディベールがアーティチョークを食べ終えようとしているのが見えた。ごま塩のやぎ髭（ひげ）、窮屈そうなベストにしわの寄った丈長（たけなが）の麻の上着、まるで昔の小学校の教師だった。

書店主のほうもこちらに気づき、鷹揚（おうよう）にぼくを自分のテーブルに招いたのはいいが、十二歳の子供でも相手にするかのようにレモネードを注文してくれた。

「これだけは伝えておきたいんだが、わたしは年末に店を畳むつもりでいる」彼はいきなりそう言った。

「どういうことですか？」

「人を雇うことに決めたのも、それが理由だよ。片づけと、あとは経理と最終的な棚卸しもやってもらうためだ」

「つまり閉店ということですか？」

オディベールは皿に残ったオリーブオイルにパンを浸しながら肯（うなず）いた。

「でも、どうして？」

「もうやっていけない。年々商売は下り坂だし、良くなる見込みはないんだ。きみも事情はよく分かっているだろうが、結局のところ、フランスに税金を納めないインターネットの巨大企業が儲けるのを国が放置しているからだな」

書店主はため息をつき、しばらく考えてから、なかば諦め、なかば挑発するかのように言い添える。

「もっと言うなら、現実的になるほかない。iPhoneで三回タップすれば本を届けてもらえるのに、どうしてわざわざ本屋まで出かけなきゃいけないんだ!」

「理由ならいくらでもありますよ! 店を買いとってくれそうな人は探したんですか?」

オディベールは肩をすくめた。

「興味を持つ人間なんかいないね。今の時代、本ほど儲からないものはない。うちにしたって最初に閉める書店ではないし最後の書店でもないんだ」

彼はカラフに残っていたワインをグラスに注ぎ、それを一気に飲み干した。

「では〈ラ・ローズ・エカルラット〉をご案内しようか」とオディベールはナプキンを畳みながら言うと立ちあがった。

彼のあとを追って広場をよこぎり、書店に向かう。なんとも寂しいかぎりのウインドーで、何か月もまえから陳列されたままの書籍が埃(ほこり)をかぶっていた。オディベールは扉を開けて、ぼくをなかに通してくれた。

店内もまたひどく陰気だった。カーテンが外からの光をすべて遮っていた。クルミ材の書架には独特の雰囲気があったけれど、そこに並ぶ本はあまりに正統派というか専門的すぎて、高尚を気取っているような印象さえあった。アカデミックな書物のなかでも選（え）り抜きの教養書。オディベールの人となりを頭のなかで描きはじめていたので、もし彼がＳＦやファンタジー、あるいはマンガを売らなければならなくなったら、きっと心臓発作を起こしてしまうに違いない、そう思わざるをえなかった。

「きみの部屋に案内しよう」と言いながら、オディベールは店の奥の木造階段を指さした。

　書店の二階が彼の住まいになっていて、ぼくの部屋はその上の三階、片側全体がマンサード屋根になっている独立した一間だった。両開きの大窓をギーッと開くと、そこは小さなバルコニーで先ほどの広場に面しており、ぼくは幸せな気分になった。驚くような光景が海まで広がっていて気分を高揚させる。黄土色（オークル）の古めいた石造りの建物のあいだを縫って、迷路のような狭い道が海岸まで続いていた。

　荷物を整理してから、どんな仕事をすればいいのかオディベールに聞くため店に下りていった。

「言っておくが、Ｗｉ－Ｆｉは状態があまり良くない」彼は言いながら古いパソコンの電源を入れた。「二階にあるルーターをしょっちゅう再起動させなくちゃならないんだ」

　パソコンが起動するのを待つあいだ、オディベールは直火式のエスプレッソ・メーカーを取りだして電気コンロのスイッチを入れた。

「飲むだろう？」

「はい、お願いします」

彼が二人分のカップを用意しているあいだ、ぼくは店のなかを歩きまわった。デスクの後ろのコルクボードには、ロマン・ガリがまだ書いていた当時の（誇張ではない……）古い『リーヴル・エブド』誌の記事がいくつもピンで留めてあった。ぼくは、カーテンをぜんぶ開け放し、すり切れた赤いカーペットを剝がして、棚と陳列台の書籍を徹底的に並べかえてしまいたいという衝動に駆られた。

オディベールは、そんなぼくの心のなかを読んだかのように言う。

「〈ラ・ローズ・エカルラット〉は一九六七年からある。今でこそうらぶれてはいるが、かつては正真正銘のカリスマ書店と言われていたんだよ。フランスはもちろん、外国の作家たちも大勢ここにやって来てイベントをしたりサイン会をしたりしたものだ」

引き出しから分厚い芳名録を取りだし、それをめくって見るようぼくに手渡した。写真を眺めていくと、実際、ミシェル・トゥルニエやル・クレジオ、フランソワーズ・サガン、ジャン・ドルメッソン、ジョン・アーヴィング、ジョン・ル・カレ、そして……ネイサン・フォウルズの顔も見てとれた。

「ほんとうに店を閉めてしまうんですか？」

「何の未練もないね」彼は断言する。「人間は本を読まなくなった、そういうことだ」

ぼくは含みを持たせる。

「読む方法は変わったかもしれないけれど、やっぱり人は今でも本を読みつづけています」

　オディベールはイタリア製のエスプレッソ・メーカーがヒューヒュー鳴りはじめたので電気コンロのスイッチを切った。

「つまりだ、わたしの言いたいことは分かるだろう？　べつに娯楽についてしゃべっているわけじゃない、真の文学の話をしているんだ」

もちろん分かります、例の〝真の文学〟のことでしょう……。オディベールのような人物との会話では、決まってこの種の言い方――あるいは真の作家というようなものが話題になる。ぼくはといえば、自分が読むべき本かそうでないかを他人にとやかく言われるのは絶対に許せない。それに、審判を気取って文学であるものと、そうでないものを峻別(しゅんべつ)するなんて、とんでもない思い上がりとしか思えなかった。

「きみの周りに真の読者は多くいるのかな？」書店主は興奮してきた。「わたしが言っているのは、まじめな書物を読むためにそれなりの時間を費やす聡明な読者たちのことだ」

　ぼくの返事も待たずに、彼はさらに舞いあがる。

「正直なところ、真の読者がこのフランスにどれほど残っているだろうか？　一万人？　五千人？　もっと少ないかもしれないぞ」

「ずいぶんと悲観的ですね」

「そうじゃない！　われわれは文学の砂漠に足を踏み入れようとしている。それは覚悟しなくてはならないんだ。近ごろは、だれもが作家になりたがっているが、いっぽうでだれも何も読もうとはしない」

その会話を打ち切るために、ぼくは芳名録に貼ってあるフォウルズの写真をオディベールに見せる。

「ところで、ネイサン・フォウルズを知ってるんですか？」

書店主は警戒するように眉をひそめた。

「少しはね。もっとも、ネイサン・フォウルズという人物を知ることができると仮定した話ではあるが……」

彼がカップに注いでくれたエスプレッソは、色も質感もまるで黒いインクのようだった。

「一九九五年か九六年にフォウルズがうちの店にサイン会をしに来てくれたんだが、それが彼にとっては最初の来島だった。すぐにこの島が気に入ってしまったらしい。彼の邸(やしき)は〈南十字星〉というんだが、あそこを買いとる手助けをしてやったのもこのわたしだよ。だがそのあとは、ほとんど付き合いもなくなった」

「それ以降、彼はこの店に顔を見せることはなかったんですか？」

「一度もない」

「ぼくがもし会いにいったら、本にサインくらいはしてくれるでしょうか?」

オディベールは首を振ってため息をついた。

「言っておくが、そんな考えは捨てることだね。もしきみが猟銃をぶっ放されてもいいと思っているのなら、好きにすればいいさ」

ＡＦＰ通信によるネイサン・フォウルズのインタビュー

一九九九年六月十二日付（抜粋）

あなたは三十五歳という小説家としての絶頂期にありながら、活動に終止符を打つということですが、それは確かなんでしょうか？

ええ、すべて終わりにしました。わたしは十年前からまじめに書きつづけてきた。まさに十年一日のごとく朝になれば椅子に尻を据え、指はキーボードを叩くことで時を過ごしてきたのです。もうそんな生き方は嫌になってしまった。

その決断を撤回することはないと？

ありません。芸術には時間がかかるが、人の命は短い、そういうことです。

しかし、昨年のことになりますが、あなたは『難攻不落の夏』という仮題までつけた新作に取りかかっていると発表しました……。

その計画は草案の域を出ずに終わり、最終的に諦めました。

次作を待ちわびている多くの読者には、どのようなメッセージを伝えたいですか？

もう待たないでほしい。わたしはもう本を書きません。ほかの作家を読めばいいのです。作家ならいくらでもいるでしょう。

小説を書くのは難しいことですか？

ええ、でもほかの多くの商売に比べれば楽かもしれません。ただ、書くという行為（エクリチュール）はなかなか複雑で、絶えず不安が湧きあがってきます。それがこの行為の非常に複雑な側面でしょう。つまり、三つの小説を書いたからといって、四つ目が書けるとは限らない。決まった方法や規則、道順を示す矢印はないのですから。新しい小説を書くということは、そのたびに未知の世界に飛びこんでいくということなのです。

まさにその点ですが、あなたは書く以外に何ができますか？

仔牛のクリーム煮をつくるのがうまいと言われていますね。

ご自身の作品が後世まで残ると思っていますか？

もちろん、そんなことは望んでいません。

現代社会において、文学はどのような役割を果たせるでしょうか？

その問題を考えてみたことはないし、今さらそれを考えはじめようとも思いません。

今後はインタビューも受けないと決められたそうですね？

もう充分すぎるほどやりましたから……。宣伝という点を除けば、本来の意味が失われていてあまり意味はありません。すべてとは言わないまでも、ほとんどの場合、発言した内容が不正確に、しかも文脈から切りはなされた形で伝えられてしまう。いくら努力しても、わたしには自分の小説を説明する喜びを見いだすことはできないし、それがわたしの政治志向、あるいは私生活についての質問に答えることならなおさらの話です。

自分が崇拝している作家の生涯を知れば、その作品の理解がより深まることになるのでは……。

わたしもマーガレット・アトウッドと同意見で、一冊の本が好きだからという理由でその作者に会いたいと望むのは、フォアグラが好きだからカモに会いたいというのと変わらないと思っています。

しかし、作家にその執筆活動の意味を問いたいと望むのは正当なことだとは思いませんか?

いや、正当だとは思いません。作家と読者の正当な関係というものはひとつしかありません。それは、その人の作品を読むことなのです。

2　書くことを習得する

物書きから見れば、競馬騎手の商売は安定したものだ。

ジョン・スタインベック

一週間後
二〇一八年九月十八日、火曜日

1

前屈みでレンタル自転車のハンドルを握りしめたぼくは、島の東端にある岬の峠を目指して最後の力を振りしぼりペダルを踏む。大粒の汗が噴きでる。一トンはあるかと思える車体の重さに加えて、バックパックのショルダーベルトが食いこんで肩がちぎれてしまいそうだった。

ボーモン島に魅了される順番がぼくにも巡ってくるまで大した時間はかからなかった。七日前からここで暮らしはじめ、余暇の時間を使って島のあちこちに足を延ばし、土地に馴染んでいった。

今ではもう、ボーモン島の北岸がしっかり頭に入っている。港をはじめ、中心になる村と最も美しい浜辺が連なっている側だ。ほぼ崖と岩場からなる南岸は、野性味があって近寄りがたいが美しさでは劣らない。一度だけぼくは、今でも二十名ほどのベネディクト会の修道女たちが住んでいる同じ名前の修道院を見てみたかったので、サント＝ソフィー岬まで出かけたことがあった。

その反対側、今ぼくが向かっているサフラニエ岬には、島を一周する約四十キロメートルの表街道（ストラーダ・プランシパル）が通じていなかった。そこへ行くためには、北岸のいちばん端にあたる銀（アルジャン）の入り江を過ぎたところで、松林をよこぎる狭い道を二キロほど進まなくてはならない。

一週間かけて集めることのできた情報によれば、ネイサン・フォウルズ邸の入り口はその道——植物学者（ボタニスト）の道というきれいな名がつけられていた——の奥にあるらしい。ようやくそこまでたどり着くと、片岩（へんがん）の切石を積んだ高い塀と、そこに嵌（は）めこまれたようなアルミ製の門扉（もんぴ）しか見えなかった。郵便受けや表札の類いは何もなかった。この邸宅は、正式には〈南十字星〉と呼ぶらしいのだが、どこにもそんなことは書いてなかった。〝私有地につき立入禁止〟、〝猛犬注意〟、〝防犯カメラ作動中〟……などと書かれたプレートだけがぼくを歓迎してくれていた。訪ねてきたことを知らせようにも、チャイムやその他の手段が何もない。明らかなメッセージ、「あなたがだれであろうと、歓迎はいたしません」ということだ。

ぼくは自転車を乗り捨て、塀伝いに歩きだした。しばらく行くと林がとぎれてヒースやギンバイカ、野生のラベンダーといった低木の密生地に出た。さらに五百メートルほど進むと、そこは海に臨む崖となっていた。

大けがをする危険を冒しながら、足場になりそうなところまで岩を伝って身体を滑らせる。絶壁に沿った狭い足場を進んで、いくらか傾斜が緩やかになった岩盤になんとかよじ上った。難所を越えて海岸沿いを五十メートルほど進み、大きな岩を迂回（うかい）したところで、ようやくネイサン・フォウルズの邸を目にすることができた。

断崖の斜面に建つ邸宅は岩のなかに嵌めこまれているように見えた。もはや現代建築のクラシックとなった様式を踏襲し、平行六面体の家は打ちっ放しコンクリートのブロックが層をなしている。三階建ての各階にテラスが設けられ、石積みの階段が海までじかに続き、建物の土台部分は岸壁と一体となっているかのようだった。そこにはかつて客船のような円窓がいくつか空けられていたようだ。扉の高さと幅から見て、おそらくボート用の格納庫になっているのだろう。扉の前方に木組みの浮き桟橋が延びていて、その端っこに船体がニス塗りの木製モーターボートが繋留されていた。

　注意深く岩の上を進んでいると、二階のテラスで人影が動くのを見たように思った。フォウルズ本人の可能性はあるだろうか？　ぼくは確かめようと手をかざして人影に目を凝らしてみる。男の姿が見えた……銃を構えようとしている。

2

　慌てて後ろの岩陰に隠れたその直後、銃声が響きわたった。ぼくの四、五メートル後方で岩の砕け散る音が聞こえた。少なくとも一分間、ぼくは放心状態だった。心臓が早鐘を打つ。全身がガクガク震え、汗の雫が背骨を伝う。オディベールは嘘などついていなかった。フォウルズは人間社会から完全に遊離していて、自分の私有地に潜りこむ侵入者を相手にクレー射撃を実践していた。ぼくは俯せになったまま息もつけずにいる。第一の警告を受けたあと、何も考えずに今すぐ逃げろという理性の呼びかけが耳に響いた。それにもかかわらず、ぼくは退散しないと心に決める。反対に、ぼくは立ちあがると家に向かって歩きはじめた。フォウルズは岩場を見下ろして張り出す一階のテラスまで下りてきていた。第二弾が風でなぎ倒された木の幹に命中する。破裂した幹の欠けらがぼくの顔にかすり傷を負わせる。今までこれほどの恐怖を感じたことはない。それなのに、自分でも訳が分からないまま執拗に岩から岩へと前進しつづけていた。彼は、あれだけぼくが夢中になった小説の作者ネイサン・フォウルズなのだ、そのフォウルズが潜在的な殺人者であるはずなどなかった。ぼくに思い違いを悟らせるためだろう、こんどはぼくが履いている〈コンバース〉からわずか五十センチのところで、銃声と同時に岩が砕け散った。

そして、もう彼との距離は数メートルしかなかった。

「出て行け！　きみは私有地のなかにいるんだぞ！」彼はテラスから言い放つ。

「だからといって狙い撃ちしていいという理由にはなりませんよ！」

「わたしにとっては立派な理由になるね！」

太陽の光がぼくの目を射る。はっきり見えないけれど、フォウルズのシルエットが逆光のなかに浮かびあがる。中肉中背だが逞しい体格、パナマ帽に青く反射するサングラスをかけていた。それはともかく、銃でぼくに狙いを定め、今にもまた発砲しそうな気配だった。

「いったい何をしにここへ来たんだ？」

「あなたに会うためですよ、フォウルズさん」

ぼくはバックパックをずらして『梢たちの弱気』の原稿を引っぱりだした。

「ぼくはラファエル・バタイユといいます。小説を書きました。あなたに読んでいただいて、ご意見を伺いたいのです」

「きみの小説などどうでもいい。それで許されると思っているのか？　家まで押しかけて来てわたしを苛立たせてもいいと？」

「ぼくはあなたを尊敬していますから、苛立たせるなんてとんでもないことです」

「でも、きみがしていることはまさにそれだろう。ほんとうに尊敬しているのなら、わたしの邪魔をされない権利も尊重してもらいたいな」

見事な犬——体毛がブロンドのゴールデンレトリバー——がテラスにいるフォウルズの足下に寄ってきて、ぼくに向かって吠えた。

「狙い撃ちされていたのに、どうして近寄ってきた？」

「あなたはぼくを殺さないと分かっていました」

「いったいどういうわけで？」

「それは、あなたが『ローレライ・ストレンジ』と『打ちのめされた者たち』を書いた方だからです」

逆光に目がくらみながらも、ぼくには彼がせせら笑うのが聞こえた。

「作家連中が自作の登場人物に与えるような美徳を同じように有していると、もしきみが思っているのなら、かなりのお人好しだね。というか、少しバカなのかな」

「どうか話を聞いてください。ぼくはあなたの助言がほしいだけなんです。自分の文章をもっと良くするために」

「助言？　だがね、どんな助言もひとりの作家を良くしたりすることなんてないぞ。もしきみにわずかでも良識があるのなら、自分でもう分かっているはずじゃないかな」

「ご自分への関心を少しくらい他人に向けても、何も損にはならないと思いますが」

「だれもきみに書くことを教えられない。それは自分ひとりで習得するものなんだ」

考えこむようすのフォウルズは、少し警戒を解いて犬の頭を撫(な)でてから口を開く。

「さて、きみは助言がほしかった、そして助言を得た。だから、もう消えてくれ」

「原稿を置いていっていいですか？」ぼくは仮綴(かりと)じした原稿を渡そうとした。

「必要ない、どうせ読まないんだから。そんな期待はしないほうがいい」

「参ったな、けっこう気難しいんですね！」

「これはおまけだが、もうひとつ助言してやろう。作家になろうなんて思わないで、何かほかのことをやりなさい」

「両親がいつも言っていることです」

「それは、ご両親がきみほどバカではないという証しだな」

3

突風が吹いて、ぼくのいる岩まで波が押しよせた。ずぶ濡れにならないように、より高い岩に駆けあがる。すると、さらに数歩フォウルズに近づくことになった。彼はポンプアクション式の銃の台尻(だいじり)をふたたび肩に当てていた。銃身の下にチューブ型の弾倉を持つ〈レミントン・ウイングマスター〉で、狩猟用ではあるが古い映画にときどき出てくるような凄みのある武器だった。

「名前は何といったかな？」波が引いたところでフォウルズが聞いてきた。

「ラファエルです、ラファエル・バタイユ」

「年齢は？」

「二十四歳です」

「いつから書きたいと思うようになった？」

「ずっと書きたいと思っていました。それしか興味が持てないんです」

彼の関心がぼくに向けられていると思ったので、子供のころから世界の凡庸さと不条理に耐えるため、どれだけ自分にとって読むことと書くことが救命ブイになってくれたか、本のおかげで、どのように自分の内に城塞を築くことができたか……を独白のようにまくしたてた。

「いつまで紋切り型の御託を並べるつもりなんだ？」彼はぼくの話を遮った。

「紋切り型なんかじゃありません」自尊心を傷つけられたぼくは反論したが、原稿をバックパックにしまい込む。

「きみと同じような歳だったら、わたしは作家になるという以外の野心を持っただろうな」

「どうしてですか？」

「作家の生活というのが、この世の最も洗練された魅力あるものとは真逆のものだからさ」フォウルズはため息をついた。「孤独で、他人とは没交渉のゾンビのような生活を送ることになる。一日中パジャマ姿で、モニターをまえに目を傷めつづけて、冷めたピザを食べながら想像上の人物たちに話しかけるんだが、最後にはそいつらがきみの頭をおかしくさせる。毎晩のように血の汗を流すような努力をして文章を吐きだしてみても、きみの読者の四分の三はそんな文章を気にもとめない。そういうものなんだ、作家というのは」

「でも、それだけではないと思いますが……」

フォウルズは無視して続ける。

「しかも最悪なのは、結局、そんなクソみたいな生活の中毒になってしまうことだ。なぜって、ペンとキーボードを使うきみは、自分が創造者となって、現実を取り繕うことができるという幻想を抱くようになるからだ」

「あなただからそんなふうに簡単に言えるんです。だって、あなたはすべてを手に入れたじゃないですか」

「わたしが何を手に入れたって？」

「何百万人という読者、名声、お金、文学賞、若い女たちもでしょう」

「きみがもし金や女たちのために書くのだったら、違う仕事を選ぶんだな」

「でも、ぼくの言っている意味はお分かりでしょう」

「いや分からない。それに、なぜきみと議論しているのかさえも分からない」

「原稿を置いていきます」

フォウルズは拒もうとしたけれど、ぼくはそんな隙を与えずに、バックパックごと彼のいるテラスに放り投げた。

驚いたフォウルズはそれをかわそうとして右足を滑らせ、ひっくり返ってしまった。

彼はすぐに立ちあがろうとしながら苦痛を押し殺した声で悪態をつく。

「くそっ！　足首をひねったじゃないか！」

「ごめんなさい。どうすればいいでしょう」

「近寄るな！　ほんとうに何かしたいと思うのなら、できるだけ遠くに早く消えてくれ。

そして二度と戻ってくるな！」

彼は銃を手にするとぼくに狙いをつける。こんどこそは、この場でぼくを銃殺刑に処してもおかしくはなさそうだった。ぼくはきびすを返し逃げることにした。滑り落ちそうになりながら交互に両手で岩につかまり、フォウルズの怒りから逃れるために羞恥心も忘れた。

遠ざかるにつれて、どうしてフォウルズはあんなに冷めきった言葉を吐けるのだろうかと自問した。ぼくは、彼が一九九九年以前に受けた数々のインタビューを読んでいた。文壇から姿を消すまえのことである。彼はメディアによるインタビューに二つ返事で応じていたのだ。いつも丁寧な言葉遣いで、読書や執筆の魅力について大いに語っていたものだ。いったい何が、これほど彼を変えてしまったのか？

栄光の絶頂にあったひとりの人間が、なぜ突然に自分が愛していたものすべてを、作家の彼を構築し糧となっていたものすべてを放棄して、孤独のなかに閉じこもってしまったのだろう？　それらを諦めるほどフォウルズの人生を狂わせたものは何なのか？　深刻な気持ちの落ち込み？　死別？　病気？　だれひとり、それらの疑問には答えられなかった。もしネイサン・フォウルズの謎を解くことができるなら、自分の本を出版するという夢も同時に実現できるのではないか、そう何かがぼくの心に囁く。

松林までもどり、自転車にまたがると村へ向かう道に出るため先を急いだ。実りのある一日だった。フォウルズはぼくが期待していたような小説の作法を教えてはくれなかったが、もっと良いものをくれた。それはすばらしい小説の題材と、新しい小説を書きはじめるために必要なエネルギーだった。

3　作家たちの買い物リスト

自分のためにしか書かないとのたまう無能な作家先生たちの一味にわたしは属さない。作家が自分のために書くものは買い物リストだけであり、用がすめば捨てられる。その他のすべては……だれかに向けられたメッセージである。

ウンベルト・エーコ

三週間後
二〇一八年十月八日、月曜日

1

ネイサン・フォウルズは心配だった。
ソファーに半分寝転がり、ギプスをした右足をメルトン地の足置き(オットマン)にのせたまま、どうしていいか分からずにいる。愛犬のブロンコ――この世で彼が大切に思っている唯一の存在――が二日前から行方不明になっていた。このゴールデンレトリバーは、これまでも一、二時間いなくなることはあったが、けっしてそれ以上長く姿を消すことはなかった。何かが起きた、それは間違いない。事故、怪我、さらわれた……。

前夜ネイサンは、ニューヨークに住む彼のエージェント、ジャスパー・ヴァン・ワイク――世間との繋がりを担ってくれる重要な人物で、友人よりもさらに親しい存在――に相談するため電話をかけた。ヴァン・ワイクは、ボーモン島にあるすべての店に電話をしてみようと言った。さらに彼は、スタッフのひとりに作らせた張り紙をメールで各店舗に送ったが、そこには犬の発見者に一千ユーロの謝礼を支払うと書かれていた。したがって今は結果待ち、祈っているほかなかった。

ネイサンはため息をつきながら足のギプスを見つめた。まだ午前十一時にもなっていないのに、無性にウイスキーが飲みたいと思う。あのまぬけなラファエル・バタイユのせいで二十日間も自宅に籠らざるをえなくなった。最初は捻挫だから大したことはないだろう、足首を氷で冷やして鎮痛剤を飲めば充分だと思っていた。ところが、あの青年の不法侵入の翌朝になると、状態はより深刻なことが分かった。腫れが引くどころか、悲鳴をあげることなしに一歩も歩けなくなってしまったのだ。

島でたったひとりの医者ジャン＝ルイ・シカールに電話することを余儀なくされた。ちょっと変わり者だが、三十年前から旧型のモビレット（五〇ｃｃ程度のペダル式バイク）に乗って島内を四方八方に走りまわっていた。シカールの診断は楽観を許さないものだった。足首の靱帯断裂のほか、関節包が破れアキレス腱もかなりやられているとのことだった。

シカールは安静を指示した。そのうえ膝まで届くギプスで固定まですでに三週間、ネイサンの我慢は限界に達していた。

檻のなかのライオンのように動きまわる場合でも二本の杖を必要とし、抗凝血剤まで服用しなければならない。幸い、二十四時間後には解放されている予定だった。その日の早朝、滅多に電話を手にすることのない彼が、老医師に電話をかけて来診の予定を忘れぬよう念押しまでしていた。シカールに今日中に来てくれないかと頼んだが、その願いは聞き入れられなかった。

2

壁の電話がフォウルズを嗜眠状態から引きずり出した。彼は携帯電話もメールアドレスも、パソコンすら持ってはいない。あるのは古いベークライト製の電話機のみで、応接間とキッチンの境に立つ太い柱に取りつけてあった。その電話をフォウルズは自分から相手へかけるときにしか使わず、電話が鳴っても直接に応じることはなく、二階の留守番電話に繋がるようにしてあった。とはいえ今日は、いなくなった愛犬の件でそのた。

不文律を破らざるをえない。彼は立ちあがり、杖を使って電話まで足を引きずっていった。

ジャスパー・ヴァン・ワイクからだった。

「ネイサン、良い知らせだ。ブロンコがみつかったよ!」

安堵の波がフォウルズの全身に広がっていく。

「それで、元気なのか?」

「まったく心配ない」エージェントは請け合った。

「どこでみつかったんだ?」

「若い女性がサント=ソフィー岬に近い街道で発見して、〈エッズコーナー〉まで連れていったようだ」

「きみは店の人にうちまでブロンコを送り届けてほしいと頼んでくれたんだよな?」

「その女性が自分で連れていくと言い張ったらしい」

ネイサンは罠のにおいを嗅ぎつける。サント=ソフィー岬は島の一方の端、ここサフラニエ岬とは反対側に位置しているのだ。その女は彼に近づくために犬をさらったのでは? 一九八〇年代の初期、ベティー・エップスという名の新聞記者が素性を隠してサリンジャーを罠に嵌め、単なる二人の日常会話をインタビューに仕立ててアメリカのメディアに売り込んだことがあった。

「その女性は何者なんだ？」

「名前はマティルド・モネー。スイス人で島には休暇で来ているようだ。ベネディクト会修道院の近くのB&B（ベッド・アンド・ブレックファストの略称。宿泊と朝食のみの比較的安価な宿）に部屋を借りている。スイスの『ル・タン』紙の記者ということだ」

フォウルズはため息をつく。なぜ生花店やハム・ソーセージ店の店主ではないのか。看護師や定期便のパイロットというわけにはいかないのだろうか……。どうしていつも記者なんだ。

「ジャスパー、やめておこう、怪しすぎる」

フォウルズは握りしめた拳で柱を叩いた。彼は愛犬なしではいられないし、ブロンコも彼を必要としていたが、彼が自分で車を運転して愛犬を迎えには行けない。だからといって、仕組まれた罠に嵌まることはない。『ル・タン』紙の記者……。ニューヨークでかつて彼をインタビューした同じ新聞社の特派員のことを思いだす。好感度を前面に押し出す男だったが、小説に関しては何も分かっていなかった。おそらく、そういう人間が最も悪質なのかもしれない。なぜなら彼らは何も理解することなく好意的な書評を書いてくれるのだから。

「たまたまその女性がジャーナリストだったということもありうるよ」ヴァン・ワイクが意見を述べる。

「たまたまだと？　きみはまぬけか、それともわたしをバカにしているのか？」

「ネイサン、いいか、考えすぎるな。その彼女が〈南十字星〉に来ることは受け入れて、愛犬を取りもどしたら、さっさと家から追い出せばいいじゃないか」

　受話器を握ったフォウルズはまぶたを揉みながらしばらく考える。ギプスを嵌めているせいか無力感に襲われ、物事を自分で仕切ることのできない状況が腹立たしかった。

「分かった」フォウルズはそれでも妥協する。「では、その女性に電話して昼過ぎに来てくれと伝えてほしい。どうやって来るのかも教えてやってくれ」

3

　正午。お客に二十分間も説明した後、ぼくは谷口ジローの傑作マンガ『遥かな町へ（カルチェ・ロワンタン）』を一冊売ることに成功し会心の笑みを浮かべた。一か月も経っていないが、ぼくは書店に活気をもたらした。改装したわけではないけれど、意味のある改善をいくつか行った。店内にもっと光を取りいれて風通しも良くしたほか、客を笑顔で迎え、応対もぶっきらぼうでないようにした。さらには思索よりも娯楽志向の著作を何冊かオディベールに注文させることもできた。それら細々としたすべては、文化と娯楽は共存するというぼくの信念からきている。

ぼくに自由な時間を与えてくれる店主の器量は認めざるをえない。何も言わずにすべてを任せてくれるし、店には滅多に顔を見せることもなく、外出するのは広場へ一杯飲みに行くときだけだった。経理にも取りかかってみて、ぼくは彼が悲観的すぎるのではないかと思った。書店の財政状況はまったく絶望的なものではなかった。オディベールは店舗建物の所有者であり、ボーモン島の多くの商店主たちと同様に、島の大地主（パトロン）であるガッリナーリ家から結構な額の補助金を受けとっていたのだ。多少ともやる気があって精力的に動く覚悟さえあれば、書店はかつての栄光を取りもどし、作家たちも戻ってくるのではないか。

「ラファエル、いるか？」

広場にあるパン屋の主人ピーター・マクファーレンが書店の入り口から顔を覗（のぞ）かせた。愛想のいいスコットランド人で、二十五年前にスコットランドのとある島からこちらの島にやって来て住み着いた。彼の店はピサラディエール（タマネギ、アンチョビ、オリーブなどを用いた南仏の白ピザ）とフガセット（オレンジの花の香りがする菓子パン。フランス南東部の都市グラースの名物）で名高い。店名は〈ブレッド・ピット〉、ボーモン島のシックな雰囲気とはまるで似つかわしくないが、これは島の商店が習わしとしている駄洒落で、島民たちはかなり気に入っているようだ。しかし、たとえば〈エッズコーナー〉のような興ざめな名前を持つ数軒の店がこの慣例に従っていない。

「食前の一杯（アペロ）やるかい？」ピーターは誘いに来たのだ。

毎日決まったように、ほぼしきたりになっているアペロにぼくを招いた。正午きっかりに村の人々は広場のテラスに陣取り、パスティス（アニスの香りが特徴のリキュール。南仏でとくに好まれる食前酒。水で割ると白濁する）や島が誇る白ワイン〈テッラ・デイ・ピーニ〉を味わう。最初はぼくも意味のないくだらないことだと思っていたが、いつのまにか欠かせない習慣となった。ボーモン島ではだれもがだれもを知っていた。どこに行こうともかならず顔見知りに会うので二言三言交わすのだ。人々は生活を楽しむ時間、会話をする時間を大切にしていた。不機嫌で攻撃的、公害に侵されたパリ近郊でずっと暮らしてきたぼくにとって、こうした経験はかなり新鮮なものだった。

ぼくはピーターと〈モルトの華（フルール・デュ・マルト）〉（ボードレールの『悪の華（レ・フルール・デュ・マル）』のもじり）のテラスに座った。それとなくぼくは周囲を見回し、金髪の若い女性の姿を探した。店に来る客のひとりで、昨日ここにいるのを見かけたのだ。マティルド・モネーという名前だった。ボーモン島には休暇で来ていて、ベネディクト会修道院の近くの宿に滞在していた。店でネイサン・フォウルズの本を三冊買ってくれたのだが、彼女はすでにそれらを読んでいると言った。頭の回転が速く、話も面白いし機知に富んでいる。二十分ほど話をしてから、ぼくは彼女を忘れられないでいた。だから、また会いたい気持ちが頭から離れなかったのだ。

この数週間でひとつマイナスな点を挙げるとすれば、ほとんど何も書いていないということだった。ネイサン・フォウルズの謎についての執筆計画——『作家の秘められた人生』と名付けたのだが——にはまったく進展が見られなかった。書くための材料が不足していて、テーマが決められなかったのだ。フォウルズの代理人であるジャスパー・ヴァン・ワイクに何度もメールを送ってみたが、もちろん返信はない。島の人たちに尋ねても、ぼくがすでに知っている以上のことを教えてくれる者はいなかった。

「いったい何なんだ？　あのひどい話は」ロゼワインのグラスを手にぼくらのテーブルに来たオディベールが聞いてきた。

書店主は心配そうなようすだった。広場では十分ほどまえからとんでもない噂が広まっていて、皆が次第にその話ばかりを口にするようになっていたのだ。その話というのは、島をトレッキング中の二人のオランダ人旅行者が、島の南西岸唯一の浜辺トリスタナビーチで死体をみつけたというものだった。その浜辺はすばらしい景観を見せるが、危険な場所だった。一九九〇年、岸壁の近くで遊んでいた二人の少年が命を落としている。島民に精神的ショックを与えた事故だった。会話に夢中になっている人々の向こうに、ぼくは広場から立ち去ろうとしている自治体警察官アンジュ・アゴスティーニの姿をみつけた。ぼくはとっさに勘を働かせ、狭い道を進む彼の後を追い、港の駐車場に停めたオート三輪に近づいたところで彼をつかまえた。

「トリスタナビーチに行くんですよね？　いっしょに行ってもいいですか？」

ふり返ったアゴスティーニは、後を追ってきたぼくを見て少し驚いていた。頭のはげた大男、コルシカ生まれで気のいい彼は、警察小説（ポラール）の大ファンであり、コーエン兄弟の映画を愛してやまなかった。彼にはぼくの大好きなシムノンの『情死』、『汽車を見送る男』、『青の寝室』……を教えてあげた。

「ほんとうに乗る気なら構わないよ」コルシカ男は肩をすくめながら言った。

時速三十キロから四十キロで、ピアッジオ社のオート三輪は表街道（ストラーダ・プランシパル）をのろのろと進んでいった。アゴスティーニは落ち着かないようすだった。彼がスマートフォンで受けとったメッセージの内容は不安を煽（あお）るもので、事故ではなく殺人事件として扱うよう指示されていたのだった。

「信じられない」アゴスティーニはつぶやく。「ボーモン島で殺人事件なんてありえないんだが」

ぼくには彼の言いたいことが分かった。実際、この島には犯罪らしきものがない。傷害はほとんどゼロ、窃盗事件も少なかった。安心感が行きわたっているため、住民は玄関に鍵をかけないし、店の外に赤ん坊を乗せたベビーカーを置いたまま買い物をする。地元警察署には四、五人の警察官しかおらず、彼らの主な仕事といえば、住民との対話とパトロール、そして防災警報装置の作動確認くらいのものである。

4

街道は起伏の激しい海岸線に辛うじて沿うように延びていた。トリスタナビーチに着くまで、オート三輪では二十分以上もかかった。カーブを抜けたところで、数ヘクタールもある松林の向こうに、大きな白い別荘が何軒か見えるというより隠れているのが分かる。

ふいに景色が様変わりして、砂漠のような平原が黒い砂の浜辺へと続いているのが目に入る。ボーモン島でもこの辺りは、ポルクロル島（コート・ダジュールの沖合に浮かぶ地中海の島。白い砂浜と透明な海で知られる南仏の楽園）というよりアイスランドの景色に似ていた。

「何てこった、この騒ぎは？」

アクセルを踏みこんで平原に一直線に延びる街道を時速四十五キロで走りながら、アンジュ・アゴスティーニが前方で街道を封鎖している何台かの車を顎で示した。さらに近づいてみると、状況がより明らかになった。付近一帯が対岸のトゥーロンから送られてきた警官らによって封鎖されていたのだ。アゴスティーニはオート三輪を道路脇に停め、立入禁止のテープに沿って歩きだした。ぼくには理解できなかった。どうやって、これほどの人員――見たところトゥーロン司法警察本部の刑事たちで、そのほかに科学警察の車両まで出動していた——が、この島内でも接近の困難な場所にかくも迅速にやって来ることができたのか? 大きくポリスと書かれた三台の車は、どこから現れたのか? どうして港に着いたはずの彼らをだれも目撃していないのか？

ぼくは野次馬の群れに紛れこみ、周囲の会話を聞き漏らすまいとした。朝からの騒ぎがどのように始まったのか少しずつ分かってきた。午前八時ごろ、違法キャンプをしていたオランダ人学生の男女二人が女性の死体を発見した。すぐに彼らはトゥーロン警察署に通報し、連絡を受けた警察本部がボーモン島に捜査員の一団および三台の車両を派遣するため税関所属のホバークラフトの使用を許可した。ここから十キロほどのサラゴタ浜にはコンクリート製の船舶陸揚げスロープがあるので、捜査活動が目立たぬよう、彼らはそこから島内に入ったのだった。

ぼくはもう少し前進して、道路脇の土手の上に立っているアゴスティーニのそばまで近寄った。彼は動揺していたが、それと同時に事件現場に近づけないことでいくらか面目を潰されたと思っているようだった。

「被害者の身元は分かったんですか？」ぼくは聞いた。

「いや、まだ分からないが、島の住民ではないと考えているようだな」

「どうして警察はこんなに早く到着したんですか？　しかもこれほどの大人数で。あらかじめ島内の人間にまったく連絡がなかった理由は？」

アゴスティーニはうつろな目つきで自分のスマートフォンを見つめている。

「犯行の性質のせいだろうな。それとオランダ人学生が警察に送った写真の件もある」

「彼らは写真を撮ったんですか？」

アゴスティーニは肯いた。

「ツイッターに数分間だけ出回ったあと削除された。でも、スクリーンショットが残っている」

「見てもいいですか？」

「正直言って勧めないね、書店員が見るような代物じゃないぞ」

「べつにいいじゃないですか！　ぼくだってツイッターで検索して写真を見ることはできますよ」

「まあ好きにしたらいい」

そう言いながら彼が差しだしたスマートフォンの画像に、ぼくは度肝を抜かれた。女性の死体が写っていた。顔はひどい損傷のせいで変形していて、年齢を推測するのは困難だった。唾を飲みこもうとしたけれど、恐ろしい光景のせいで喉が言うことを聞いてくれない。死体は全裸で、ユーカリの大木の幹に釘（くぎ）付けにされているようだった。ぼくは画像を拡大してみる。女性を幹に張りつけているのは、釘ではなく、大工や石工が用いる鑿（のみ）で、それが骨を砕き肉を貫いていた。

5

マティルド・モネーはオープンカー仕様のピックアップトラックを走らせながら、サフラニエ岬まで広がる林をよこぎっていた。荷台では、ブロンコが見慣れた景色を見てキャンキャンと喜びの鳴き声をあげている。潮風の香りがユーカリとペパーミントのそれと混じり合う。金褐色に輝く秋の照り返しが、カサマツやヒイラギガシの葉のあいだを通り抜けようとしている。

片岩の切石を積んだ石塀のまえまで来て、マティルドは車から降り、ジャスパー・ヴァン・ワイクに言われた指示を行動に移す。アルミ製の門の近く、周囲よりも暗い色をした石の裏にインターフォンが隠されていた。マティルドはブザーで来訪を告げる。ザーという雑音に続いて門扉が開いた。

自然を活かした広大な庭園のなかに車を進める。木々のあいだを縫うように土を叩き固めた小道が延びていた。セコイアやイチゴノキ、さらにはゲッケイジュの植え込みが繁るなか急勾配を上がって曲がると、ふいに海とフォウルズ邸が現れる。黄土色(オークル)の石と、ガラスとコンクリートで構成された幾何学的な外観を持つ邸だった。

ピックアップトラックを、おそらく作家の車と思われるミニ・モーク——ハンドルとダッシュボードがラッカー塗装を施した木製で、車体は迷彩柄だった——の横に停めると、ゴールデンレトリバーは荷台から飛びおりて玄関まで迎えに出ていた主人のそばに駆けよった。

一本の松葉杖で身体を支えたフォウルズは、愛犬と再会できて大喜びだった。マティルドは彼のそばに近づいていった。彼女は、ボロ着をまとって無作法でぶっきらぼう、長髪と二十センチの髭をたくわえたネアンデルタール人のような年配の男と対面するだろうと思っていた。ところが目の前に立つ男はちゃんと髭を剃っていた。髪も短く刈ってあり、目の色に合わせたような空色の麻のポロシャツにチノパンツという格好だった。

「マティルド・モネーです」手を差しだしながら彼女は言った。

「ブロンコを連れもどしてもらって感謝している」

マティルドは犬の頭を撫でる。

「ともかく再会できてよかった。あなた方のようすを見ていたら、こちらまで嬉しくなってきました」

マティルドは松葉杖と足のギプスを指さした。

「それほどひどくなければいいんですけど」

フォウルズは肯く。

「明日になれば、これも嫌な思い出でしかなくなるはずだ」

マティルドはちょっとためらってから口を開く。

「あなたは記憶にないでしょうけど、わたしたちは会ったことがあるんですよ」

フォウルズは警戒し、一歩後ろに下がる。

「そうは思わないが」

「いえ、ずっと昔のことですけど」

「どういう機会に？」

「ご想像にお任せします」

6

フォウルズが分かっているのは、今この瞬間に会話を打ち切るべきだと、そうしなければいずれ後悔するだろうということだった。ヴァン・ワイクと打ち合わせたように、「ありがとう。では、さようなら」とだけ言って、家のなかへ逃げこんでしまえばいいのだ。しかし、彼は黙ってしまった。まるでマティルド・モネーに催眠術をかけられたかのように、不動のまま玄関前に立っていた。彼女はジャカード編みの丈の短いワンピースに〈パーフェクト〉のライダースジャケット、細いベルトを足首の横のバックルでとめたヒール付きサンダルという装いだった。

彼はフローベールの『感情教育』の冒頭、十八歳のフレデリックがアルヌー夫人を見かけて「それは出現のようだった」と綴る場面を演じるつもりなどなかったが、眼前の若い女性が放つ、得体のしれない、繊細でありながら力強い、太陽のような何かしらに一瞬のあいだ魅惑されるに任せた。

それは抑制のきいた、自分自身に許した節度ある陶酔であり、このブロンドの女性の美しさに魅了されることは、麦畑に降りそそぐ暖かい光を浴びるようなものだった。それでも彼は、自分で物事の流れを制御し、好きなときに指を鳴らしてそんな魔力から脱することができると一瞬たりとも疑っていない。

「張り紙には謝礼金が一千ユーロと書いてあったけれど、わたしはアイスティー一杯で満足します」と、マティルドは笑みを浮かべた。

フォウルズは相手の緑色の瞳に視線を合わせないようにしながら、自由に動けないので長いこと買い物に出かけていない、したがって冷蔵庫がほとんど空っぽなのだと力なく釈明した。

「お水で我慢しますけど」彼女は引き下がらない。「なんて暑さなの、ほんとうに」

いつもは、彼は本能的に人を判断する力には自信があった。そして、第一印象がほとんどの場合正しかった。ところが今回に限って、矛盾する印象が交錯して判断に迷ってしまった。頭のなかではマティルドに対する警戒警報が鳴っていた。だがどうやって、彼女から伝わってくる柔らかな十月の陽光のように捉えどころのない、ぼんやり謎めいた誘い（いざな）いのようなものに抵抗などできようか？

「どうぞなかへ」彼はついに譲歩する。

7

水平線の向こうまで果てしなく続く青。

マティルドは家のなかにみなぎる光に驚かされた。玄関はそのままサロンへと続き、そこからまたダイニングとキッチンに通じていた。それら三つの部屋は海に臨む巨大な窓を備えているので、波しぶきの上を歩いているような印象を与える。フォウルズがキッチンで水を入れたグラスを用意しているあいだ、マティルドはその場所から受ける魔法のような感覚を味わう。波の砕ける音が心地よく、とても良い気分になった。屋内とテラスとの境は開け放した全面ガラス窓だったので、自分が家のなかにいるのか外にいるのか分からなくなる快適な錯覚に襲われる。サロンの中央に吊された暖炉が目に入り、その向こうに、塗装されたコンクリートの階段があって上階へと続いていた。

マティルドが当初予想していたのは暗い穴蔵のような場所であったが、それはまったくの見当違いだった。フォウルズがボーモン島に来たのは、引きこもるためではなく、逆に空や海や風とまっすぐに向かい合うためだったのだ。

「テラスに出てもいいですか？」フォウルズが水の入ったグラスを差しだしたとき、彼女は聞いた。

彼は答えず、宙に突きでたような片岩の敷石の上を進むマティルドに付き添った。先端まで来た彼女は目がくらんだ。その高さを見て、家の造りがどのようになっているかを理解する。崖を背にした建物は三階建てで、彼女がいるテラスはその二階だった。テラスは海に張り出しており、そのコンクリート製の床が同時に下の階の天井にもなっていた。マティルドは下に向かう階段を覗いてみる。海まで続く階段のその先に、小さな浮き桟橋が延びていて、見事なニス塗りの木製のモーターボート〈リーヴァ・アクアラマ〉が繋留されており、太陽にそのクロームメッキ金具を反射させていた。

「ほんとうに、船の甲板にいるような感じですね」

「まあね」フォウルズはマティルドの高揚した気分に水を差す。「どこにも向かうことのない、いつでも停泊中の船というわけだが」

それから数分間、彼らはとりとめのない会話を続けた。二人がふたたび室内に戻ると、美術館のように内部を見て回るマティルドがタイプライターの飾ってある棚に近づいた。

「もう書かなくなったと聞いていたんですけど」それを彼女は顎で示しながら言った。

フォウルズは手を伸ばしてタイプライターを撫でた。淡い緑色をしたベークライト製のモデルで、〈オリベッティ〉社のものだった。

「飾ってあるだけだ。そもそもインクリボンさえなくなってしまった」彼はキーボードを叩いてみせる。「それに、わたしの時代にはもうポータブルのPCがあったからね」

「つまり、これで書いたわけではないんですね、あなたの……」

「これではない」

マティルドは彼に視線を合わせた。

「あなたがまだ書いていると確信しています」

「見当違いだね。たった一行すらも書いてないし、本を読んで書き込みをすることもない。買い物リスト以外はまったく何も書かないんだ」

「わたしは信じません。自分の毎日がそれで全面的に成りたっていたことを翌日から急にやめてしまうなんてありえない。それに……」

うんざりしたフォウルズが彼女の言葉を遮る。

「ほんの一瞬だが、きみはほかの人たちとは違う、その話はしないだろうと思っていた。でも間違っていたようだ。きみは取材をしている、そうだろう？　きみはジャーナリストで、ここには〝ネイサン・フォウルズの謎〟についてのちょっとした記事を書くために来たんだね？」

「いえ、そうでないことはお約束します」

フォウルズは玄関のほうを指さした。

「では、お引き取り願おうか。他人が何をたくらもうと止めることはできないが、知りたければ教えてあげよう。謎なんてない。それがまさに〝フォウルズの謎〟なんだ、分かるかな？　そのことをきみの新聞に書けばいい」

マティルドは一歩も動かない。フォウルズは最初に会ったときから変わっていなかった。フォウルズは彼女の記憶にあるフォウルズそのままだった。気が細やかで親しみやすいけれど、はっきりものを言う人物だった。そしてマティルドは、フォウルズはいつまで経ってもフォウルズのままでありうるという可能性をまともに想定していなかったことに、今さらながら気づくのだった。

「正直なところ、今の生活に物足りなさを感じてはいませんか？」

「毎日十時間もモニターのまえで過ごさない生活という意味かな？　いや、感じない。その時間を使ってブロンコといっしょに林を散歩したり歩きまわったりするほうがずっといいね」

「わたしにはまだ信じられません」

フォウルズは首を振りながらため息をついた。

「そんなことであまりセンチメンタルになることはないと思う。たかが本じゃないか」

「たかが本じゃないか？　あなたがそんなことを言っていいの？」

「ああ。それと、ここだけの話だが、わたしの本は過大評価されていたからね」

マティルドは質問を続ける。

「それなら今現在、毎日あなたは何をしているんですか？」

「瞑想して、一杯飲む、料理をして、一杯飲む、泳いで、一杯飲む、長い散歩をして、一杯……」

「読書は？」

「ときどき警察小説(ポラール)、絵画史とか天文学についての本を読む。いくつか名作も読むが、そのすべてが大して重要なことではないね」

「どうしてですか？」

「この惑星は竈(かまど)のなかのようになってしまい、世界のあちこちで戦火と流血が見られ、人々は頭のおかしい凶暴な連中に票を投じ、同時にＳＮＳに熱中しすぎて思考力を失ってしまっている。いたるところで亀裂が生じているんだ、そういうわけで……」

「わたしには関連性が見えませんが」

「そういうわけで、なぜネイサン・フォウルズが二十年前に書くのをやめたのか知ることよりも、もっと大事なことがあるとわたしは思っている」

「読者はまだあなたの本を読みつづけています」

「どうすればいい、わたしにだって彼らを止められないんだ。それに、きみもよく分かっているだろうが、作家の成功なんてものは誤解のうえに成りたっている。そう言ったのはデュラスだったかな？　あるいはマルローだったかも。三万部以上も売れたら、それは誤解なんだ……」

「読者が手紙を書いてくるでしょう？」

「そのようだね。エージェントによると、わたし宛ての手紙をたくさん受けとるらしい」

「読みますか？」

「冗談だろう？」

「どうしてですか？」

「どうしてって、興味がないからさ。読者の立場になって言うと、気に入った本の著者に手紙を書こうなんて考えは絶対に頭に浮かんでこない。はっきり言って、『フィネガンズ・ウェイク』を気に入ったからといって、きみはジェイムズ・ジョイスに手紙を書いている自分を想像できるかな？」

「できません。何よりその本を十ページ以上読めたことがないし、ジョイスはわたしが生まれる四十年前に死んでしまっていたはずなので」

　フォウルズは首を振る。

「いいかな。犬を連れてきてくれたことには感謝している。だけど、もう帰ってもらったほうがいいと思う」

「そうですね、わたしもそう思います」

彼女を見送るためフォウルズも車のそばまで歩いた。マティルドは犬に別れの挨拶をしたが、フォウルズには何も言わなかった。彼は、運転席に座って車を発進させようとしている彼女の優雅な身のこなしに心を奪われたが、同時に、その女性をやっと追い返せることで満足もしていた。だが、彼女がアクセルを踏みこもうとした瞬間、運転席の窓が開いているのに気づいた彼は、ずっと頭のなかで鳴りつづけている警報を黙らせるために聞いてみる。

「先ほどの話で、わたしたちはずっと以前に会っていると言ったね。どこで会ったんだろう？」

マティルドは緑の瞳で彼をじっと見つめた。

「一九九八年の春、パリでした。わたしは十四歳。あなたは〈青少年の家〉に入所している子供たちに会いに来てくれた。あなたはわたしが持っていた『ローレライ・ストレンジ』にサインまでしてくれたんです。英語のオリジナル版でした」

フォウルズは何も思い当たることがないのか、あるいは、あまりにも遠い記憶なのか、まったく反応を見せなかった。

「当時わたしは『ローレライ・ストレンジ』を読み終えていた」マティルドは続ける。

「それがずいぶん助けになりました。わたしはあの本が過大評価されているとは感じなかったし、あの本を読んで理解したことが、何らかの誤解から生じたものであるとはけっして思わなかったんです」

国家海事活動本部

トゥーロン、二〇一八年十月八日

県条例二八七・二〇一八号
一時的航行禁止区域の設定およびボーモン島（ヴァール県）の周辺における船舶の航行禁止について

海軍地中海軍管区長官
海軍中将エドゥアール・ルフェビュール

刑法第一三一・一三・一条およびR六一〇・五条に**基づき、**
運輸法、とりわけそのL五二四二・一条およびL五二四二・二条に**基づき、**
原動機付き小型船舶の操縦免許および同船舶操縦士養成者を規制する二〇〇七年八月二日に改定の政令二〇〇七・一一六七号に**基づき、**

国家海事活動の組織に関する二〇〇四年二月六日公布の政令二〇〇四・一一二号に**基づき**、

ボーモン島の通称トリスタナビーチにて発見された女性の死体一体に関する犯罪捜査の開始に**鑑み**、

同島における治安隊の捜査実施に必要な期間を設ける必要性に**鑑み**、

真相究明に必要とされる証拠要因保護の必要性に**鑑み**、

以下の条例を公布する。

第一条

本条例公布をもって、ヴァール県沖のボーモン島周辺および同島から直線距離五百メートル以内における航行およびあらゆる海洋活動の禁止区域を設け、以後の同島を発着する人員輸送の活動も同じ扱いとする。

第二条

本条例の規定は公権力の任務を執行する艦船および海洋兵器の活動を妨げるものではな

い。

第三条

本条例およびその適用決定へのあらゆる違反行為は、運輸法L五二四二・一条からL五二四二・六・一条までの条項および刑法R六一〇・五条が定めるところの違反者への訴追、刑罰、行政処罰に該当するものとする。

第四条

ヴァール県行政地域・海洋本部長および海洋航行に関する警察行使権を有する公務員および係官は、各人の管轄において海軍地中海軍管区発行の法令集に掲載される本条例施行の任務を負うものとする。

海軍地中海軍管区長官
エドゥアール・ルフェビュール

4　作家へのインタビュー

（1）インタビュアーは、自分が関心を持つ質問、あなたにとっては無意味な質問をする。
（2）あなたの答えのうち、インタビュアーは自分に都合のいいものしか採りあげない。
（3）インタビュアーは自分の語彙、自分の思考方法に従い、あなたの発言を解釈する。

ミラン・クンデラ

二〇一八年十月九日、火曜日

1

ボーモン島で暮らしはじめてから、ぼくは日の出とともに起床することにしていた。素早くシャワーを浴びた後、中央広場の〈フォール・ド・カフェ〉か〈フルール・デユ・マルト〉のテラスでオディベールといっしょに朝食をとる。書店主は気分屋のところがあった。むっつりして内に閉じこもっているかと思うと、多弁になって話が止まらなくなることもある。それはべつとして、ぼくはまあまあ気に入られているようだった。ともかく毎朝ぼくを自分のテーブルに呼んで、紅茶とイチジクのジャムのトーストを注文してくれるほどだ。旅行者にはキャビアなみの値段で売るフランソワーズおばさんのジャムは、徹底した有機栽培で育てた果物を鉄鍋で煮て……という島でも宝物扱いの代物だった。

「オディベールさん、おはようございます」

書店主は新聞から目を上げ、何やら不安げなつぶやきで応じた。昨晩から住民のあいだで動揺が熱病のように広まっていた。島で最も古いとされるユーカリの木の幹に釘付けされた女性の死体が発見され、島民は衝撃を受けていた。ぼくもあとで知ったことだが、当の古木は〝不死の木〟と呼ばれ、いつのまにか島民団結のシンボルとなっていたのだという。つまり、この芝居じみたやり方は偶然の産物ではないと思われ、また被害者が殺された状況も人々を茫然(ぼうぜん)とさせていたのだ。しかし島民に極度の混乱を与えたのは、捜査の便宜上という理由で島を封鎖した海軍地中海軍管区長官の決定だった。連絡船はサン＝ジュリアン＝レ＝ローズ港に繋留され、沿岸警備隊には巡回を指示、島と大陸を行き来しようとする民間の船を取り締まるようにとの通達が出された。具体的には、島を出ることも入ることもできなくなった。大陸側当局から押しつけられたその措置は、運命共同体である島の自決権を失うことなど絶対に受け入れないすべてのボーモン島民を苛立たせた。

「この犯罪は島にとってひどい打撃となる」オディベールは『ヴァール・マタン』紙を畳みながら強い口調で言った。

それは前日の夕刊で、封鎖されるまえの最後の連絡船で運ばれてきたものだった。ぼくは座りながら、一面に〝黒い島のひみつ〟と大きな見出しのついた新聞を見た。『タンタンの冒険』シリーズのタイトルから拝借したのだ。

「捜査がどういう決着を見せるか、待つしかないですね」

「どんな決着になるっていうんだ！」書店主は悲鳴をあげるように言った。「ひとりの女性が拷問されて、そのあと〝不死の木〟に釘付けにされた。つまりは頭のおかしいやつが島のなかを自由に歩きまわっているっていうことなんだろう！」

オディベールが間違ってはいないと分かってはいたが、ぼくは顔をしかめる。ぼくは新聞の記事を読みながら、大したことは書いていないと思いつつジャムを塗ったトーストにかぶりつき、それから最新のニュースを調べるためにスマートフォンを取りだした。

じつは昨日、パリ近郊に住むジャーナリストで、今はボーモン島の母親宅を訪れているローラン・ラフォリという男のツイッター・アカウントをみつけてあった。名の知られたジャーナリストではない。フリーランスとして雑誌『ロブス』や『マリアンヌ』にいくつか記事を書いていたが、その後、あるラジオ放送局グループの〝コミュニティマネージャー〟になっていた。彼のアカウント履歴を見ると、〝ジャーナリスト2・0〟を標榜し、いかにもそれっぽい卑猥な話題のほか、扇情的なタイトル、非難の応酬、リンチの呼びかけ、安っぽい冗談、不安を煽るもの、反知性的なものならば何でもリツイートするといったぐあいで、人間の最も俗悪な本性を持ち上げ、恐怖と幻想をまき散らす内容で満載という印象だった。フェイクニュースと陰謀論すれすれのプロパガンダの垂れ流しだが、自分のプライバシーだけは必死に守るのだろう。

ボーモン島が封鎖されたおかげで、今やラフォリは島内で事件を報道する唯一のジャーナリストという幸運な立場にいた。そして数時間前から、地の利を最大限に利用し、〈フランス2〉のテレビニュースではスタジオと現地の生中継でインタビューを受け、彼の顔写真は全チャンネルで流される結果となった。

「このくそったれが！」

ぼくのスマートフォンの画面に映る彼の写真を目にしたオディベールは喉を引き絞るような声で悪態をついた。昨晩八時のニュースでラフォリは、島の住民が「豪華な別荘の高い塀」の背後に恥ずべき秘密を隠している。そして、ここでは沈黙の掟に背くようなことはありえない、なぜなら、まさにコルレオーネ一家も同然のガッリナーリ家が、恐怖と財力で君臨しているからだと仄めかすことに成功していたのだ。こんなことを続けるならば、遅かれ早かれラフォリはボーモン島から排除されるべき人物となってしまうだろう。これほど陰惨な話題で島がメディアに採りあげられるのは、目立たぬよう振る舞うことが長年にわたって遺伝子に組み込まれてきた住民にとって耐えがたいことだった。ラフォリはツイッターで、警察官もしくは司法関係者が漏らしたらしい極秘情報――これには信憑性があった――を発表することで島民の反感を買った。ぼくは報道の自由という大義名分を振りかざして捜査機密を漏らすことには反対だが、一方で好奇心も人一倍強いので、そんな憤りをいっとき脇に置いておくことに抵抗はなかった。

ラフォリが最後のツイートをしてから三十分も経っていなかった。その投稿には彼自身のブログがリンクされていたので、開いてみると、最新の捜査状況がまとめられていた。彼が得た情報によれば、まだ被害女性の身元特定が待たれている状況のようだった。ガセネタかどうかはともかく、記事はつぎの呆れるようなスクープで締めくくられていた。不運な被害女性がユーカリの幹に釘付けにされるまえ、その死体は冷凍された状態にあったと！　実際にそうであれば、死亡日時は数週間も遡る可能性が出てきた。

書かれている内容をちゃんと理解するため、ぼくは読み直してみた。立ちあがってぼくの肩越しに記事を読んでいたオディベールは、打ちのめされたようすで椅子に座りこんでしまう。

眠りから覚めつつあるボーモン島は、もうひとつの現実のなかに突き落とされようとしていた。

2

ネイサン・フォウルズは晴れやかな気分で目を覚ましたが、それは久しくなかったことだ。遅くまで寝て、ゆっくりと朝食をとった。それからテラスで一時間ほどグレン・グールドの古いレコードを聴きながらタバコを吸った。五曲目が始まったところで、今感じている喜びはどこから来ているのかとなかば口に出して自問してみた。一度はその考えを退けたものの、気分が高揚している理由として唯一説明がつくのはマティルド・モネーとの出会いだった。彼女の雰囲気がまだ辺りに漂っていた。輝く光の詩、ほのかな香り。それはすぐに消えてしまう、捉えどころのないはかない何かであるとフォウルズには分かっていたが、それでも心ゆくまで味わっていたいと思った。

十一時近くになると気分も変わった。快い目覚めのあと、マティルドとはおそらく二度と会うことはないと気づく。いくら強がりを口にしようが、ときには孤独が重くのしかかってくることもあって当然だと自分に言い聞かせる。そして正午近く、子供じみた迷いや少年のような興奮に終止符を打って、あの若い女性が遠ざかってくれたことを逆に喜ぶべきだろうと思う。ここで挫けてはならない、それは許されない。とはいうものの、昨日の出会いを頭のなかで再現させるだけなら構わないだろうとも思う。じつはひとつ気になる点があった。細かいことだが、調べる必要があった。

そこで、マンハッタンのジャスパー・ヴァン・ワイクに電話をかける。数回の呼び出し音のあと、文芸エージェントは眠そうな声で答えた。ニューヨークは朝の五時で、ヴァン・ワイクはまだベッドのなかにいたのだ。フォウルズはまずマティルド・モネーが『ル・タン』紙のために書いた最近の記事をみつけるよう頼んだ。

「正確には、何が知りたいんだ？」

「自分でも分からない。ただ、わたし自身に関することや、わたしの作品に多少とも言及している記事、きみが入手できそうなものぜんぶだな」

「分かった、でも少し時間がかかるだろうな。ほかには？」

「一九九八年当時、〈青少年の家〉のメディアライブラリーの責任者だった女性の消息を調べてもらいたい」

「〈青少年の家〉って？」

「〈国立コシャン病院〉付属の青少年向け医療施設だ」

「その責任者の名前は分かるのか？」

「いや、覚えてないんだ。すぐに取りかかってくれるか？」

「了解。何か分かったら電話するよ」

フォウルズは電話を切り、コーヒーをいれるためキッチンに行った。エスプレッソを味わいながら、記憶を探ってみる。パリのポール＝ロワイヤル駅の近くにある〈青少年の家〉は、主に摂食障害やうつ病、不登校、パニック障害といった問題を抱える思春期の患者たちをケアしていた。子供たちは、入院している者、あるいは日中だけ通ってくる者の両方がいた。フォウルズは二度か三度、そこの子供たち――ほとんどが女子だった――と直接に対話をするため訪れたことがある。一種の講演だが、質疑応答と綴り方教室で構成されていた。子供たちの顔や名前は覚えていないけれど、全体としては非常に良い雰囲気だったとの印象が残っている。少女たちは熱心な読者で、内容ある会話ができ、彼女たちの質問も的を射たものが多かった。コーヒーを飲み終えたとき、電話が鳴った。ヴァン・ワイクは仕事が速かった。

「リンクトイン（ビジネス目的に特化した世界規模のSNS）のおかげでメディアライブラリーの責任者は簡単にみつかったよ。名前はサビナ・ブノワという」

「そうだった、思いだした」

「彼女は〈青少年の家〉に二〇一二年まで勤務していて、そのあとは地方で図書館司書として〈みんなの図書館〉（正式名称は〈みんなのための文化と図書館〉で、フランス国内に一千ほどの視聴覚資料館を運営する非営利団体。約一万人いる職員は全員がボランティア）を広める仕事に就いている。ネットの最新情報によると、現在はドルドーニュ地方のトレリサックという町にいるようだ。電話番号が要るだろう？」

フォウルズは連絡先をメモし、すぐにサビナ・ブノワに電話した。司書は彼の声を聞いて驚き喜んだ。彼のほうは、ブノワの顔以上に彼女の優雅な立ち居振る舞いを思いだした。すらりと背が高く、黒い髪を短くカットした活発でとても感じのいい女性だった。最初に会ったのはパリのブックフェアで、〈青少年の家〉の子供たちに執筆についての話をしてほしいという彼女の言葉に説得されたのだった。

「じつは回想録を書いていて、それに必要な……」と彼は説明しはじめる。

「回想録？　ネイサン、わたしがそんな話を信じると思うの？」サビナは彼の言葉を遮って笑った。

それならば、正直に話を進めればいい。

「〈青少年の家〉にいた女子患者のひとりについて情報を集めているんだ。その少女はわたしの教室に参加していた。マティルド・モネーという名前だ」

「記憶にないですね」サビナはしばらく考えてから答える。「でも歳とともに記憶が薄れてきていますから」

「それはみんな同じだよ。わたしは彼女が〈青少年の家〉で何の治療を受けていたのかを知りたい」

「もうわたしにはそういう情報が手に入らなくなっていますし、それに……」

「そう言わずに、サビナ、今でも知り合いはいるんだろう？　私的な頼みだ、なんとかお願いしたい。重要なことなんだ」

「やってはみますけど、期待に沿えるかは分かりません」

フォウルズは電話を切り、本棚を見に行く。『ローレライ・ストレンジ』を一冊みつけるのに結構な時間がかかった。それは初版本だった。一九九三年の秋、初めて書店に並んだものである。手で表紙の埃を拭いとった。そこには彼の好きなピカソの「玉乗りの曲芸師」、バラ色の時代の傑作が印刷されていた。フォウルズ自身が絵の写真に文字を貼りつけて構成し、編集者に提案した表紙だった。担当編集者はこの本にほとんど価値を見いだしていなかったので、フォウルズの好きにさせてくれたのだった。『ローレライ』の第一刷は五千部にも満たなかった。メディアには採りあげられなかったし、書店がとりわけ熱心に売ろうとしたとも言えなかったが、最終的には彼らも反響に後押しされることとなった。本にとって救いだったのは、強く心を動かされた読者たちの口コミだった。その多くは当時のマティルド・モネーのような少女たちで、読者は主人公の人物像に自分自身を重ね合わせた。本の内容が彼女たちの日常によくマッチしていたことは言うまでもない。それは精神科の病院に収容されている少女ローレライの、ある週末における、人との出会いを語ったもので、この設定の意図は、病院内に存在するさまざまな人物の姿を描くためのものであった。徐々にではあるが、『ローレライ』はベストセラー・ランキングで順位を上げていき、やがて人が羨むほどの文学的社会現象となった。小説は若者をはじめ、高年齢層、インテリ、教師、学生、読書家、ふだん本を読まない者たちすべてに読まれた。全員が『ローレライ・ストレンジ』についての意見を持ちはじめ、実際には描かれていないことまで本の内容であると吹聴された。フォウルズが言う大きな誤解とはそれだった。年月とともにその傾向は強まり、『ローレライ』はある種の大衆文学の古典となる。それについての論考が書かれ、本は当然ながら、空港やスーパーのブックコーナーでも売られるようになるといったありさまだった。ときには自己啓発書のコーナーに並ぶようなこともあり、著者の怒りを買った。そしてそれは起こるべくして起きる。断筆宣言をするまえすでに、フォウルズは自分の小説を嫌悪しはじめ、人からそれを話題にされることにもう耐えられなくなっていた。それほど、彼は自分が書いた本の囚人となっていたのである。

門のチャイムが鳴って、フォウルズを過去の世界から呼びもどした。

本を棚に戻し、彼は防犯カメラのモニターを見る。シカール医師が、やっとギプスを外しに来てくれたのだ。フォウルズはほとんどそのことを忘れていた。ようやく解放の時が来た。

3

トリスタナビーチの殺人事件。

書店の客、旅行者、広場に来る住民のだれもが、それしか話題にしなかった。昼過ぎからは〈ラ・ローズ・エカルラット〉にも野次馬が押しよせた。ほんとうの客はごくわずか、あとはおしゃべりをするためで、ある者は恐ろしさから逃れようと、ある者は病的な好奇心を満足させようと店にやって来た。

ぼくは会計カウンターでＭａｃＢｏｏｋを開いた。店のインターネットは高速だがすぐに落ちてしまうので、そのたびに二階へ上がってルーターを再起動させなければならない。ローラン・ラフォリが更新したばかりのブログを読むために、ぼくはツイッターを開いた。

彼の情報によると、警察は被害者の身元特定に成功したらしい。三十八歳の女性で名前はアポリーヌ・シャピュイ、ボルドーのシャルトロン区に住むワイン仲買商だという。最初に得られた証言は、被害者が去る八月二十日にサン＝ジュリアン＝レ＝ローズ港の連絡船乗り場にいたというものだった。一部の乗船客が連絡船上で彼女の姿を見ていたが、捜査官らは被害者の来島目的を目下確認中だという。捜査関係者がひとつの可能性として見ているのは、何者かがアポリーヌ・シャピュイをボーモン島におびき寄せて監禁し、殺害した後、死体を冷凍室もしくは冷凍庫にて保存していたというものだった。ラフォリの記事は恐るべきひとつの噂で締めくくられていた。それは、被害者が監禁されていた場所を特定するために島内全家屋に対する大がかりな家宅捜索が行われるだろう、というものだった。

ぼくは郵便局発行のカレンダーを見る。写真家カルジャによるほとんど聖画（イコン）扱いされているアルチュール・ランボーのポートレートの暦で、オディベールがパソコンの後ろの壁に貼ったものだった。もしラフォリの情報が確かなら、アポリーヌ・シャピュイはぼくより三週間ほどまえに島に来たことになる。あの八月の下旬、ノアの洪水を思わせる豪雨が地中海の広い範囲を襲った日だ。

ぼくはほとんど無意識に彼女の名前をネットで検索にかけていた。

クリックを数回、アポリーヌ・シャピュイの会社のホームページを開いた。彼女は正確には、ラフォリが書いたようなワイン仲買商ではなかった。ワイン醸造の分野で働いていたことは事実だが、むしろ営業とマーケティングが専門だった。国際的な舞台で活発な取引を展開しており、小さな会社でありながら高級銘柄ワインをホテルやレストランに販売するほか、裕福な個人客向けにワインセラーの設置業務などを請け負っていた。会社案内のページを見ると〝代表〟の見出しがあったのでクリックすると彼女の略歴が表示された。パリ生まれで、ボルドーの複数のワイン醸造シャトーに投資をする家庭に育ち、ボルドー第四大学にて〝ブドウ園およびワイン関連の法学〟の修士課程を修了の後、国立モンペリエ高等農業学院にてフランス国家認定ワイン醸造士免許（ＤＮＯ）を取得とある。そのあとアポリーヌはロンドンおよび香港にて働き、そして自分のコンサルタント会社を立ちあげた。白黒のポートレート写真からは、ブロンドで背の高い憂い顔の女性が好みならばきっと魅了されるような容姿が想像できた。

この島に何をしに来たのだろう？　仕事の関係か？　それは大いにありえた。ボーモン島には古くからブドウ園が拓かれていた。ポルクロル島と同じく、これらのブドウ園はもともと山火事延焼を避けるための防火帯だった。現在は島内のいくつかの栽培農家が、ほかに引けをとらない〈コート・ド・プロヴァンス〉を提供しており、なかでも島最大のガッリナーリ家所有のブドウ園は、ボーモン島民がこぞって自慢する銘柄ワインで名高い。二〇〇〇年代初期、ガッリナーリのコルシカ家系の者が島の粘土および石灰質の土壌に希少種のブドウ苗を植えた。初めはだれもがそんな冒険に踏みだした彼らをばかにしていたが、今や年間二万本も生産される名高い〈テッラ・デイ・ピーニ〉は評判も良く、世界中の有名レストランのワインリストに載せられるまでになった。島に来てから、ぼくも何度かその白ワインを味わった。辛口で繊細、フルーティーな香りのなかに花とベルガモットのイメージが浮かんだ。すべての製造工程はバイオダイナミック農法（社会思想家のルドルフ・シュタイナーが提唱した有機農法）の原則に従い、ボーモン島の温暖な気候がそれに寄与していた。

ラフォリの記事を読むため、画面にまた顔を近づける。生まれて初めて、ぼくは真の警察小説（ポラール）に登場する捜査官となっていた。何か興味深い体験をしたときは、小説に書くことでそれを結晶化させたいとぼくは常々思ってきた。頭のなかではすでに、不気味な謎に満ちたいくつかの映像が動きはじめていた。海上封鎖を受けて麻痺（まひ）する地中海の島、冷凍された若い女の死体、二十年前から自邸に引きこもっている有名作家……。

ＭａｃＢｏｏｋで新規の文書を開き、ぼくは小説の最初の数行を書きはじめる。

第一章

二〇一八年九月十一日、火曜日

まばゆい空の下、風が帆をはたく。

二本マストのヨットが南仏ヴァール県の港を出たのは午後一時過ぎ、今は五ノットでボーモン島に向かっている。操舵席の船長（スキッパー）のそばに座ったぼくは、金粉をまぶしたように輝く地中海に自分を溶け込ませながら、沖つ風の兆しに酔いしれる。

4

オレンジ色の飛沫をまぶしたように層をなす水平線の向こうに太陽が傾きつつあった。愛犬との散歩から戻ったフォウルズは足を引きずっている。医者の忠告など無視しても構わないと思っていた。シカール医師がギプスを外すとすぐにブロンコを連れ、杖も持たず、無防備のまま出かけたのだった。そして今、悔やみながらそのつけを払っていた。呼吸は乱れ、足首はまるで木のようで、全身の筋肉が悲鳴をあげていた。

サロンに入るなり、フォウルズは海に面したソファーに倒れこみ、鎮痛剤を飲んだ。しばらく目を閉じて呼吸が整うのを待つあいだ、ブロンコが彼の手をなめる。門のチャイムが鳴ったときはうつらうつらしていたが、その音でハッとして上半身を起こした。

ソファーの肘掛けに手を突いて身体を支え、それからカメラのモニターまで足を引きずった。画面に輝くようなマティルド・モネーの顔が現れた。

ネイサンはその場で硬直してしまう。あの女は、ここで何をしているのか？　彼の頭のなかで、彼女の再度の訪問はある種の希望であり、同時にまた脅威でもあった。ふたたび彼に会いに来たマティルド・モネーは、何かをたくらんでいた。**どうすればいい？　出なくていいか？**　出なければ一時的に危険を遠ざけることはできる。だが、それがどんな種類の危険か特定できなくなってしまう。

ネイサンはインターフォンで返事もせずに、門の解錠ボタンを押した。鼓動は正常に戻っていた。この状況にうまく対処しなければと心に決める。マティルドに立ち向かうぐらいの余裕はあった。私生活に首を突っこんでくるような真似はやめさせなければならないし、そうするつもりだった。ただし穏便に。

昨日と同じように玄関まで出て彼女を待つ。足下にブロンコ、扉の枠に寄りかかったまま、彼は砂埃を上げるピックアップトラックが近づいてくるのを見る。マティルドは玄関ポーチのまえに車を停めてサイドブレーキをかけた。車のドアを閉め、フォウルズと向かい合った。彼女は畝編みのタートルネックの上に花柄がプリントされた半袖のワンピースを着ていた。ヒールの付いたマスタード色の革のブーツに日没前の陽光が射す。

自分を見つめる彼女の目つきから、フォウルズは二つのことを確信した。その一、マティルド・モネーが島にいるのは偶然ではない。彼女がボーモン島にいるのは彼の秘密を暴くことが目的である。その二、マティルドには彼の秘密がどのようなものか、見当さえついていない。

「もうギプスをしていないんですね！　ちょっと手を貸してもらえますか？」彼女は車の荷台からクラフト紙の袋を降ろしながら有無を言わせぬ口調で頼んだ。

「何かな？」

「あなたのためにに買い物をしてきたんです。昨日、冷蔵庫が空っぽだっておっしゃっていたから」

フォウルズは動かなかった。

「手伝いなんか要らない。買い物だって自分でできる」

彼がいる場所まで、マティルドの淡い香水が漂ってきた。澄みきったミントに柑橘類、洗いたての肌着、そこに松林の香りが混ざっていた。

「そうですか。でも、無料のサービスとは思わないでください。わたしは例の話をはっきりさせたいだけなんです。それで、手伝ってはくれるんですか?」

「例の話って?」フォウルズは仕方なく残りの紙袋をつかみながら聞いた。

「仔牛のクリーム煮の話です」

フォウルズは聞き違えたかと思ったが、マティルドは続ける。

「最後のインタビューで、あなたはそのクリーム煮をシェフのように作れると自慢していましたよね。ちょうどいいなと思ったんです、わたしの大好きな料理なので!」

「どちらかというと、きみはベジタリアンではないかと思っていたんだが」

「全然違いますね。材料はぜんぶ買ってきたので、もはやわたしを招待しない理由はありません」

フォウルズは彼女が冗談を言っているのではないと分かった。想定外の状況ではあったが、ゲームの主導権を握れる確信があったのでマティルドを招き入れた。

彼女はまるで自宅にでもいるかのように、ハンドバッグをサロンのテーブルに置き、脱いでいた〈パーフェクト〉のライダースジャケットをコート掛けにかけると、キッチンに行って〈コロナ〉ビールの栓を開け、そのままビールを飲みながら日没を眺めるためにテラスへと向かった。

キッチンにひとり残ったフォウルズは紙袋から食材を取りだし、平静を装いながら料理に取りかかる。

仔牛のクリーム煮の件はじつにばかげた話だった。あれはジャーナリストの質問をはぐらかすための出任せにすぎなかった。私生活について問われると、フォウルズはイタロ・カルヴィーノの教訓を守り、答えないか嘘を言うかのどちらかで対応していた。言葉を濁すようなことはしない。さて、必要な材料を並べ、残りはすべて片づけ、痛む足にはなるべく重心をかけぬよう気をつける。棚から久しく使っていなかったほうろう引き深鍋を出し、オリーブオイルを熱する。仔牛の腿肉（ももにく）とすね肉を切り分け、細かく刻んだニンニクとパセリを、表面に焼き目がつきはじめた肉に加える。大さじ一杯の小麦粉をまぶし、切ったニンジンにネギ、タマネギとコップ一杯の白ワインを加えた上から熱いブイヨンをひたひたになるまで入れる。記憶によれば、つぎに生クリームを足すまでは一時間たっぷりコトコト煮るだけだった。

サロンのほうに目をやるとすっかり日は落ちていた。マティルドは夜風を避けて室内に戻っており、ターンテーブルにヤードバーズの古いレコード盤をのせて聴きながら本棚の蔵書を吟味していた。フォウルズは冷蔵庫の横のワインセラーからサン＝ジュリアンを取りだし、ゆっくりとデカンタに移しかえるとサロンのマティルドのそばに行った。「この家、少し寒くないですか？」彼女が言った。「暖炉を焚くのなら反対はしませんけど」

「そうしようか」

フォウルズは金属製の棚に積まれた薪をとり、サロン中央の天井から吊された暖炉に火点け用の木くずを撒いて火を点け、その上に薪をのせた。

サロンのなかをゆっくり見て回るマティルドは、薪が置かれた棚の隣、壁に取りつけられた頑丈そうなボックス型の家具のなかにポンプアクション式の銃がしまわれているのをみつけた。

「やはり単なる都市伝説ではなかったんですね、あなたが邪魔をしに来る人間を鉄砲で撃つというのは？」

「まあね、だからそういう目に遭わずにすんだことを幸運に思ってもらいたいね」

彼女は銃をよく見る。ハンドグリップと銃床は磨かれたウォルナット材、銃身は艶出しの鋼鉄。青みがかったサイドプレートの唐草模様の中央に、堕天使(ルシファー)のような顔が彫られてあり、彼女に威嚇の目を向けていた。

「これはルシファー？」

「いや、クチェードラといって、アルバニアの民話に出てくる角を生やした雌のドラゴンだ」

「すてき」

フォウルズは彼女の肩に軽く手を触れて銃の収納ボックスから離れるよう促し、暖炉のそばに導いてワイングラスを差しだした。二人は乾杯して、黙ってサン＝ジュリアンを味わう。

「グリュオー・ラローズの一九八二年、つまり、わたしはバカにされていないってことですね」マティルドは満足げだった。

彼女はソファーのそばの革張りの肘掛け椅子に座るとタバコに火を点け、ブロンコと遊びはじめた。フォウルズはキッチンに戻り、仔牛の煮え具合を見てから種を抜いたオリーブとマッシュルームを加える。米を研いで火にかけ、ダイニングのテーブルに二人分の食器を用意する。火を止めるまえに、卵の黄身とレモン汁、そして生クリームを加えた。

「準備完了、どうぞテーブルに！」彼は料理を運びながら声をかける。

マティルドはテーブルに向かうまえ、映画『追想』のテーマ曲のレコードをかけた。

彼女がフランソワ・ド・ルーベ作曲のサウンドトラックに合わせて指を鳴らし、その周りでブロンコが走りまわるのをフォウルズは眺める。美しい光景だった。マティルドは美しかった。刹那にそのまま身を委ねられれば物事は簡単なのだろうが、このすべてが互いに相手を操ろうとする二人の人間がくり広げる心理戦であることは彼も分かっている。このゲームが、自分に何らかの重大な影響をもたらすことに気づいてもいる。彼は羊小屋に狼を近づけるリスクをあえて冒した。彼が二十年前から隠しつづけてきた秘密に彼女ほど近づいた者はいまだかつて存在しない。

仔牛のクリーム煮は上々の出来だった。少なくとも、二人は食欲旺盛に食べた。フォウルズは雑談を楽しむ習慣を忘れていたが、何についても独自の見解を持つマティルドのユーモアと快活さのおかげで楽しい食事となった。しかしある瞬間、彼女の目つきが変わった。その輝きは失われていなかったものの、より深刻なまなざしで、笑みも少なくなったように感じられた。

「あなたのお誕生日に、プレゼントを持ってきたんです」

「わたしは六月生まれだ、誕生日とはだいぶ離れている」

「ちょっと早すぎたか、あるいは遅すぎたのかもしれないけれど、それは大した問題じゃない。あなたは小説家なので、きっと気に入っていただけると思います」

「もうわたしは小説家じゃないが」

「小説家という肩書きは共和国大統領と同じようなものでしょう、わたしはそう思う。もう書かなくなっても、小説家はいつまでも小説家でありつづけるもの」

「それには議論の余地があると思うが、べつにそれはそれで構わない」

マティルドは攻め方を変える。

「小説家というのは歴史上いちばんの嘘つき、違いますか？」

「違うね、嘘つきは政治家の連中だ。それに歴史家も。あとはジャーナリスト。だが、小説家は嘘つきじゃない」

「いいえ、絶対にそう！　あなた方は小説のなかで人生を語っていると主張するけれど、それは嘘です。人生は、方程式にしてみたり本のページに閉じこめたりするには複雑すぎる。人生は数学よりも創作(フィクション)よりもずっと強烈なもの。要するに、小説とは作り話であって、話を作るということは技術的に言えば嘘をつくことです」

「正反対だな。その点については、フィリップ・ロスが〝小説はそれを考えだす者にひとつの嘘を提供し、それによって彼は言葉に尽くしがたい真実を表現する〟とうまく言い表している」

「ええ、でも……」

ふいにフォウルズはうんざりしてしまう。

「この問題は今日のうちには解決しないよ。ところで、プレゼントの件はどうなったんだ?」

「ほしくないのかなと思いましたけど」

「きみ、けっこう面倒くさい人だねえ!」

「プレゼントというのはひとつのお話です」

「どういう?」

ワイングラスを手にマティルドは立ちあがり、肘掛け椅子に戻った。

「あなたにあるお話をしようと思います。そしてわたしが話し終わったとき、あなたはタイプライターのまえに座ってふたたび書きはじめるほかなくなるでしょう」

フォウルズは首を横に振る。

「ありえないね」

「賭けますか?」

「何も賭けるつもりはない」

「怖いんでしょう?」

「少なくともきみを恐れてはいない。わたしがまた書きはじめる理由はまったくないし、きみの話でその何が変わるのかも分からない」

「理由ならそれがあなたに関わることだから。そして、その話がエピローグを必要としているからです」

「その話が聞きたいのかどうか自分でもよく分からないな」

「それでもわたしは話すつもりです」

肘掛け椅子から腰を上げずに、マティルドは空になったワイングラスを彼のほうに差しだした。フォウルズはサン＝ジュリアンのデカンタを持ち上げ、マティルドのグラスに注いでから横のソファーに座りこむ。いよいよ本題に入ったのだ、これまでのすべてがくだらないおしゃべりにすぎなかったのだと理解した。真の対決の序章でしかなかったと。

「この話は二〇〇〇年代初頭のオセアニアから始まりました」マティルドは語りだした。

「パリからバカンスでやって来た若いカップル、アポリーヌ・シャピュイとカリム・アムラニが十五時間のフライトのあとハワイに着きました」

5 語り部

まだ語っていない話を自分の内に秘めておくことほど恐ろしい不安はない。

ゾラ・ニール・ハーストン

二〇〇〇年

この物語は二〇〇〇年代初頭のオセアニアで始まった。

パリ近郊に住むアポリーヌ・シャピュイとカリム・アムラニの若いカップルが十五時間のフライトの後、一週間のバカンスを過ごすためハワイの空港に降り立った。ホテルに着くなり、二人はミニバーの酒を空にしてからぐっすりと寝込んでしまう。翌日と翌々日は火山島マウイの魅力を存分に味わった。自然環境がそのまま保存されているなかでのトレッキングを楽しみ、ジョイント（乾燥大麻あるいは大麻樹脂を煙草の葉といっしょに巻紙で巻いたもの）をふかしながら数々の小さな滝や花畑に目を奪われた。きめ細かな砂の浜辺が広がる海岸でセックスに耽(ふけ)り、ボートを借りきってラハイナ沖でクジラの遊泳を観察した。滞在三日目、初心者向けのスキューバダイビングに参加していてカメラを海中に落としてしまう。

同行の熟練ダイバー二名が懸命に探してくれたが、結局みつけられなかった。アポリーヌとカリムは諦めるしかなく、二人のバカンスの写真は失われた。けれどもその晩、海岸に並ぶバーでカクテルを十杯以上も飲むと、彼らはすっかりその件を忘れてしまったのだった。

二〇一五年

しかし、世の中に驚きはつきものである。

あれから何年も経ったころ、アメリカ人女性のエレノア・ファラゴがマウイ島から九千キロメートルも離れた台湾最南端のリゾート、墾丁白沙湾(ケンティンバイシャーワン)の浜辺でジョギングの最中、浅瀬の岩に挟まっている物に目をとめた。

それは二〇一五年春、朝の七時だった。ファラゴ夫人は国際的なホテルチェーンに勤務しており、アジアにいくつかある同じ系列のホテルを視察するための出張中だった。彼女は出張最終日の朝、ニューヨーク行きの飛行機に乗るまえに、台湾のコート・ダジュールと呼ばれるバイシャーワンで走りたいと思ったのだ。三方を丘に囲まれた海岸の、金色の細かい砂に覆われた浜辺には、岩場が海中まで延びた岩礁が形づくられていた。

エレノアが妙な物をみつけたのはその岩礁だった。二つの岩を飛び渡り、腹這(はらば)いになって岩と岩の隙間からどうにかそれを引っぱりだしてみると、布製のカバーに包まれていたのは〈キヤノン〉のデジタルカメラ〈パワーショット〉だった。

まだ彼女は知らないけれど――じつは永久に知ることなく終わるのであるが――この若いフランス人カップルのカメラは、障害物にぶつかったり、海流に流されたりして十五年間、一万キロ近い距離を漂流してきたのだった。好奇心旺盛なアメリカ人女性はそれを手にするとホテルに戻り、機内持ち込み用の布袋のなかに入れた。数時間後、彼女は台北の空港から機中の人となる。昼の十二時三十五分に離陸したデルタ航空の飛行機はサンフランシスコで給油した後、三時間以上も遅れて午後十一時八分にニューヨークのＪＦＫ空港に到着した。疲れきっていたし、早く帰宅したかったので、エレノア・ファラゴは席の前方の荷物入れにいくつか忘れ物をしてしまい、そのなかに例のカメラもあった。

機内清掃チームが布袋を回収し、ＪＦＫ空港の遺失物取扱所に届けた。その三週間後、取扱所の係員は袋のなかにファラゴ夫人の航空券をみつけた。航空会社とも連絡をとり、

夫人の連絡先の留守番電話にメッセージを残したほかメールも送ったが、ファラゴ夫人からの返答は一切なかった。

所定の手続きにのっとり、遺失物取扱所は九十日間それを保管した。期限が過ぎた時点で、数千点もある遺失物は数十年も前から空港関係の引き取り手のいない遺失物を扱っているアラバマ州の民間業者に売りはらわれることになる。

★

二〇一五年の初秋、以上の経過を経てカメラは〈所有者不明荷物センター(アンクレイムド・バゲッジ)〉の棚に置かれていた。そこはほかのどの場所とも異なっていた。一九七〇年代初頭にアトランタから北西へ二百キロほど行ったジャクソン郡の小さな町スコッツボロでそのすべてが始まった。ある小さな家族経営の会社が、各航空会社や空港と引き取り手のいない遺失物の売却に関する契約を結ぼうと思いついた。その商売は思いがけない発展を見せ、その分野での大手と目されるようになる。

二〇一五年には、〈アンクレイムド・バゲッジ・センター〉の倉庫は四千平方メートルの土地を覆うほどになっていた。毎日七千点を超える遺失物が、これといって何もない場所にぽつんとあるスコッツボロの町まで大型トラックでアメリカの各空港から届けられるのだ。珍品を集めた博物館のようでもあり、また格安のスーパーでもあるそのセンターに物好きな連中がアメリカ全土や外国からも押しよせ、その数は今や年間で数百万人にのぼるという。四階建てのスペースには衣服をはじめ、コンピューター、タブレット、ヘッドフォン、楽器、時計がわんさと積んである。内部には小さな博物館まで設けられ、年月を経るなかで手に入った奇抜な物品が展示してあった。たとえば十八世紀に制作されたイタリアのバイオリン、古代エジプトの埋葬用仮面、五・八カラットのダイヤモンド、あるいは骨壺……などである。

つまりこうしてあの〈キヤノン・パワーショット〉は、この奇妙な店舗の陳列台に並べられることになった。布製のカバーで保護されたカメラは、ほかのカメラといっしょに二〇一五年九月から二〇一七年十二月までそこに積まれることになる。

二〇一七年

この年のクリスマス休暇のある日、地元スコッツボロに住むスコッティー・マローン四十四歳と娘のビリー十一歳は〈アンクレイムド・バゲッジ・センター〉の店舗内を歩きまわっていた。この店が商品につける値段はときに新品価格の八割も安くなっており、スコッティーとビリーの父娘は贅沢をできる境遇になかった。スコッティーはガンタースヴィルに向かう街道脇で自動車整備工場を営み、車のほかにボート用船外機の修理もやっていた。

妻が去ってしまって以来、なんとかひとりで娘を育ててきた。ジュリアが逃げだしたのは三年前のある冬の日だった。その晩帰宅した彼はキッチンのテーブルに書き置きをみつけ、妻の冷淡な決意を知った。もちろん打ちのめされたし、今も苦しんでいるが、彼は驚かなかった。正直言って、妻がある日いなくなるだろうと分かっていた。バラは美しければ美しいほど萎れてしまうことを恐れるのだという。占いカードの一枚にそう書いてあった。そしてそんな不安が、彼らに取り返しのつかない行動をとらせてしまうものなのだ。

さて、ビリーが父親に頼み事をする。

「わたしクリスマスのプレゼントに絵の具セットがほしいの、パパ。お願い」

スコッティーは肯いてみせた。最上階に上がると、そこには本や文房具のすべてがそろっていた。親子は十五分ほど探しまわり、水彩絵の具とクレヨン、二枚のカンバスまで入ったきれいな絵画セットの箱を手に入れた。娘の喜ぶようすを見て、スコッティーは胸を熱くした。自分のためには、九十九セントのバーゲン価格で売り出されていたマイクル・コナリーの『ザ・ポエット』を買った。読書の魅力を教えてくれたのはジュリアだった。彼が好みそうな警察（ポラール）小説、歴史小説、冒険小説を読むように勧めたのも彼女だった。いつでも話についていけるとは限らないが、自分のために存在すると思えるくらい良い本に出会い、筋書きの細部や会話や、登場人物の考えを味わえたとき、彼は現実を忘れることができた。それは最大の気分転換になった。そう、読書がほかの何よりもいいものであることは確かだった。ネットフリックスよりも、アトランタ・ホークスのバスケットの試合よりも、人をゾンビのように無気力にする、ネットの世界にあふれた、ありとあらゆるくだらない動画なんかよりもずっといいものなのだ。

レジの列に並んでいるあいだ、スコッティーは叩き売りの商品が入った大型カートに目をとめた。なかを探って雑多な商品から布製の小さな保護バッグのようなものを手にとる。なかには古い小型のデジタルカメラが入っており、四・九九ドルの値札がついていた。一瞬ためらった後、スコッティーはほしいと思った。彼は機械いじりが好きで、手に触れる物なら何でも修理したくなる。毎回それは自分への挑戦と思われ、絶対に成功しなければならないとも思うのだった。というのも、古いガラクタを直して動かすことで、いくらか自分の人生を修繕するような気分になれたからだ。

★

家に帰ったスコッティーとビリーは、まだ十二月二十三日の土曜日だったが、クリスマス当日を待たずにプレゼントを開けようと、きちんと話し合ったうえで決めた。そうすれば月曜日に仕事があるスコッティーも、週末のあいだずっと楽しむことができるからだ。寒い冬になりそうだった。スコッティーは娘のためにココアをいれ、クリームの代わりに小さなマシュマロを浮かせてあげた。ビリーは音楽を聴きながら、午後ずっとお絵かきをして過ごし、スコッティーのほうは冷やしたビールをなめるように飲みながらポラールを読んだ。

夜になってビリーがマカロニ・アンド・チーズをつくりはじめたころ、ようやくスコッティーはカメラの入った保護バッグを開いた。防水カメラのボディーを見て、おそらくそれが何年間も水中にあったのだろうと思った。カメラの蓋を開けるには鋸刃のナイフが必要だった。もはやカメラとしては機能しないが、何度か試みたあとメモリーカードを取り外すことに成功、メモリー自体は損傷を受けていないようだった。スコッティーは自分のパソコンにそれを繋げ、保存されていた写真をコピーする。

いくらか興奮を覚えながら写真を見る。知らない人間の私生活を覗くのを後ろめたいと感じながら、同時にまた好奇心が刺激された。四十枚ほどの画像があった。荒んだ雰囲気の若い男女が、浜辺やらターコイズブルーの海、緑豊かな自然、鮮やかな色の魚が泳ぐ水中といった天国のような景色を背景にして写っていた。そのうちのひとつは、カップルがホテルのまえにいる画像だった。精一杯に手を伸ばし、自分たちと背景の〈アウマクア・ホテル〉を撮ったその写真は今でいうセルフィーの原型だった。ネット検索で数度クリックすると、すぐに当のホテルがみつかる。ハワイの高級ホテルだった。

おそらく、このホテルの近くでカメラをなくしたんだろう、海に落としてしまった、とか……。

スコッティーは頭を掻く。メモリーカードにはほかの写真も保存されていたが、それらの撮影日時を見ると、ハワイでの写真より数週間前の日付になっており、男女とはまったく関係のない写真だった。べつの人間が写っていて、撮影された地域も状況もまるで異なっている。このカメラはいったいだれのものだったのか？　それを疑問に感じたところで、スコッティーはパソコンから離れて食卓に向かった。

娘との約束を守り、彼女が言うところの〝怖くなるクリスマス映画〟をいっしょに観ることにする。『グレムリン』と『ナイトメアー・ビフォア・クリスマス』だった。テレビ画面をまえに、スコッティーは先ほど見たものについて考えつづける。またビールを空け、もう一本空け、それからソファーで眠ってしまった。

★

翌朝になって目を覚ますと、もう十時だった。寝すぎてしまったことを少し恥ずかしく思いつつ、娘に目をやると、ビリーは彼のパソコンを相手に早くも仕事の真っ最中だった。

「パパ、コーヒーをいれてあげようか？」

「ひとりでインターネットをやってはいけないって、おまえだって分かってるじゃないか！」彼は叱った。

気を悪くしたビリーは肩をすくめると、ふてくされてキッチンに行ってしまった。

机のパソコンの横に、スコッティーは折りたたまれた古いｅチケットのような紙をみつける。

「どこにあったんだい、これは？」

「カメラのバッグのなか」顔を覗かせてビリーが答える。

スコッティーはチケットに書かれた文字を読もうと目を細めた。それは二〇一五年五月十二日の台北発ニューヨーク行きのデルタ航空のフライトチケットだった。その持ち主はエレノア・ファラゴという女性。スコッティーは頭を掻く。ますます何が何だか分からなくなったのだ。

「わたしは何があったか分かるよ、パパがぐっすり眠っているあいだ、たっぷり考える時間があったからね！」ビリーが勝ち誇るように言った。

少女はパソコンのまえに座り、インターネットからダウンロードしたばかりの世界地図を印刷する。そして、ボールペンの先で太平洋の真ん中を示した。

「このカメラは、二〇〇〇年にハワイでスキューバダイビングをしていたカップルがなくしたもの」日付が新しいほうの画像を次々に表示しながらビリーは説明を始めた。

「そこまでは分かった」父親がメガネをかけながら娘に同意する。

ビリーはeチケットを示すと同時に、ボールペンでハワイから台湾に向けて太平洋をよこぎる矢印を書き込んだ。

「それからカメラは海流に乗って海を漂い、台湾の海岸に流れ着いて、二〇一五年にこのミセス・ファラゴが拾った」

「そうか、でもミセス・ファラゴはアメリカに着いたときカメラを飛行機のなかに忘れてしまったわけだな？」

「そうだよ」ビリーは大きく肯いた。「そして、わたしたちのところまで来たの」

几帳面なビリーは、世界地図にもうひとつの矢印をニューヨークまで引き、さらに、点線を自分の家がある小さな町まで加えた。

スコッティーは愛娘の論理展開の能力に驚いた。ビリーはジグソーパズルをほぼ完成させてしまったのだ。謎の一部が未解決であったにしても……。

「最初の写真に写っている人たちだが、おまえはだれだと思う？」

「分からないけど、フランス人じゃないかな」

「それはなぜだい？」

「窓から見えてるのはパリの屋根の景色だもの」ビリーは答えた。「それと、これはエッフェル塔でしょう」

「エッフェル塔はラスベガスにあると思ってたよ」

「パパったら！」

「冗談だよ」スコッティーはそう言いながら、あるとき娘にパリに連れていってあげようと言ったくせに、その約束は、時が過ぎ、年月が経って毎日を錆びつかせているうちどこかに消えてしまっていることに思い至った。

彼は幾度もパリの写真を、それからハワイのそれもくり返し見た。理由は不明だが、彼はそれらの画像の繋がりになぜか魅せられた。ある深刻なドラマがその二種類の写真の舞台裏に隠されているかのように思われた。彼が夢中で読んだポラールのプロットにも似た、解決すべき謎が隠されているかのように。

画像をどうすればいいだろう？　警察に通報する理由などなかったが、頭のなかの小さな声がそれらをだれかに見せるべきだと囁く。たとえば新聞記者とかに？　その場合はフランス人記者がいいだろう。しかし、スコッティーはフランス語を一言も話せない。

彼はブラックコーヒーをいれてくれた娘に礼を言う。そして二人はパソコンのまえに座った。それから一時間、キーワードを探したり、それを検索エンジンにかけたりした後、ようやく父娘は自分たちで決めた条件に合いそうな経歴の人物をみつけた。フランス人の女性ジャーナリストで、学業はニューヨークのコロンビア大学で修士課程を修了し、ヨーロッパに戻ってからはスイスの日刊紙で働いていた。

ビリーが新聞社のホームページで彼女のメールアドレスをみつけ、父娘は自分たちの発見と疑念にとらわれた事情を説明するメールを書き送った。そして、自分たちのメールに説得力を持たせるため、カメラに残されていた画像のいくつかを選んで添付したのだった。そして、届く確証もないメールは、こうして送信されたのである。

その新聞記者の名前は、マティルド・モネーといった。

金色の髪の天使

『文化のスープ』（ブイヨン・ド・キュルチュール）

一九九八年十一月二十日、〈フランス２〉にて放映（抜粋）

（番組セットは上品なミニマリズム基調で、クリーム色の壁紙に古代ローマ風の円柱、大理石模様の本棚。ローテーブルを囲んで黒革張りの肘掛け椅子にゲストが座っている。鼻に半月形のメガネをかけてツイードのジャケットを着た司会者ベルナール・ピヴォが、質問をするまえにカードに書かれたメモに目を通す）

ベルナール・ピヴォ　予定よりだいぶ遅れてしまったんですが、ネイサン・フォウルズさん、ここで番組を終えるまえに恒例となっている質問をします。では最初の質問ですが、あなたが好きな言葉は何ですか？

ネイサン・フォウルズ　光！

ピヴォ　嫌いな言葉は？

フォウルズ　覗き趣味、言葉の意味と同じくらい語感がおぞましい。

ピヴォ　あなたの好きなドラッグは？

フォウルズ　日本のウイスキーです。ことに〈薔薇の園〉、一九八〇年代にその蒸留所が焼失してしまって、それで……。

ピヴォ　ちょっと、ちょっと！　公共放送で特定の酒の銘柄を宣伝するわけにはいかないですね！　ではつぎの質問です。音色あるいは単なる音で、あなたが好きなのは？

フォウルズ　静寂。

ピヴォ　音色あるいは単なる音で、あなたが嫌うのは？

フォウルズ　静寂。

ピヴォ　ハハハ。あなたが好む罵倒、悪態の言葉は？

フォウルズ　バカタレども（バンド・ド・コン）。

ピヴォ　あまり文学的ではないですね。

フォウルズ　文学的なものと文学的でないもの、わたしにはその区別がまるで分かりません。たとえばレーモン・クノーですが、著書『文体練習』のなかに「不快な太陽の下、ひどい状態で待たされたあと、なんとかわたしはバンド・ド・コンでぎゅう詰めの不潔極まるバスに乗った」という表現がありますね。

ピヴォ　新紙幣にそのポートレートが印刷されるべき男性もしくは女性は？

フォウルズ　アレクサンドル・デュマ、彼はいっぱい稼いだあとですべてを失った。したがってお金が良い召使いでありながら悪い主人でもあることを思いださせてくれます。

ピヴォ　生まれ変わるとしたら、どの植物、木、動物を選びますか？

フォウルズ　犬、たいていは人よりも人間味がありますからね。哲学者レヴィナスの犬の話（野外作業から戻るナチスの強制収容所の被収容者たちを大喜びで歓迎する犬だけが、彼らを人間と扱っていた）を知っていますか？

ピヴォ　知りませんが、それは次回お招きしたときに聞かせてもらいましょう。では、最後の質問、もし神が存在するとして、あなたネイサン・フォウルズさんはご自分が亡くなったとき、神からどういう言葉を聞きたいですか？

フォウルズ　フォウルズよ、おまえは完璧ではなかったな……だが、それはわたしも同じだ！

ピヴォ　ご出演ありがとうございました。それでは皆さん、また来週。

（番組終了のテーマ曲、ソニー・ロリンズのサックスによる『夜は千の目を持つ（ザ・ナイト・ハズ・ア・サウザンド・アイズ）』が流れる）

6　作家の休暇

バカンス中の作家というのは存在しない。作家の人生とは、書いているか、そうでなければ、何を書こうか考えているからだ。

ウジェーヌ・イヨネスコ

二〇一八年十月十日、水曜日

1

まだ夜明け前で、慎重に階段を下りるフォウルズのあとをブロンコが追う。ダイニングの一枚板のテーブルには昨晩の食事が後片づけがされぬまま残っていた。まぶたが重く頭もぼんやりしていたが、機械的に片づけはじめてダイニングとキッチンのあいだを何度か往復する。

それを終えるとブロンコの餌を補充、そして大きなポットにコーヒーを用意した。昨晩のことがあった翌朝なので、靄（もや）のなかをさまよっている今の状態を乗り切るには、カフェインの静脈注射でもしたかったくらいだ。

火傷（やけど）しそうに熱いマグカップを持って、寒さに震えながらテラスに出た。鮮やかなピンクの縞模様が濃紺の夜空に滲（にじ）みだしていた。ローヌ渓谷から吹き抜ける北風（ミストラル）が一晩中吹きすさび、今もまだ海辺一帯を掃くように吹いていた。乾いた冷たい空気のせいで、ほんの数時間で夏からそのまま冬になったかのように感じた。カーディガンのファスナーをきっちり閉め、テラスの岩の窪みに置いたテーブルに落ち着く。その小さな空間は石灰で白塗りにした岩に囲まれ、風をよけるパティオになっていた。

考えこむようにネイサンはマティルドの話のフィルムを巻きもどし、辻褄（つじつま）が合うように筋書きを追ってみた。つまり、あの女性記者はアラバマの田舎町に住む男からメールを受けとった。男は飛行機に置き忘れられた物品を売りさばくスーパーで古いカメラを買った。おそらくカメラは二〇〇〇年にフランス人の旅行者が太平洋上でなくしたもので、その十五年後に台湾の浜辺で発見された。カメラにはいくつも画像が保存されていて、マティルドに言わせると、それらの画像は、ある悲劇的な未来を予見させるものだった。

「いったいその写真には何が写っていたんだ？」マティルドが話の途中で一息ついたと

き、彼は聞いたのだ。

彼女は瞳を輝かせ、フォウルズの顔をじっと見つめた。

「今日はここまでにしましょう、ネイサン。話の続きは、また明日にでも。明日の午後、松の荒磯(カランク・デ・パン)でお会いしましょうか？」

初めはマティルドが冗談を言っていると思ったが、彼女はグラスのサン＝ジュリアンを飲み干すと肘掛け椅子から立ちあがった。

「わたしをからかっているんじゃないだろうな？」

彼女は〈パーフェクト〉のライダースジャケットに腕を通すと玄関の小物入れに置いた車のキーをとり、ブロンコの頭を撫でた。

「仔牛のクリーム煮とワインをごちそうさま。定食屋(ターブルドット)をやろうと思ったことは？　絶対に流行(はや)ると思いますけど」

そして彼女は、それ以上何も言わずに意気揚々と家から出て行った。

話の続きは、また明日にでも……。

その言葉に、フォウルズは無性に腹が立った。安物のシェヘラザード（『千夜一夜物語』の語り手）を気取ったあの女は、いったい自分を何様だと思っているのか？　彼女は、ちょっとしたサスペンスを仕掛けてみよう、小説家の陣地まで乗りこんで戦いを挑んでやろう、話を聞く者を幾夜も眠らせぬことなら自分にもできる、それをフォウルズに見せつけてやろうと思ったに違いない。

相当にうぬぼれている……。フォウルズはコーヒーを飲み干し、平静さを取りもどそうとした。デジタルカメラの波乱に富んだ長旅、その数奇な運命はまったく退屈な話ではなかった。小説の題材としての可能性は、今のところそれがどこに行き着くのかよく分からないが、確かにあるようだ。いずれにせよ、なぜこの話がフォウルズ自身に関わる問題だとマティルドは言い張ったのか？　彼はハワイにも、台湾にも、ましてやアラバマにも足を踏み入れたことはない。もしマティルドの話に自分が関係しているなら、写真の中身に関わることでしかありえないが、彼女が挙げた名前——アポリーヌ・シャピュイとカリム・アムラニ——にはまったく覚えがなかった。

それでも、フォウルズにはそのすべてがとるに足りない話とは思えなかった。昨晩の演出の裏には、小説のような単なる男女の駆け引きより遥かに深刻な何かが隠されていた。くそっ、あの女は何を考えているのか？　ともかく短期的には彼女の目論見が成功していた。なぜなら彼はまんじりともせずに朝を迎えたのだから。まるでまったくの素人のように罠に嵌まってしまった。悪いことに、マティルドが想定したそのままに彼は反応してしまっていた。

どうするか……。今の状況に身を任せていてはならないと思った。行動を起こさなければ、マティルドについて知っておかなければならない、彼女が仕掛けつつある罠が彼を完全にとらえてしまうまえに。緊張した面持ちで、フォウルズは冷えきった両手をこすり合わせた。調べようとしたところまではよかったが、どこから手をつければいいのか見当がつかなかった。インターネットには繋いでいないので、家に閉じこもったままでは調査を進めようがないし、おまけに硬直した足首がまだ腫れて痛み、思うように身動きがとれなかった。またしても彼は、とっさにジャスパー・ヴァン・ワイクに電話をかけようとした。しかし彼は遠くニューヨークに住んでいる。フォウルズが望むいくつかのネット上の調査はできるだろうが、マティルドへの反撃の兵力にはならないだろう。フォウルズは問題をあらゆる側面から眺めてみて、やはりだれかに協力を頼まずに難局は切り抜けられないと思った。だれか機転が利いてリスクも負えるような人間が必要だった。フォウルズの味方となり、しかも、あれこれ面倒なことを言わないような人物。

頭のなかにひとつの名前が浮かぶ。椅子から立ちあがると、彼は電話をするためにサロンへと戻った。

2

ベッドに潜って縮こまり、ぼくは寒さに全身を震わせていた。実際、昨日から気温が十度は下がっているはずだった。もう一度寝るために鋳鉄製の暖房ラジエーターをつけようとしたが、どうやっても冷たいままだった。

ぼくは毛布にくるまったまま窓の外が夜明けで白むのを見ていたが、島に来てからベッドから出るのが辛いと思ったのは初めてのことだった。アポリーヌ・シャピュイの死体が発見され、県庁が島の封鎖を決定したことで、ボーモン島は様変わりした。たったの二日間で、地中海の小天国があまりにも突然、広大なる犯行現場に変容してしまったのだから。

親愛の情や楽しい食前酒（アペロ）、そして島民の善良さが消えた。そしてこの肌寒さ。今やいたるところに疑心暗鬼。今日もまた、全国版の週刊誌が〝ボーモン島の暗い秘密〟と表紙にでかでかとタイトルを掲載し、緊迫度が一段階上昇した。こうもぞんざいに採りあげられた記事には、事実が完全に欠如していた。裏付けをとっていない情報、客寄せのタイトルとサブタイトルの裏にある見かけだけの短絡思考、それだけなのだ。ボーモン島が、あるときは百万長者の——でなければ億万長者の——島とされ、またあるときはコルシカ民族解放戦線（FLNC）・武装闘争派メンバーがケアベア（アメリカ生まれのクマのキャラクターの総称）に思えるくらい凶暴な独立運動派の巣窟ともされていた。目立つことを極度に嫌うイタリアのガッリナーリ家も人々の妄想を掻きたてる材料となった。フランス全体がボーモン島を再発見するには、このような惨劇が必要だったかのようにすべてが進行していったのだ。外国人記者に関して言えば、彼らも後れをとることなく嬉々として突飛な風評を伝えていた。こうして報道機関は互いに引用し合い、元記事にさらなる変更を加え、それらすべてが、クリックをくり返すかリツイートするかの役目しか持たないソーシャルネットワークの巨大なミキサーにかけられ、結果として、恐竜カジミールが食べる架空のお菓子（フランスのテレビ番組『子供たちの島』に登場する恐竜のキャラクターの好物で〝グルビ＝ブルガ〟という名前の架空のお菓子。ジャム、チョコ、バナナ、マスタード、ソーセージなどでできている）のように無意味で嘘だらけの代物になり果てるのだった。凡庸さの勝利。

　ぼくが思うに、島内に凶悪殺人犯を抱えていることの恐怖よりも、根拠のない噂話が住民たちを異常な心理に駆りたてていた。彼らの島、彼らの土地、彼らの暮らしが、二十一世紀の情報社会の陰鬱な光に晒されることになった。人々のトラウマは深刻で、それはぼくが出会う島民のだれもがくり返す言葉「これでは、もはや何ひとつ元には戻らないだろう」に表れていた。

　それ以外にも、この島ではどの家も漁のための小舟やもっと大きなボートを持っており、その使用が禁じられたことは禁足処分を受けたも同然だった。港付近を巡回する対岸から来た警官が侵略者のように住民の目には映った。さらにそれが耐えがたい闖入と受けとられたのは、ボーモン島民に汚名を着せる以外、捜査官らがほとんど何もしていない印象を与えるからだった。数えるほどしかない島のレストランとカフェのほかに、冷凍室か大型冷凍庫を備えていそうな商店に対する家宅捜索を行ったものの、それで何らかの成果があったとは思えなかった。

スマートフォンの通知音を聞き、ぼくは毛布から頭を出した。画面を見るまえに目をこする。ローラン・ラフォリが続けざまに二つの記事を投稿したところだった。彼のブログにアクセスする。ひとつ目の記事には、ラフォリ自身の腫れあがった顔写真が挿入されていた。昨晩、彼が〈フルール・デュ・マルト〉のカウンターで一杯やっていた際に受けたという暴行事件を伝えるものだった。島内に広がりつつあるパニック状態に、彼がツイートで火に油を注いでいると非難する住民の一団に襲われたのだという。ラフォリはそのようすを動画で撮影しようとしたが、自治体警察官のアンジュ・アゴスティーニにスマートフォンを取りあげられ、そのあと、一部の客にけしかけられたカフェの店主が殴りかかってきたそうだ。ラフォリは告訴を考えていると表明、文芸評論家ルネ・ジラールが提唱して一般化した〈身代わりの山羊(スケープゴート)〉の理論を引用して記事を締めくくっていた。それによると、各社会もしくは各共同体は、自分たちの集団が耐え忍ばざるをえない悪の原因となったスケープゴートを特定し、その烙印を押さねばならない必要性を感じるのだという。

その結論について言うなら、ラフォリは明晰(めいせき)であり間違っていない。人々の憎しみの焦点となっていたのが彼だった。彼は栄光と同時に受難と呼んでもおかしくない状況にあったのである。自分の職業を正当に遂行していると彼は信じ、ところが島の住民たちの目にはそれが火に油を注いでいると映った。島は非合理性の内に陥り、したがって彼が被害者となったこのような事態がほかに起きないとも限らなかった。住民感情の沈静化を図り、また状況の悪化を避けるためには、海上封鎖を解くべきであるのに、管轄庁の長官にはその意思がないように思われた。そして何よりも、可及的速やかにあの残虐事件の実行犯をみつけるべきだった。

二つ目の記事は、警察の捜査に、つまり被害者女性の人物像および経歴に触れていた。

アポリーヌ・シャピュイ、旧姓メリニャックは一九八〇年生まれ、パリ七区にて幼少期を過ごした。サント＝クロティルド学園から、同じくカトリック系の中高一貫校リセ・フェヌロン＝サント＝マリーへと進学、さらに、内気ながらも優秀な生徒として彼女は一九九八年、高等師範学校文系受験クラスに進んだまではいいが、在籍中にそれまでの優等生というレールから脱線してしまう。

参加した学生交流パーティーで、パリのシャペル大通り界隈をテリトリーに麻薬密売のアルバイトをしていたカリム・アムラニと出会い、夢中になってしまったのだ。アムラニもパリ・ナンテール大学法科を中退していた。極左運動に傾いてフィデル・カストロを信奉するかと思えば、つぎには映画『スカーフェイス』の主人公トニー・モンタナに憧れるといった、何の展望もないが言葉だけは達者な若者だった。

カリムに気に入られようと、アポリーヌは学校に行かなくなり、シャトーダン通りの不法居住区（スクワッター）に寝泊まりするようになった。次第にカリムは自分も麻薬に溺れるようになり、金はいくらあっても足りなくなった。家族の懸命な努力にもかかわらず、アポリーヌも社会からの脱落の道をたどった。売春まで始めたが、それでも窮乏状態を補えなくなった。彼女はカリムの共犯となって犯罪に手を染めるようになる。窃盗をくり返し、ときには暴力も振るい、二〇〇〇年九月にスターリングラード広場近くの場外馬券売場を兼ねるカフェで強盗事件を起こす。計画通りにはいかず、店主の反撃に遭った。脅すために、カリムは模造ピストルを撃つ（店主はその傷が原因で、片目を失明）。彼は現金の入った箱を抱えると、オートバイにまたがったまま外で待機中のアポリーヌに合流。通報を受けたパトカー一台にポワソニエ大通りの映画館〈グラン・レックス〉前まで追跡され、運よくそれ以上の流血を見ることなくカーチェイスは終わった。裁判ではカリムが八年の禁固刑、アポリーヌはその半分の刑期だけで切り抜けられた。

なるほど、そういうことか……。彼女の会社のホームページを覗いて略歴を見たとき、ぼくは長い空白期間があるような印象を受けていたのだった。

時は流れて、彼女は二〇〇三年にフルリ＝メロジス刑務所から出所し、正道を歩みはじめた。ボルドー、さらにモンペリエにて学業を修めたあと当地で弁護士の息子レミ・シャピュイと結婚するも数年後に離婚、子供はいなかった。二〇一二年、ボルドーに戻った彼女はワイン醸造関連の会社を設立、そして、いくらか遅いカミングアウトをする。ボルドー警察本部にアポリーヌの捜索願を出したのは、彼女のかつてのパートナーの女性のひとりだった。

ラフォリはブログの最後に『ル・パリジャン』紙の古い記事の画像を張りつけていた。見出しは〝地下鉄スターリングラード駅のボニーとクライド〟で、記事は彼らの裁判の経過を報告したものだった。モノクロ写真で見るアポリーヌは背の高い華奢（きゃしゃ）な少女であり、痩せた頬で面長、目を伏せている。カリムのほうが背は低く、がっちりとして逞しい体格、荒っぽい性格に見える。麻薬の影響下にあるときは凶暴になるという評判だったが、裁判中は麻薬を断っていたため、そのような面を見せることがなかったという。自分の弁護士の指示を無視して、彼は可能なかぎりアポリーヌをかばおうとした。結果を見れば、その作戦は実を結んだようだ。

記事を読みながら、ぼくはアポリーヌ・シャピュイの過去の犯罪が明らかになったことで、島民の心理が沈静化するのではないかと思った。というのも、彼女の殺害がボーモン島およびその住民とはおよそ無関係だったからだ。おそらく、彼女が殺される場所はどこでもよかったのではないか。さらにぼくは、カリム・アムラニは出所後、世間に出てきて何をしているのだろうかと考えた。かつての犯罪活動に舞いもどったのか？　元の共犯者に連絡をとろうとしたのだろうか？　彼はほんとうに、かつてアポリーヌに対して圧倒的な影響力を行使していたのだろうか？　それとも事情はもっと複雑だったのか？　とりわけ知りたいと思ったのは、二十年も経た今になって、忌まわしい過去がブーメランのように彼女に襲いかかるようなことがありうるのかという点である。

ぼくはベッドの下に置いたＭａｃＢｏｏｋをつかむと、小説のためのメモをとりはじめる。昨日からぼくは書くことに熱中していて、自然とモニター上の白いページが文字に覆われていった。書きつつあるものに価値があるのかどうかは分からないが、運命の定めによって、ぼくはだれかが語らなければならない物語の道筋に置かれたようだ。これはフィクションよりも強烈な現実の物語、まだほんの発端にしかすぎないのに、ぼくはそれを予感している。どうしてぼくは、アポリーヌ殺害事件が、まだ水面下にほぼ全体を隠したままの氷山の一角でしかないと確信しているのだろう？　それはきっと、住民たちの熱に浮かされたようすまでもが怪しく感じられたからかもしれない。まるで島がまだ明かしたくない秘密を抱えているかのように感じられたのだ。いずれにせよ、子供時代に本を読むとだれもがその英雄になりきれたように、ぼくは小説の登場人物にすっかりなりきっていた。

その感覚は数分後、さらに強まることになる。スマートフォンが鳴り、知らない番号が表示されたが、それは島内の電話番号だった。

電話に出て、すぐにそれがネイサン・フォウルズの声と分かった。

彼は家に来てくれと言った。

それも今すぐにと。

3

今回は、フォウルズもぼくをショットガンではなく、上等なコーヒーの入ったカップで迎えてくれた。家の内部はぼくが想像していたとおりで、厳格なまでの簡素さと同時に優雅な内装は、無機質でありながら温かみを感じさせるものだった。完全なる作家の住まい。ヘミングウェイやネルーダ、あるいはシムノンのような大作家が、ここで執筆している姿を容易に思い浮かべることができる。あるいは、そんなネイサン・フォウルズの姿までも……。

ジーンズにまっ白なワイシャツ、厚手のカーディガンといった格好のフォウルズは、ブロンドの毛のゴールデンレトリバーに水を飲ませていた。パナマ帽もサングラスもなしのほんとうの顔、ようやく、どういう風貌なのかこの目で確かめることができた。率直に言って、一九九〇年代末の写真と比べてそれほど老けてはいなかった。中肉中背といったところだが、確かに存在感を放っていた。無精髭に、まだ白いものが少ない髪の毛。どことなく捉えどころのない謎めいた雰囲気を漂わせている。重々しく、それでいて陽光のように明るい目が遠くからでも分かった。日焼けした顔、透きとおった水のような力を放っているが、その放射にはどこか影があり、警戒すべきかどうか判然としない。

「テラスに座ろうか」〈イームズ〉の椅子の上に置かれていた、ぼくの年齢の倍は年季が入っていそうな古い革製の鞄を手にとってフォウルズは言った。

彼についてテラスに出ると、肌寒く感じたけれど、もう陽は昇っていた。テラスの左端の、最初に来たときフォウルズが歩哨のように立っていた場所は、敷石の代わりに叩き固められた土で、そのまま自然の岩場へと続いていた。傘のように枝を張る三本のマツの下に、鋳鉄の脚のテーブルを囲んで、石を組んで造られたベンチが二つ置かれていた。

フォウルズとぼくは向かい合って座る。

「単刀直入に言おう」彼がぼくに視線を合わせて言った。「来てもらったのはほかでもない、きみが必要になったからだ」

「ぼくが、ですか?」

「きみに協力してもらいたいんだ」

「協力ですか?」

「鸚鵡返しに答えるのはやめてくれないかな、疲れるんだ。あることをきみにやってほしい、頼めるか?」

「何をするんです?」

「重要かつ危険なことだ」

「でも……もし危険なら、ぼくには何が得られるんですか？　その報酬として」

フォウルズはタイル張りのテーブルの上にあの古めかしい鞄を置いた。

「きみへの報酬は、このなかに入っている」

「あなたの鞄の中身に、ぼくは興味なんてありません」

フォウルズはうんざりしたように天を仰ぐ。

「何が入っているのか知らないくせに、よく興味がないなどと言えるな」

「ぼくの望みは、自分の原稿をあなたに読んでいただくことです」

フォウルズは落ち着きはらって鞄を開くと、前回ぼくが彼に放り投げた小説の原稿を取りだした。

「きみの原稿は読んでおいたぞ、どうだ！」彼は笑みを浮かべて言い放つ。

彼は『梢たちの弱気』の原稿を手渡しながら、ぼくの意表を突いて得意になっている。熱に浮かされたように、ぼくは原稿のページをめくった。長い書き込みがあちらこちらに入っていた。つまり、相当な時間をかけたものと思われる。ふいにぼくは不安になった。フォウルズはただ読むだけではなく、とても誠実に手直しを加えてくれていた。出版社の拒絶や、ベルナール・デュフィのような尊大なバカの言辞には耐えられたけれど、自分の偶像である人物から嘲笑されたとして、ぼくは立ち直ることができるだろうか？

「あなたはどう思いましたか？」ひきつけを起こしそうになりながらも、ぼくは聞いてみた。

「率直にか？」

「率直にお願いします。だめですか？」

意地悪く焦らすつもりなのだろう、コーヒーを一口ゆっくりと飲んでから、おもむろに口を開く。

「まず、題名が気に入った、言葉の響きと、その象徴性……」

ぼくはもう息を止めていた。

「それから、なかなかうまく書けているという点は認めざるをえない……」

ほっとして息を吐きだす。でも、ぼくは〝うまく書けている〟ことがフォウルズの場合には必ずしも賞賛でないと分かっていた。その証拠に彼はすぐに言葉を継いだ。

「うまく書きすぎているとと言いたいくらいだ」

こんどは彼が原稿を手にとってページをめくる。

「わたしからくすねた箇所が二、三あるのは気づいた。同じくスティーヴン・キング、コーマック・マッカーシー、マーガレット・アトウッドからも……」

ぼくは何か言うべきなのか分からなかった。断崖の下から波音が伝わってくるので、まるで船のデッキにいるような気分になる。

「しかし、それは大した問題ではない」フォウルズは続ける。「初めは模範とする書があって当然だし、少なくともきみが良い本を読んでいることの証しにはなる」

　彼は原稿をめくって自分の書き込みに目を通す。

「どんでん返しがあって、対話もだいたいにおいてうまく仕上がっている。ときには笑ってしまうような滑稽な場面もあった。だから、退屈ではけっしてないのだが……」

「だが？」

「だが、最も重要な点が欠けている」

ああ、そうですか、やっぱりね……。

「では、最重要な点とは何ですか？」ぼくは自尊心を傷つけられたけれども聞いてみる。

「きみはどう思うんだ？」

「分からないですが、独創性ですか？　新しい考え方かな？」

「違うな、考え方などどうでもいい、そんなものはどこででもみつかる」

「物語の仕組み（メカニズム）ですか？　よくできたストーリーと興味深い登場人物たちとの適合でしょうか？」

「メカニズム、それは自動車修理工の得意な分野だな。それから適合だが、これは数学屋の語彙。そんなことで、きみは優れた小説家にはなれないぞ」

「正確な言葉でしょうか？」

「正確な言葉か、一般的な会話においては役に立つかな」フォウルズはバカにしたような口調で言う。「だが、どんな人間でも辞書を使えるだろう。さあ、何が重要なのかを考えてみるんだ」

「重要なのは本が読者に気に入られることです」

「読者が重要なのは確かだ。きみが読者のために書くというのは間違っていない。しかし、きみが読者に気に入られようとすればするほど、彼らはきみの本を読まなくなるだろうな」

「そうなるとぼくには分かりません。最も重要な点とは何ですか？」

「最も重要なもの、それはきみの物語のなかを流れる樹液だ。きみを思いのままに支配し、きみの全身を電流のように駆けめぐる活力だよ。血管を燃えるように熱くし、まるで自分の命がかかっているかのように、きみを小説の行き着くところまで行かざるをえなくしてしまう。それが、書くということだ。それが、読者をきみ自身がそう感じたときのように虜にしてしまい、息をつかせぬよう頭を水中に押さえこんでどこにいるか分からなくさせてしまうんだ」

ぼくは彼が言ったことを受け入れつつも、あえて聞いてみることにした。

「具体的に、ぼくの作品の何が問題なのでしょうか？」

「ドライすぎるんだ。緊迫感が感じられない。そして何より、いちばん深刻な問題は、わたしが感動しなかったという点だ」

「でも、感動的な場面はあるじゃないですか！」

　フォウルズは首を振った。

「偽物だね。人工的な感動、それ以上に悪いものはない……」

　彼は指をパチンと鳴らし、それから自分の考えを説明しはじめる。

「小説というのは感動であって知性ではない。しかし感動を生むためには、まず体験をしてみなければならない。小説の登場人物の感動を具体的に感じてみる必要がある。それは主人公から悪役まで、きみの作品の登場人物の全員に関わる話だ」

「それが小説家の真の役割ということですか？　感動を創りだすことが？」

　フォウルズは肩をすくめた。

「ともかく、小説を読むときはそれを期待するね、わたしは」

「前回、あなたのご意見を聞くために伺ったとき、どうして〝作家になろうなんて思わないで、何かほかのことをやりなさい〟とおっしゃったんですか？」

　フォウルズはため息をつく。

「まともな神経の持ち主がやる商売ではないからさ。分裂的（スキゾ）な人間のための商売だ。これは破壊的な精神の解離を必要とする活動なんだ。きみは世界の内にいながら、同時に世界の外にいなければならない。わたしの言いたいことが分かるかな？」

「分かると思います」

「サガンが〝作家とは自分自身といっしょに檻に入れられた惨めな動物である〟と、非常にうまいことを言っている。執筆中のきみは、妻や子供や友人といっしょに生きてはいない。というか、いっしょに生きているふりをしている。きみという真の存在は一年か二年、あるいは五年のあいだ、きみの登場人物といっしょに生きている……」

フォウルズの話に熱が入ってきた。

「小説家、これはパートタイムの仕事じゃない。きみがもし小説家なら、毎日二十四時間ぶっ通しで小説家なんだ。けっしてバカンスなどとれない。ある考え、ある表現、登場人物の造形を豊かにするような特徴が、頭のなかをよぎるのを絶えず警戒し、絶えず待ち伏せしていなければならない」

ぼくは彼の言葉に聞き入っている。彼が書く行為(エクリチュール)について熱っぽく話すのを見られるなんてすごいことだった。ぼくがボーモン島にやって来たのは、こんなネイサン・フォウルズに会うためだった。

「でも、やってみるだけの価値はありますよね、ネイサン、どうですか？」

「そうだな、それだけの価値はある」彼は興奮気味に言った。「なぜだか分かるか？」

こんどこそ分かるような気がした。

「たとえ一瞬でも神になれるからですよね」

「そのとおり。口にするのもばかげているけれど、ある瞬間、パソコンの画面をまえにしたきみは運命を定めたり変えたりできる造物主（デミウルゴス）となるんだ。そしてその陶酔を知ったなら、それ以上の絶頂感を味わえるものなど何もない」

絶好の機会が訪れた。

「それなら、どうしてやめたんです？　ネイサン、どうして断筆したんですか？」

フォウルズは話すのをやめ、表情をこわばらせた。目の輝きさえも消えてしまった。ターコイズブルーの目は、まるで画家が一滴の黒インクを溶かし込んだかのように濃紺に変わってしまった。

「くそっ……」

そのつぶやきは思わず彼の口から漏れたようだった。ぷつりと何かが切れてしまった。

「書くのをやめたのはそんな力がなくなったから、そういうことだ」

「でも、あなたは元気いっぱいに見えます。それにあの当時、あなたはまだ三十五歳でしたよね」

「わたしが言っているのは精神力のことだ。執筆に必要とされる心理状態になかった、精神的な鋭敏さにも欠けてしまった」

「その原因は何ですか？」

「それはわたしの問題だ」彼はそう答えると、ふたたび原稿を鞄にしまい、留め金をカチャリと鳴らした。

そこで文学の特別レッスンは終わり、これから本題に移るのだろうとぼくは思った。

4

「それで、わたしに協力するつもりがあるのかないのか、はっきりしてくれないか?」

フォウルズはぼくを険しい目つきでにらんだまま目をそらさない。

「ぼくに何をしてほしいんですか?」

「今のところは、ある女性についての調査をしてもらいたい」

「だれです?」

「島に滞在しているスイス人の新聞記者、名前はマティルド・モネーだ」

「その女性(ひと)なら知ってる!」ぼくは驚いた。「新聞記者だったとは知りませんでしたが。先週末、うちの書店に来たんです。あなたの全作品を買ってくれましたよ!」

フォウルズは眉ひとつ動かさなかった。

「彼女の何について知りたいんですか?」

「きみが知りうるものなら何でも。なぜここに来ているのか、この数日間は何をしていたか、だれと会ったか、住民にどんな質問をしているのか」

「彼女があなたについての記事を書こうとしていると思っているわけですね？」

フォウルズはぼくの質問を無視した。

「それから、きみには彼女の宿泊先まで行って部屋に侵入してもらおうと思っている……」

「彼女に何をするんですか？」

「何もするわけないだろう！　きみはバカか！　彼女が留守のときを狙って部屋に入ればいいんだ」

「何か合法的じゃない感じですね……」

「許されていることしかやらないのだったら、良い小説家には絶対になれないぞ。芸術家にもな。芸術の歴史とは違反の歴史である」

「ネイサン、あなたは言葉遊びをしていますね」

「それが作家の特性だ」

「あなたはもう作家ではないと思っていましたが」

「一度作家になったら永遠に作家だよ」

「ピューリッツァー賞作家がボーイスカウトの標語を引用するなんて軽すぎませんか？」

「うるさいな」

「それで、彼女の部屋でいったい何がみつかるんですか?」

「はっきりとは分からない。写真、原稿、パソコン……かな」

フォウルズはコーヒーをカップに注ぎ、顔をしかめながら飲んだ。

「そのあとは、できるかぎりマティルドに関する情報をインターネット上で集めてもらい、それから……」

彼女のことを検索しようと、ぼくはすでにスマートフォンを取りだしていたが、フォウルズがそれを止める。

「まずは話を聞け! そんなもので時間を無駄にするんじゃない。ここはWi-Fiもなければ携帯電話も通じないんだ」

ぼくはいたずらがみつかった小学生のようにスマートフォンを置いた。

「ほかにもやってほしいのは、つぎの二名に関する調査で、名前はアポリーヌ・シャピュイと……」

ぼくはかっと目を見開き、フォウルズの言葉を遮る。

「あの殺された女性ですか?」

彼は眉をひそめた。

「何を言っているんだ、きみは?」

その表情を見てぼくは理解した。作家はあまりにも孤立した生活を送っていたために、数日前からボーモン島を騒がせている惨劇のことも、その後の状況についても、彼の耳まで伝わってはいなかったのだ。ぼくは知っている範囲で、アポリーヌの殺害と冷凍されていたその死体、カリム・アムラニとの共犯で起こした過去の事件、島の封鎖措置についての情報を彼に伝えた。

ぼくがそれらをひとつずつ話すたびに、フォウルズの目と顔に驚愕が染みのように広がっていく。この家に着いたとき彼に感じた不安げな印象は、今や強い動揺と、傍(はた)から見ても分かるほどの恐れとなって彼の全身から放たれていた。

ぼくが話し終えたとき、フォウルズは完全に打ちのめされたようすだった。平静になるまでしばらく時間がかかったものの、彼はなんとか落ち着きを取りもどした。いくらか躊躇(ちゅうちょ)した後、こんどは彼がマティルドから昨晩聞かされた話をぼくに明かしてくれた。アポリーヌとカリムがなくしたカメラの信じがたい漂流。その場ではすぐに多くのことは理解できなかった。事実が山のように積み重なっているため、それらの出来事を相互に関連付けることができない。フォウルズに聞くべき質問はたくさんあったけれど、彼はそんな時間を与えてはくれなかった。自分の話を終えるなり、彼はぼくの腕をつかむと玄関まで引っ張っていった。

「マティルドの部屋を探りに行ってくれ、今すぐにだ！」

「今すぐにと言われても、できませんよ。書店に戻って働かなければならないんですから」

「何とかしろ！」彼は怒鳴った。「情報を集めるんだ、いいな！」

彼は乱暴にぼくの鼻先で扉を閉める。状況が深刻なことを理解したぼくは、フォウルズに頼まれたことをやったほうが身のためだと思った。

7　太陽がいっぱい

*竜のいる場所なり（イック・スント・ドラコネス）。

*原注・中世ヨーロッパの地図学で用いられていたラテン語の表現。未知の場所や危険な領域を示す。

1

島の西南端にある岬

マティルドはピックアップトラックのドアをバタンと閉めると、エンジンをかけ、砂利道の上でUターンした。女性記者が借りている民泊（シャンブルドット）の外観は英国風のコテージといったところだ。木骨造（もっこつぞう）の小さな家で、屋根は藁葺（わらぶ）き、大理石壁の正面（ファサード）はツルバラに覆われていた。家の裏手には自然の庭が広がっていて、その先に二重アーチの古い橋があり、それを渡るとそのままサント＝ソフィー岬に向かう。

島の南岸に行ったことは二回しかない。最初は岬近くのベネディクト会の修道女が住む修道院を見るため、二回目はトリスタナビーチでアポリーヌの遺体が発見された当日、アンジュ・アゴスティーニに連れていってもらった。ぼくが島に着いたとき、書店主のオディベールからボーモン島のその辺りは伝統的に英語話者の住民に好まれる区域だと聞かされた。そしてマティルドが落ち着いたのは、まさに高齢のアイルランド人女性が所有する家だった。家は古くから、その元建築家のコリーン・ダンバーが所有しており、補助的な収入を得るために二階の部屋をB&B形式で貸していたのだった。

ここまで来るのに自転車は使わず――というのもフォウルズ邸からの帰り道にパンクしてしまっていたのだ――〈エッズコーナー〉の店先でレンタルの電動スクーターを借り、それを道路脇の茂みのなかに隠した。午前中の休みをもらうために、オディベールとはきつい交渉をしなければならなかった。書店主はここ数日、とみに怒りっぽくなっており、世界中の悲惨さを自分ひとりだけで背負っているかのように不機嫌だった。

無人になるのを待って、ぼくは岩場から崖のあまり傾斜が急でない箇所まで下りた。その観察地点からコテージに目を配りつつ、ぼくは一帯の自然そのままの絶景を楽しんだ。すでに二十分ほど前、ダンバー夫人が家を出るのは確認してあった。夫人の娘が買い物に出かけるため車で迎えに来たのだった。そして今、同じようにマティルドも出かけた。ピックアップトラックは遠ざかり、平坦でまっすぐな道が続く東の方角に向かった。それが視界から消えるのを待って、ぼくは隠れていた場所から出て岩をよじ上るとコテージに近づいた。

周囲を見渡して安心する。近くに家はなかった。修道院とは百メートル以上の距離がある。目を凝らすと三、四人の修道女が菜園で忙しそうに働いていたが、家の裏手に回れば、もう姿を見られる心配はなかった。

正直なところ、ぼくは禁じられた行為に手を染めることに戸惑いを感じていた。これまでずっとぼくは、優等生症候群の自主的な虜でいることを選択してきた。家計の均衡が危なっかしい、いわゆる中流家庭のひとりっ子だった。両親はぼくが学業に秀でて人なみ以上になるようにと、絶えず時間と労力、多くない収入からの出費を惜しまなかった。すでに幼いころから、ぼくは両親をがっかりさせぬよう、また悪さをしないよう努めたものだ。そんなボーイスカウトのような一面が、ぼくの第二の本性となった。ぼくの思春期は緩やかに流れる大河のように静かだった。十四歳のときに校庭で三本くらいタバコを吸ったり、二、三回はスクーターで信号無視をしたり、有料テレビ局の〈キャナル・プリュス〉でポルノ映画をいくつか録画したり、サッカーで乱暴にタックルしてきた相手の鼻をへし折ったりはしたかもしれないけれど。

学生時代も波風ひとつない時を過ごした。泥酔したのが二回、スネークウッドの万年筆をビジネススクールの同級生からかっぱらったことはある。そしてモンパルナス大通りの〈眼は聴く(ルイユ・エクート)〉書店（店名はポール・クローデルの美術論集に由来か）で〈プレイヤード叢書(そうしょ)〉のジョルジュ・シムノンを万引きしたこともあるが、その後、書店は閉店して服飾店になってしまい、そのまえを通るたびに、ぼくも書店の倒産に一端の責任があるかもしれないと自責することになった。

話をもどして、ぼくはジョイントを吸ったこともいかなる麻薬に触れたこともない、というか、どういうふうに入手するかも知らないのだ。ぼくはお祭り騒ぎが好きではないし、夜は八時間の睡眠が必要で、さらに二年前からは土日とバカンス期間中も毎日休みなしで小説を書くか、あるいは家賃を払うためのアルバイトをしている。したがって小説のなかならば、ナイーブでセンチメンタルな青年が捜査とそれに付随する波乱を経ることで鍛えられていくという役割を、ぼくは完璧に演じられると思う。

だから、ごくふつうの態度を装いながら家の玄関に向かった。ボーモン島ではドアに鍵をかける人間はいないと皆が口にする。だがドアノブを回そうとすると、施錠されていたのでがっかりしてしまった。これもまた島民が旅行者やぼくのような信じやすい人間を相手に語る伝説にすぎなかった。もしくは、ここから数キロしか離れていない場所でアポリーヌの遺体が発見されたことで、女性記者が警戒心を強めたのかもしれない。

押し入るしかないだろう。台所のガラスドアを見たが、あまりにガラスが厚すぎるので怪我を覚悟しなければならない。家の裏手に行ってみる。遠くに見えていた修道女たちは菜園から姿を消していた。ぼくは自分を励ました。もっと薄い窓ガラスをみつけて肘で割ればいいだけの話だろう。素人細工風の雑な造りのテラスに、家主はすっかり灰色にくすんだチーク材のテーブルと、太陽光と雨と潮風に晒された三脚の椅子を置いていた。夏期のリビングとなるこのテラスに面した、両開きガラスドアのひとつが開け放しになっているのをみつけ、ぼくはついているなと思った。ちょっとできすぎているんじゃないか？

2

応接間(サロン)に入ると、静まりかえっていて暖房が効きすぎていた。シナモンを利かせたアップルパイの甘ったるいにおいが漂っている。そのにおいに調和したこぎれいな内装は、花柄のカーテンに無数の蠟燭(ろうそく)立て、詩情あふれる壁のタペストリーと絵皿、タータンチェックの肩掛け(プレード)といった英国趣味に統一してあった。

二階に上がろうとした瞬間、物音に驚かされた。振り向くと、ぼくめがけて突進してくるグレート・デーンの姿が目に入った。犬は攻撃態勢を保ったまま、ぼくからほんの一メートル手前で止まった。黒っぽく光る短い体毛に覆われた巨大な筋肉の塊、ぼくの腹にまで届くほどの体高。緊張に震える両耳、不気味な唸(うな)り声をあげながら恐ろしげな目でぼくを威嚇している。首輪についた大きなメダルに〝リトル・マックス〟と文字が刻まれていた。生後二、三か月のころはかわいい名前だったに違いないが、今ではまったく似つかわしくない。後ずさりを始めても、大型犬の攻撃を止めることはできなかった。ぼくはすんでのところで階段に逃げ、脚に牙を立てられるな、と覚悟しながら三段跳びで駆けあがる。必死の思いで二階の踊り場までたどり着き、最初の部屋に飛びこむと同時に犬の鼻先でドアを後ろ手に閉めた。

激しく吠える犬がドアに襲いかかる音を聞きながら、ぼくは呼吸を整えつつ神経を集中させた。運が良かったのは――運が良いと言っても、それは片脚を失いかけたことを思えばという程度の話なのだけれど――ここが明らかにマティルドの間借りしている部屋だった点である。

天井の見せ梁(ばり)は白木で、バス、トイレ、簡易キッチンまであり、居室部分はローラ・アシュレイの亡霊が住みついているのではと思われるほどの内装だった。パステルカラーで古色に塗り直された家具の上に置かれたドライフラワー、田園風景をあしらったカーテンやベッドカバー。しかし、マティルドは間借りしたその部屋を奇妙な仕事部屋に変えていた。完璧な〝作戦室(ウォールーム)〟、その部屋はひとつの強迫観念に支配されていた。室内のすべてが、ネイサン・フォウルズに捧げられていたのだ。

ピンクのベルベット張りのソファーが、山と積まれた書籍と文書類の重みで潰れそうだった。食卓のテーブルが仕事用のデスクに変わり、優雅な鏡台にはプリンターが載せられていた。ドアの向こうでリトル・マックスがギャンギャン騒いでいたけれど、ぼくは文書に目を通しはじめる。

マティルド・モネーがフォウルズに関する調査を行っていることは明らかだった。机の上にパソコンは置かれていなかったが、印刷された数十の記事に蛍光ペンでラインが引かれていた。ぼくも知っている記事だった。ネット上で調べればかならずと言っていいくらい目につくものばかりで、フォウルズが断筆するまえに受けた一九九〇年代の古いインタビューのほか、有名な二つの記事、三年前に『ヴァニティー・フェア』誌が掲載した〝見えない男〟と題された二〇一〇年の『ニューヨーク・タイムズ』紙の記事と、〝フォウルズあるいは間違い（フォールス）？（またその逆も然り）〟という題の記事である。

さらにマティルドは、作家の小説三作に書き込みを加え、ネイサンの写真も大量にプリントアウトしていた。ことに目立つのがベルナール・ピヴォ司会による教養トーク番組『文化のスープ』に出演した際のスクリーンショットである。理由は不明だが、マティルドは同番組に出演中のフォウルズの……足下をクローズアップしていた。彼女の書き込みをより注意深く調べてみると、マティルドは靴マニアの掲示板サイトにおいて、フォウルズの履いていた靴を正確に突きとめたようで、それが〈J・M・ウエストン〉社製、茶色の仔牛革のサイドゴアブーツ、〈カンブル７０５〉であると断定していた。

ぼくは頭を掻く。そんなことにいったい何の意味があるのか？　あの女性記者は、ボーモン島の隠者についてすでに何十も書かれているようなゴシップ記事を書いているわけではなかった。フォウルズに関する彼女の調査は、どこか警察による捜査に通じるものがある。だが、いったい何が目的なのか？

ソファーに積まれた厚紙のファイルホルダーを開くと、もうひとつの発見があった。望遠レンズで撮影されたさまざまな場所の写真で、ひとりの男性が写っていた。四十過ぎのマグレブ系の男で、Tシャツの上にデニムのブルゾンという格好。場所はすぐに分かった。エソンヌ県、もっと細かく言うとパリ郊外のエヴリー市だ。間違いようがない。それを裏付けるのに充分な数の写真――奇抜な建築で物議を醸した大聖堂、複合商業施設の〈エヴリー2〉、コキビュス公園、エヴリー＝クールクロンヌ駅前広場――があった。なぜ分かるかといえば、ビジネススクール最終学年の時期、ぼくはそこに住む同級生と付き合っていたからだ。ジョアンナ・パウロウスキ。二〇一四年度ミス・イル＝ド＝フランスで最終候補三名に入った、信じられないくらい美しい顔の学生だった。緑色の大きな瞳にポーランド女性ならではの金髪、立ち居振る舞いのすべてに気品と優雅さがあった。講義のあと、ぼくはよく彼女を送って行った。郊外急行D線のパリ北駅からエヴリーまでのとてつもなく長い乗車時間のあいだ、ぼくは自分の文学趣味を彼女に伝えようとし、『未完の物語』（ルイ・アラゴンの詩集）や『屋根の上の軽騎兵』（ジャン・ジオノの冒険小説）、『選ばれた女』（アルベール・コーエンの大河小説）など、ぼくの愛読書を贈ったけれど、何の効果もなかった。ジョアンナはロマンチックなヒロインの容貌を持ちながら、およそロマンチックな心情とは縁がなかったのである。ぼくが夢想家だとすれば、彼女は現実主義に徹していた。彼女が物事の真実のなかにしっかり根を下ろしていたのに対し、ぼくはもっぱら感情面を自分の領域にしていた。彼女はショッピングセンターのなかにある宝石店で働くために学業を放棄すると同時に、ぼくを振った。その六か月後、カフェにぼくを呼び出した彼女は、同じショッピングセンター内にある大型スーパーの売場部門主任ジャン＝パスカル・ペシャール——愛称はＪＰＰらしい——と結婚するとぼくに告げた。ぼくがまだ書いては彼女に送りつづけていた詩は、ＪＰＰがサヴィニー＝シュル＝オルジュに二十五年ローンで買ったという戸建て住宅をまえには歯が立たなかった。傷ついた自尊心を癒やすために、ぼくは、いつか彼女が文芸トーク番組『大書店（ラ・グランド・リブレリー）』でぼくの最初の小説について知ることになるだろうと思うようにした。そんな日が訪れるのを待ちながら、その出来事でぼくはかなり長いこと落ちこんだ。ジョアンナのことを思うとき、スマートフォンで彼女の写真を見るたびに、あの繊細な顔立ちが繊細な精神とはまったく無縁だったと納得するのに毎回いくらか時間を必要とした。そもそも、どうしてその二つが結びつくと考えたのだろうか？　それは明らかに誤った事実であるということを、今後また何かに失望しないためにはしっかり頭に刻みつけておかねばならないと思った。

ドアの向こうから聞こえる犬の吠え声で我に返り、ぼくは状況が逼迫(ひっぱく)していることを思いだした。写真を見直してみると、日付と時刻が入っており、二〇一八年八月十二日とあった。だれが撮ったのだろう？　刑事、私立探偵、それともマティルド自身？　それはそうと、この男はだれだ？　すると突然、男の顔がはっきり写った一枚の写真に目がとまる。ぼくには、それがだれだか分かった。カリム・アムラニだ。二十歳ほど年をとり、体重も数キロ増えてはいたけれど。

刑務所を出てから、元シャペル大通りのごろつきは、どうやらエソンヌ県に落ち着いたらしい。ほかの写真を見てみると、彼は自動車整備工場を出たり入ったり、整備士たちと会話をしたりしていた。どうもそこの工場長もしくはオーナーのようだ。アポリーヌと同じように、彼も更生したのだろうか？　そして、彼も命を狙われているのか？　それらの問いに答えるための材料も時間もぼくにはなかった。資料を持ち出そうかためらったが、侵入した痕跡を残さぬために、結局のところ重要と思われるものを写真に撮っておくことにした。

さまざまな疑問が頭のなかでぶつかり合っていた。なぜマティルドはアムラニに関心を持つのか？　おそらく例のカメラにまつわる一件のせいだろうが、だがフォウルズと何の関連があるのか？　その答えをみつけられるかもしれないと期待しながら、ぼくは寝室とバスルームを徹底的に探った。ベッドのマットレスの下、引き出し、戸棚には何もなかった。トイレのタンクの蓋を上げてなかを調べ、板張りのフローリングを足で確かめてみる。一部は傷んでいたが、板を外して下に何か隠せるような箇所はみつからなかった。

だがトイレ後方の幅木、これは一枚が簡単に外れた。あまり期待せずに屈んで隙間に手を入れると、なかから輪ゴムで括られた手紙の束が出てきた。それに目を通そうとした瞬間、エンジンの音が聞こえた。リトル・マックスが吠えるのをやめ、階段を駆け下りていく。ぼくはカーテンの隙間から外を覗く。コリーン・ダンバーと娘がもう戻ってきてしまった。焦ったぼくは、手紙の束をブルゾンの内ポケットに捻じこんだ。二人が視界から消えるのを待って、ぼくは物置小屋の屋根へと続く窓を押し上げた。屋根から芝生に飛びおりて、ふらつく足で走りながら道路をよこぎり、どうにかスクーターまでたどり着いた。

エンジンをかけて走りだしたとき、背後で犬が吠えるのを聞いた。グレート・デーンがぼくの後を追ってきたのだ。電動スクーターは最初の数メートル思うようにスピードが上がらず、ようやく時速四十キロで走りだすと、下り坂に入って速度を上げていった。犬が追跡を諦め尻尾を巻いて引き返していくのを見ながら、ぼくは中指を突き立ててやった。

ファック・ユー、リトル・マックス……。

3

夏が再来したかのように、暑い太陽が天高く上がっていた。弱まった風は湿度を増していた。コットンツイル地のショートパンツに〈ブロンディ〉のTシャツという姿のマティルドは荒磯の岩を軽々と渡っている。

ここ松の荒磯(カランク・デ・パン)は息を飲むような絶景のひとつである。まばゆい白亜の岩に深く細くうがたれた谷間のような入り江。

そこに行き着くにはいくらか努力が必要だが、それだけの報いは充分にある。マティルドは車を波の浜辺(プラージュ・デ・ゾンド)の土手に停めてから、花崗岩(かこうがん)のなかに掘られた迷路のような小道を歩いてきた。荒磯までたっぷり一時間はかかった。最初は平地をたどるように見えていた小道は、鋸(のこぎり)状に切り立つ絶壁に沿って続き、そこからは信じられないほど荒々しい自然の眺望が見渡せた。

それから、こんどは海に向かって下りていくのだが、ここはほんとうに危険極まりなく、最後の数メートルがほぼ絶壁であるため最大の難所だが、挑戦してみるだけの価値はあった。浜辺に着いてみると、まるで世界の果てか忘れられた楽園に紛れこんだ気分になった。紺碧の海と黄土色の砂、マツの木陰とユーカリの香りに酔いしれる。近くには洞窟もあるのだが、旅行者にその場所を明かしてはならない決まりになっていた。

花崗岩の絶壁で風から守られた半月型の浜辺は大して広くはなかった。七月と八月は大勢の人が押しよせるので狭く感じることもあるが、十月のこの朝、浜辺に人はいなかった。

荒磯から五十メートルほど離れたところに小さな岩があって、天に向かって尖って立っているので針先（プンタ・デラーゴ）と呼ばれていた。シーズン中だと、元気な若者たちが裸足（はだし）で岩によじ上っては海に飛びこむ。それがいわば島の男たちの通過儀礼となっていた。

マティルドはサングラスの奥から沖のほうをじっと見つめる。フォウルズがボートを泊めたのはそのプンタ・デラーゴの横だった。〈リーヴァ・アクアラマ〉のクロームメッキとニス塗り仕上げの船体が午後の陽光を反射していた。ちょっと見たところ、甘い生活（ドルチェ・ヴィータ）時代のイタリアか、一九六〇年代のサン＝トロペにいるのではないかと思わせる光景。

手を振ってみたマティルドだが、その彼女を乗せるためにフォウルズはボートを浜辺まで寄せるつもりはないようだった。

このラガルデールさまに向かってこないのなら、こちらから行ってやるまでだ……（ジャン・マレー主演の冒険活劇映画『城塞の決闘』の有名な台詞）。

どちらにせよ、マティルドは水着を下に着ていた。ショートパンツとTシャツを脱いでハンドバッグに入れると、それを岩の窪みに挟み、防水ポシェットに入れたスマートフォンだけを持っていくことにする。

海水は冷たかったけれど、澄みきっていた。海に入って二、三メートル歩いた後、迷わず身体を沈めた。凍るような波動が全身を震わせたが、平泳ぎで進むうちに冷たさは和らいでいく。彼女は〈リーヴァ〉を目指した。青のポロシャツに薄い色のパンツ、操舵ハンドルをまえにしたフォウルズは腕を組んだまま、彼女が近づくのを見つめた。彼がどんな表情をしているのか、サングラスで隠されているので判然としない。マティルドがあと一掻きか二掻きまで近づいた時点で、彼は手を差しのべたものの、一瞬のためらいを見せ、それから彼女をボートに引き上げた。

「一瞬だけど、わたしを溺れさせようとしたのかと思いました」

「そうすべきだったのかもしれない」彼女にタオルを渡しながらフォウルズは言った。

マティルドは、〈リーヴァ〉の名高いターコイズブルーの革張りシートに腰を下ろした。

「ひどいもてなしね！」髪や首筋、腕をタオルでこすりながらマティルドは叫ぶように言った。

フォウルズが近づいた。

「あまり賢い判断ではなかったのでね、この待ち合わせは。海上封鎖に反してボートを出さざるをえなかった」

　マティルドが両手を広げた。

「でも、わざわざ来たということは、わたしの話に興味があるということでしょう！　真実には、それなりの価値がある！」

　フォウルズは冴えない表情をしていた。

「こんなことをしていて楽しいのか？」彼は聞いた。

「ところで、あなたは話の続きを聞きたいの？　それとも聞きたくないの？」

「まるでわたしが懇願するとでも思っているようだな！　わたしが話を聞きたいというより、きみが話したがっていると言ったほうが正確じゃないのか」

「了解、じゃあお好きなように」

　彼女が海に飛びこむそぶりを見せるとフォウルズが引き止めた。

「子供じみた真似はやめてくれ！　例のカメラに保存されていた写真にはいったい何が写っていたんだ」

　マティルドはシートに置いていた防水ポシェットの紐をつかむ。スマートフォンの写真アプリを開き、画面の明るさを最大にしてから、選択したいくつかの写真をフォウルズに見せる。

「これらが最後に撮られた写真で、日付はどれも二〇〇〇年の七月になっていますね」

フォウルズは画面をスライドさせて写真を見ていった。まさに彼が予想していたとおりの光景。カメラをなくしたチンピラ男女のハワイでのバカンス写真。アポリーヌとカリムが浜辺に出かける、アポリーヌとカリムがセックスをする、アポリーヌとカリムが酔っ払う、アポリーヌとカリムがスキューバダイビングをする……。

マティルドが見せてくれたほかの写真はそれより少しまえに撮られたもので、一か月ほど時を遡っていた。フォウルズはそれらを見ていくうち、みぞおちにアッパーカットを食らったように感じた。そこに写っているのは、ある家族三人が誕生日を祝っている光景だった。父親と母親、そして十歳くらいの息子。季節は春以降で、屋上バルコニーでの誕生日ディナー。まもなく夜の帳が下りそうだが、まだ空はバラ色に染まっている。後方には木々が、そしてパリの屋根とエッフェル塔のシルエットまでが見えていた。

「男の子をよく見て」マティルドが一枚の大写しの写真を選びながら緊張した声で言った。

日差しから画面を避けつつ、フォウルズは少年の写真を見つめた。赤いフレームのメガネの向こうに輝く瞳、いたずらっぽい表情、ボサボサになった金髪、頬には小さな三色旗が描かれている。少年はフランスのサッカー代表チームの青いユニホームを着ており、カメラに向かってVサインを送っている。気の優しそうなちょっとおどけた雰囲気の男の子。

「この子の名前を知っていますか?」マティルドが聞くと、フォウルズは首を振った。

「テオというの」彼女は言った。「テオ・ヴェルヌイユ。この晩が十一回目の誕生日だった。二〇〇〇年六月十一日、サッカーのUEFA欧州選手権でフランス代表チームの初戦があった晩でした」

「どうしてわたしにこれを見せる?」

「この子に何が起こったかご存じですか? この写真が撮られてからおよそ三時間後、その同じ晩に、テオは背中に銃弾を受けて殺されてしまう」

4

フォウルズは瞬きもしなかった。写真をスライドさせて男の子の両親の写真をより注意深く見てみる。父親は品のいい四十代、日焼けした顔にいきいきとした目つき、意志の強さを示す頑丈そうな顎、自信に満ちており、行動を重んじ前進することを好む性向を感じさせた。母親は、気取ったシニヨンを結った美しい女性で、内気な性格のようだった。

「だれだか分かります?」マティルドが聞いた。

「ああ、ヴェルヌイユ家の人たちだろう。わたしが思いだすくらいだから、当時はかなり話題になったはずだ」

「それで、正確には何を覚えていますか？」

フォウルズは目を細め、無精髭を手のひらでこすった。

「アレクサンドル・ヴェルヌイユは左翼系人道支援の医師団を代表する人物だった。いわゆる〈フレンチ・ドクター〉（ビアフラ戦争時の一九六八年、フランスの医師たちが中心となって赤十字活動への医療支援を行ったことから用いられるようになった呼称。後に非政府組織〈国境なき医師団〉に発展）の第二世代に属する人間だ。何冊か本を書いているし、ときどきメディアにも登場して生命倫理学や人道的介入についても話をしていた。わたしの記憶では、一般の人々が彼のことを実際に知るようになったころには、彼は妻と息子とともに殺されていた」

「妻はソフィアという名前でした」マティルドがつけ加えた。

「そこまでは覚えてない」彼は後部シートの背もたれから上体を起こしながら言った。「しかし、とりわけ人々に衝撃を与えたのが、その殺害の状況であったという点はよく覚えている。殺人犯、もしくは殺人犯たちは、ヴェルヌイユ家のアパルトマンに侵入して一家全員を殺害したが、結局のところ捜査では、犯行の動機も、犯人あるいは犯人どもの名前も特定することはできなかった」

「その犯行動機ですが、盗みが目的だったとずっと考えられてきました」マティルドはそう言いながらボートの舳先（へさき）のほうに移動する。「高価な腕時計と宝石類がなくなり、そしてカメラも消えた……」

　フォウルズはだんだん分かってきた。

「つまり、それがきみの見解というわけか。これらの写真をもとに、きみはヴェルヌイユ一家の殺害犯をみつけられたと？　アポリーヌ・シャピュイとカリム・アムラニが単に盗むだけのために家族全員を殺したと言いたいんだな？　いくつかのつまらない物を盗むために子供まで殺したと？」

「成りたつと思いませんか？　あの晩、同じ建物の上の階でやはり空き巣狙いがあったんです。ところが二番目に侵入した家では悲劇が起きてしまった、と」

　フォウルズが苛立った。

「今になってきみとわたしで捜査をやり直そうって言うのか、冗談じゃない！」

「どうしてだめなんですか？　当時、アポリーヌとカリムは数えきれないくらい強盗や空き巣狙いをくり返していた。カリムは骨の髄までコカイン漬けになっていて、絶えず現金を必要としていた」

「ハワイの写真では、それほど中毒になっていたようには見えないが」

「もし盗んだのではないとしたら、二人はどうやってカメラを手に入れたんでしょうね？」

「いいかな、わたしはその事件についてどうでもいいと思っているし、なぜわたしが関わっているのかも分からない」

「アポリーヌはここからそう遠くない場所で、木に釘付けになった姿で発見されたのよ！　ヴェルヌイユ事件がこの島で蘇りつつあるというのがあなたには見えないの？」

「それできみは、いったい何をわたしに期待しているんだ？」

「この物語の結末を書いてほしい」

フォウルズは抑えていた怒りを爆発させる。

「では聞かせてもらおうか！　どうしてきみは、この古い事件に夢中になっているんだ？　結局のところ、すべてはアラバマに住む田舎者から一連の古い写真が送られてきたことが理由なんだろう？　それで、きみは突然の使命感に燃えたというわけか？」

「まったくそのとおり！　なぜなら、わたしは人間を愛しているから」

フォウルズは彼女の言い方を茶化してくり返す。

「**わたしは人間を愛しているから。**冗談もいい加減にしろ！　自分が言っていることの意味を理解できているのか？」

マティルドが反撃に移る。

「わたしが言いたかったのは、自分と同類の人たちの運命に無関心ではいられないってこと」

フォウルズはボートの上を前後左右に歩きはじめる。

「しかしそれなら、きみの同類に向けて、気候変動や海洋資源の枯渇、野生動物の絶滅、生物多様性の破壊についての記事を書けばいい。彼らに情報操作という災禍に警戒するよう伝えるべきなんだ。情報の文脈を正しく見直し、復元させ、距離を保ち、客観性を身につけなければならないんだ、と。テーマとして採りあげるべきものは、崩壊寸前の公立学校と病院であり、多国籍巨大企業の帝国主義であり、刑務所の実態であって……」

「もういいから、フォウルズ、言いたいことは分かりました。ジャーナリズムの講義をありがとう」

「何かもっと世のためになることをすべきじゃないのか！」

「死者のために正義を追求することは世のためになります」

フォウルズは立ち止まり、人差し指を向けて威嚇する。

「死者は死者でしかない。彼らが今いる場所では、きみの些細な記事など、だれひとり関心はないだろうね。ついでに言っておくと、この件に関して、わたしは一行たりとも絶対に書くつもりはない。ほかの件についてもそれは同じだが」

疲れてしまったのか、フォウルズは彼女のそばを離れて操舵席にどっかりと腰を下ろした。映画のスクリーンを思わせる風防ガラス越しに、ぼんやりと水平線を見つめながら物思いに耽るようすは、まるで彼が今いる場所から数千キロも離れたところに行きたがっているかのように見えた。

マティルドはそんなフォウルズの鼻先にスマートフォンを突きつけて反撃をやめない。画面にはテオ・ヴェルヌイユの写真。

「殺害された三人のうち、ひとりは子供だった。その犯人をみつけることに、あなたは無関心でいられるわけ？」

「ああ、いられるね、わたしは刑事じゃないんだ！　きみは二十年近く前に起きた事件の捜査を再開したいんだろう？　だが、いったいどういう名目で？　わたしの知るかぎり、きみは判事ではないだろう？」

彼は自分の額を手のひらで叩いた。

「そうか、きみは新聞記者だった、忘れるところだった。最悪のケースだ！」

マティルドは攻撃を無視した。

「わたしはあなたに、こんがらかったこの事件の糸をほどく手伝いをしてほしい」

「なんとも情けないやり方だ、きみのやることすべてが大嫌いだ。わたしが肉体的に弱っている時期に接触を試みて、きみはうちの犬をさらった。その代償は払ってもらうつもりだ。わたしはきみのような人間を嫌悪する」

「それはよく分かりました。でも、ワンちゃんの話はやめてください！　わたしは人間の子供の話をしているんです。もしもあなたの子供だったら、だれが殺したのか知りたくなるはず」

「無意味な論法だね、わたしには子供がいない」

「それは当然でしょうね、あなたは人を愛さないのだから！　いえ違った、あなたは小説の登場人物を愛しているんですね。あなたの精神からそのままの姿で飛びだしてきた紙の上の小さな存在を。それは確かにずっと快適な存在なのかも」

マティルドも自分の額を叩く。

「ああ、そうじゃなかった！　それすら違うんでしたね！　だって、大作家先生はもうお書きにならないとおっしゃっていましたから。買い物リストすら書かない、あれ、違いましたっけ？」

「消えてくれないか、ばかげた話に付き合っている暇はない。さあ、降りてくれ！」

マティルドは一歩も動こうとしない。

「フォウルズ、わたしたちの仕事は同じじゃないの。わたしの仕事は、真実を明らかにすること。あなたはわたしのことを知らない。わたしはやり遂げてみせます。絶対に諦めません」

「好きなようにすればいい、わたしにはどうでもいいことだが、うちの近くをうろつくことだけは絶対にやめてくれ」

こんどはマティルドが人差し指を向けて威嚇する番だった。

「いいえ、今から言っておくけれど、またお宅に伺うつもりです。そして次回お邪魔するときは、この事件を決着させるために、あなたはわたしに協力せざるをえないことになる……何と言ったかしらね？　そう、あなたの言葉に尽くしがたい真実と向き合わざるをえなくなる」

　さすがにフォウルズも堪忍袋の緒が切れて、威嚇するように立ち上がった。ボートが大きく揺れたものだから、彼女は悲鳴をあげる。フォウルズは全力を振りしぼって彼女を抱え上げると、スマートフォンもろとも海へと放り投げた。

　怒りに震えながら〈リーヴァ〉のモーターを始動させると、彼はボートを〈南十字星〉の方角に向けた。

8　それぞれの人間はひとつの影である

人間は（……）わたしたちが侵入することのできないひとつの影であり、（……）憎しみと愛とが代わる代わる同じくらいの現実味を持って、そこで輝いているとわたしたちが想像できる影なのだ。

マルセル・プルースト

1

コリーン・ダンバーのコテージへの波瀾万丈(はらんばんじょう)な遠征――リトル・マックスとの対決はぼくの勝利で終わった――のあと、ぼくは村へ戻るなり〈フルール・デュ・マルト〉のテーブルに安息の場を求めた。表のテラスの賑(にぎ)わいを避けて、店内の海を見渡せる窓の張り出し部分に席をとった。熱いココアをまえに、マティルドの部屋から盗み出した手紙を何度も読み返す。書き手はすべて同一の人物、その傾いた書体から、ネイサン・フォウルズの筆跡であると分かったとき、ぼくの心臓は驚きで高鳴った。疑いの余地はない。というのも、彼がニューヨーク公立図書館に寄贈した自筆原稿をぼくはインターネットで何度となく見ていたからだ。

二十通ほどのラブレター、封筒はないが、パリかニューヨークで書かれたものだった。ほんの数通のみが日付入りで、時期は一九九八年四月から十二月まで。署名は〝ネイサン〟とだけ、宛先は謎の女性で氏名不詳だった。ほとんどの手紙は〝愛するきみ(モナムール)〟で始まっていたが、そのうちの一通で女性のイニシャルが〝S〟であることが分かった。

何度かぼくは読むのを中断した。許可も得ずにこれらの手紙の内容を知り、そしてフォウルズの私生活に立ち入ることがはたして許されるのだろうか？　ぼくのなかのすべてが、許されない、おまえにそんな権利はないと叫んでいた。けれどもその精神的ジレンマも、好奇心と、唯一無二にして魅惑的な手紙が読めるという興奮をまえに消え去ってしまった。

文学的であると同時に感傷的(センチメンタル)なその書簡は、繊細かつ極めて情熱的で生命力に満ちあふれた女性の人物像と、彼女を熱愛する男のそれとを浮かびあがらせていた。女性とフォウルズはその時期、明らかに離れればなれになっていたようだが、書簡を読んでも二人が頻繁に会うのを妨げていた事情は判明しなかった。

全体を見るとその手紙は、伝統的な書簡の体裁と、詩と、黄土色(オークル)を基調に描かれた見事な小さい水彩画の挿絵入り物語が入り交じった、ある種の複合的な芸術作品となっていた。日常の会話とは違う。日中に何をして、何を食べたかを書き連ねるといった類いの手紙でもない。それはいわば人生の賛歌だった。相手が不在ゆえに苦しみ、世界の狂気を呪い、戦争に苛まれながら、それでも愛することの必要性を賛美する歌だった。戦争というテーマはすべての記述に染みこんでいたが、それらの闘争や分断や弾圧が実際の軍事紛争に基づいているのか、あるいはフォウルズによる隠喩なのかは定かでなかった。

　文体について言うと、その文章はまばゆい表現と斬新な文飾にあふれ、聖書の暗示がいたるところに隠されている。フォウルズの才能の新たな一面を見せていた。その音楽性は、アラゴンがエルザ・トリオレに捧げた詩、あるいはアポリネールの『彼方でぼくが死んだら……』を連想させた。激しい思いの丈が感じられるいくつかの箇所は『ポルトガル文』（ポルトガルの尼僧マリアナ・アルコフォラードが当地に駐屯したフランス軍士官に宛てた恋文。後の書簡体小説に多大な影響を与えた。実際にはガブリエル・ド・ギュラーグというフランス人貴族による創作とされる）を想起させる。形式も完璧なので、これは純粋な文学的習作ではないかと思ったほどだ。この〝S〟は実在の人物なのか、あるいはシンボルでしかないのか？　ひとつの愛の対象の化身だろうか？　すべての愛する人々に語りかける普遍的な何かか？

　二度目に読んで、そんな印象も消えた。違う、この文章はすべてにおいて、誠実さや親密さ、熱情と希望、将来の展望といったものが滲みでている。たとえそうした気持ちのほとばしりが、ときおり行間に漂う潜在的な脅威に覆い隠されているにしてもだ。

三度目に読むと、もうひとつの憶測が浮かんできた。〝S〟が病を患っていたという可能性。文中の戦争とは、ひとりの女性が病気に立ち向かう闘いだったのではないか。しかし手紙のなかでは、自然と気象に関するさまざまな要素も重要な位置を占めていた。描かれる光景は対照的で、その描写は正確でありながら詩的でもあった。フォウルズは自分を南部の太陽と光、あるいはニューヨークの金属的な空に結びつけている。いっぽうの〝S〟は、何かより悲しいものを連想させた。山々や、どんよりした空、凍てつく気温、たとえば〝狼たちの縄張りに突然訪れた早すぎる夕闇〟といったような表現。

スマートフォンの時刻を見た。店主のオディベールから午前中の休みをもらっていたが、午後二時には店にいなければならない。そのまえにもう一度、日付順にざっと手紙に目を通してみると疑問が浮かんだ。これ以外にも手紙はたくさんあったのか？　あるいは、物質的にも知的にも魅力的なこの書簡のやりとりをいきなり終わらせるような事態が何か生じたのか？　とりわけぼくが疑問に思ったのは、フォウルズにこれほど情熱的な気持ちを抱かせた女性とはどんな人物だったのかということだ。彼について書かれたものはぜんぶ読んだつもりだが、フォウルズはまだメディアに登場していた当時ですら、私生活についてけっして多くを語らなかった。急にあることを思いつく。フォウルズがゲイだったとしたら？　そして、〝S〟――書簡中では〝金色の髪の天使〟と表現されているが、天使は男性名詞だ――が男性だとしたら？　いや違う、そんな思いつきは文中の女性形使用を見れば成りたたない。

テーブルに置いたスマートフォンが震えて通知が表示された。例のラフォリが連続でツイートしたようだ。独自の情報源から得たニュースを発信したのだろう。アポリーヌとカリムの関係に目をつけた捜査官たちは、捜査網をパリ郊外のエソンヌ県まで広げ、元麻薬密売人への尋問を試みた。司法警察エヴリー署の刑事らは、エピネット区にあるカリム宅に乗りこんだが、本人が不在だったことに加えて、近所の住民たちはカリムが消息を絶ってから二か月になるとの証言をした。彼が経営する自動車整備工場の従業員たちの証言も同様であったが、もとより警察を特別に好む者たちでもないので、だれも失踪を届け出なかった。ラフォリの最後のツイートによれば、カリム宅の家宅捜索を行った際、大量の血痕がみつかったとのことである。現在は鑑識結果を待っている状況だった。

そんな不穏な情報を頭の片隅に収めてから、ふたたびフォウルズの手紙に考えを向ける。手紙の束をブルゾンのポケットにしまって立ちあがり、ぼくは書店に向かった。マティルド・モネーの部屋への侵入は実り多かった。ぼくは今、彼の伝記の一部に関して、それを知る数少ない人間のひとりとなっていた。伝説的な作家の例を見ない自筆書簡の存在を明らかにすれば、出版界に衝撃を与えることは間違いない。一九九〇年代末に文学界を去ると宣言する少しまえ、ネイサン・フォウルズは人生のすべてを巻きこみ焼きつくしてしまうような激しい恋愛を生きていたのだった。だが、未知の何か恐るべき出来事がその恋に終止符を打ち、作家の心を打ち砕いた。以来、フォウルズは己の人生を棚上げにし、書くことをやめ、おそらく永遠に心も閉ざしてしまったのだ。

どう考えても、その女性――金色の髪の天使――が、フォウルズの秘密の鍵を握る人物であることは間違いない。彼が秘めている闇の隠された一面。

フォウルズの〝バラのつぼみ(ローズバッド)〟（映画『市民ケーン』のなかで新聞王ケーンが死に際に残した謎の言葉）である。

この手紙の束を回収して自分の秘密を守るために、フォウルズはぼくにマティルドの調査を頼んだのだろうか？　しかし、どうやって彼女はこれを手に入れたのか？　そして何より、どうして手紙を麻薬か札束であるかのように幅木の裏などに隠しておいたのか？

2

「ネイサン！　ネイサン！　起きてください！」

夜の九時だった。〈南十字星〉は漆黒の闇に沈んでいた。十分間チャイムを鳴らしつづけても反応がないので、ぼくは邸の塀を乗り越えた。スマートフォンのライトを点けるのがためらわれ、手探りで闇のなかを進む。ぼくはおどおどしていた。いつあのゴールデンレトリバーに襲いかかられるかと不安だった。というのも午前中すでに犬との悶(もん)着(ちゃく)を起こしていたからだが、老犬ブロンコはむしろ救助犬のようにぼくをテラスの床に寝転がっている主(あるじ)のそばまで案内してくれた。敷石の上に胎児の姿勢で横たわる作家のそばにウイスキーの空き瓶が転がっていた。

明らかに酔いつぶれている。

「ネイサン！　ネイサン！」ぼくは大声をあげながら彼の身体を揺すった。

ぼくは邸内のすべての明かりを点けてから、フォウルズのそばに戻った。不規則で荒い呼吸をくり返している。主の顔をなめまわすブロンコにも助けられ、ゆっくりと彼の目を覚まさせることに成功した。

フォウルズはどうにか立ちあがった。

「だいじょうぶですか？」

「だいじょうぶだ」袖で顔を拭いながらフォウルズはぼくを安心させた。「ここで何をしてる？」

「お知らせしたいことがあります」

作家はこめかみとまぶたを揉む。

「クソ、頭が痛い」

ぼくはウイスキーの空き瓶を拾いあげた。

「ぜんぶ飲んだのなら当然でしょうね」

〈薔薇の園〉だった。フォウルズの作品にかならず出てくる伝説的な日本の蒸留所で作られたウイスキー。一九八〇年代にはもう製造を打ち切っていた。それ以来、希少となったボトルの値段は跳ねあがった。そんな美酒をがぶ飲みするとは何たる浪費だろう！

「あの記者の部屋で何をみつけたか教えてくれ」

「そのまえにシャワーを浴びたほうがいいのでは？」

フォウルズは、人のことは放っておいてくれと口を開きかけたが、理性に譲らざるをえないと思いなおした。

「きみの言うとおりかもしれないな」

彼がバスルームに行っている隙に、ぼくはサロンの内部を見て回った。フォウルズの私生活に潜りこんでいる自分が信じられなかった。それくらい、ぼくにとってフォウルズに関わるものはすべて厳粛なる次元に属していた。アリババがみつけた金貨でいっぱいの洞窟なのか、物事の真の姿（イデア）の影しか見せないというプラトンの洞窟なのか、いずれにせよ、ぼくには、フォウルズ邸〈南十字星〉が侵しがたい神秘のオーラに包まれているように思えた。

初めてこの邸に入ったとき、印象に残ったのは、写真や思い出の品といった、特定の場所と過去とを結びつけるような物が何ひとつ見当たらないということだった。冷たい感じの家というわけではない、むしろその反対だが、いくらか没個性的と言ったほうがいいかもしれない。ひとつだけ、ちょっと変わったものといえば、それはスポーツカーのミニチュアモデルだった。ポルシェ911、銀色のボディーに青と赤のストライプが入っている。昔ぼくが読んだアメリカの新聞記事によれば、九〇年代にフォウルズはその型の車を実際に所有していたのだという。メーカーが一九七五年に指揮者ヘルベルト・フォン・カラヤンの要望に応じて一台のみ製造したという特注モデルだ。

サロンを出て、こんどはキッチンに行き、冷蔵庫と戸棚を開ける。ぼくは紅茶とオムレツ、グリーンサラダを用意し、トースターでパンも焼いた。同時にスマートフォンで捜査の進捗状況を知ろうとしたが、電波が弱いどころかまったく届いていなかった。

コンロ横の調理台に、ぼくの祖父が持っていたようなトランジスタ・ラジオをみつけた。スイッチを入れるとクラシック音楽が流れたので、プラスチックのダイヤルを回してニュース局を探す。〈RTL〉の午後九時のニュースは残念ながら終わるところで、〈フランス・アンフォ〉をみつけようと苦労しているところにフォウルズが入ってきた。

彼はジーンズと白のシャツに着替え、鼈甲フレームのメガネをかけて、八時間たっぷり眠ったあとのように十歳は若返って見えた。

「歳を考えたら、お酒はもうちょっと控えたほうがいいんじゃないですか」

「うるさいな」

それでも、満足そうに大きく肯いてみせ、夕食が用意されているのを喜んだ。彼は二人分の食器を出し、キッチンのカウンターで向き合うようにセットした。

「ボーモン島での殺害事件に関して、新しい事実が明らかになりました……」ラジオが伝える。

ぼくらはラジオに近寄る。ニュースは二つあった。その最初のニュースに、ぼくたち二人は愕然とした。匿名の情報提供者の通報により、パリ近郊のセナールの森でカリム・アムラニの死体が発見されたというのだ。死体の腐敗状況から、死亡からかなりの日数が経っているとのことだった。これで一挙に、アポリーヌ・シャピュイの殺害事件に複雑な背景があることが明らかとなった。ただ、メディアの思考パターンに沿うならば、逆説的ではあるけれど、この事件の特徴でもあったローカル色がどこか薄れて、もっと広い意味でありきたりな事件（パリ郊外、犯罪組織等々といったキーワード……）になったとも言える。こうして地理的な特異性が失われて、ボーモン島殺人事件は一時的にせよ、シャピュイ＝アムラニ殺害事件へと変わった。

二番目のニュースも同じ傾向にあった。つまり、海軍地中海軍管区長官により島の海上封鎖令が解かれることに決まったという内容だった。〈フランス・アンフォ〉によれば、明朝七時をもってその決定が有効となるようだが、フォウルズはそのニュースにはあまり興味を示さなかった。彼が泥酔する原因となった危機感はすでに治まったようだ。

取り分けたオムレツを食べながら、彼はその日の午後にマティルドと交わした会話について語る。その話にぼくは興奮した。ヴェルヌイユ事件について何かを思いだすには、ぼくは若すぎたけれど、ラジオかテレビで放送された有名なこの事件に関する番組を聴いたか見たかした記憶がおぼろげながらあった。フォウルズをそこまで動揺させたものが何なのか理解できないまま、かなり自分本位だとは思うけれど、ぼくはその話に、小説に格好の題材を見いだしていた。

「あんな状態になったのは、その事件が原因だったわけですか？」

「あんな状態とは？」

「午後のあいだずっとウイスキーを飲みつづけて酔いつぶれた状態のことですよ」

「自分に理解できないことを話すのはやめて、マティルド・モネーのところに行って分かったことをしゃべってくれないかな」

3

ぼくは慎重に、マティルドが進めていると思われるカリム・アムラニとフォウルズに関する調査について話しはじめた。靴の件に触れると、フォウルズはほんとうにびっくりしたようだった。

「あの女はどうかしてるな……。きみが発見したのはそれだけか？」

「いえ、ただその続きですが、あなたは気に入らないと思いますよ」

フォウルズは強い関心を示したが、彼にとっては辛い展開になると分かっているので、ぼくもまったく愉快な気分ではなかった。

「マティルド・モネーは手紙を持っていました」

「手紙って、どんな？」

「あなたの手紙です」

「彼女に手紙を書いたことなんかないぞ！」

「ネイサン、違うんです。あなたが二十年前にべつの女性に書いた手紙です」

ぼくはブルゾンのポケットから手紙の束を取りだし、彼の皿の横に置いた。

まず彼は、目の前の事実を完全に理解できないまま、手紙をじっと見つめた。それを広げてみるまでにしばしの時があった。それから最初の数行を読みだすまで、もっと長い時間が必要だった。彼の顔は青ざめていた。その反応は驚愕を通りこしていた。まさにたった今、幽霊が現れたのを目にしているかのようだった。しかし、徐々に彼は動揺を鎮めていき、やがて平静さを取りもどす。

「読んだのか？」

「申し訳ないですが、読みました。でも後悔はしていません。気高い手紙です。それくらい見事な手紙です。出版することを考えてみるべきではないでしょうか」

「ラファエル、きみはもう帰ったほうがいいと思う。やってくれたことには感謝する」

墓の底から響いてくる死者の声のようだった。フォウルズはぼくを送りだすために立ちあがったが、戸口まで見送りに来ることはなく、その場で手を挙げて別れの挨拶をした。玄関でふり返ると、フォウルズは重い足を引きずってバーコーナーまで行くと、ウイスキーを注いでからソファーに座った。焦点の定まらない視線、彼の心はどこかべつの場所、過去という錯綜した迷宮のなかに、記憶という苦しみのなかに向かっていた。

ぼくはそんな状態で放っておけないと思った。

「ネイサン、ちょっと待ってください。今日はもう充分に飲んだでしょう！」引き返しながらぼくは言った。

ぼくは彼のまえに立つと、グラスを取りあげた。

「放っておいてくれ！」

「酒に逃避するのではなく、何が起こったのかを理解すべきじゃないですか」

自分の振る舞いについて意見されることに慣れていないフォウルズは、ぼくの手からグラスを奪い返そうとした。それにぼくが抵抗したものだから、グラスは床に落ちて砕け散ってしまった。

二人はバカみたいに見つめ合う。どちらも賢そうに見えないのは確かだった……。

面子(メンツ)を失いたくないフォウルズはウイスキーのボトルをつかむと、そのままラッパ飲みを始めた。

テラスに出たがるブロンコのためにガラスドアを開けてやった彼は、そのまま自分もテラスに出て柳編みのソファーに座った。

「どうやってマティルド・モネーはあの手紙を手に入れたんだ？　考えられない、どうなっているんだ？」彼は声に出して自問した。

その顔は驚きから次第に不安げなものに変わっていく。

「ネイサン、あなたが手紙を書いた女性ってだれなんですか？」ぼくはテラスの彼に近づきながら聞いた。「Sというのはだれですか？」

「わたしが愛した女性だ」

「それは分かりましたけど、その人はどうなったんですか？」

「死んだよ」

「失礼しました、ほんとうに」

ぼくは彼に近いソファーのひとつに座った。

「彼女は無残に殺された、二十年前のことだ」

「殺されたって、だれに？」

「最低の人間のクズ、最悪の男に殺されたんだ」

「それが原因で、あなたは書くのをやめたんですか?」

「ああ、今朝きみには少し話したかもしれないけれど、わたしは悲しみで打ちのめされてしまった。書くのをやめたのは、執筆に必要とされる精神の統一ができなくなったからだ」

彼は答えを探すかのように水平線を見つめた。夜、海面が満月に輝くとき、この場所はさらに夢幻的な雰囲気に包まれる。地上にほかのだれも存在していないように感じられた。

「書くことをやめたのは間違いだった」彼はたった今ふいの啓示を受けたかのように言葉を継いだ。「書くことは人生および思想を構築し、しばしば存在という混沌に秩序を与えてくれるのだから」

しばらくまえから、ひとつの問いがぼくの頭のなかを駆けめぐっていた。

「なぜあなたはこの邸から離れなかったんですか?」

フォウルズは深いため息をつく。

「この〈南十字星〉を買ったのは、その女性のためだった。彼女はこの島を愛するようになったのと同時に、わたしを愛するようになった。だから、ここに留まることは彼女といっしょに居続けるということだ、おそらく」

無数の問いが口から出かかっていたけれど、フォウルズはそんな機会を与えてくれなかった。

「車で送ろう」彼はソファーから立ちあがった。

「ご心配なく、スクーターで来ましたから。それより休んでください」

「好きにしてくれ。いいか、ラファエル、きみには引き続きマティルド・モネーの動機を探ってもらう必要がある。理由は説明できないが、わたしは彼女が嘘をついていると感じるんだ。われわれは何かを見過ごしている」

彼が〈薔薇の園〉のボトル――ぼくの一年分の家賃に相当する値段だろう――を差しだしたので、ぼくは帰路を走るための元気づけに一口ラッパ飲みした。

「どうしてぼくにぜんぶを話してくれないんですか？」

「わたしもまだすべての真実を知らないからだよ。それに、知らないことは一種の盾にもなるからさ」

「あなたがぼくにそんなことを言うんですか？　無知が知識に勝ると？」

「わたしが言いたいのはそういうことじゃない、それはきみもよく分かっているはずだ。ただ、わたしの経験を信じてほしい。ときには知らないほうがいいこともある」

9　身内の死

生活のなかで負う傷は癒えることがなく、人はその傷を最終的に説明する話が作りあげられると期待しつつ、その詳細について述べつづけることをやめない。

エレナ・フェッランテ

二〇一八年十月十一日、木曜日

1

午前六時前だった。まだ夜は明けていなかったが、ぼくは書店内の空気を入れ換えるために大きくドアを開けた。デスクのそばに戻り、挽いたコーヒーの粉を入れた缶のなかを見た。空っぽ。ほとんど徹夜で作業をしたぼくは、すでにコーヒーを十杯ほどは飲んでいるはずだから当然だろう。オディベールの古いプリンターはもう寿命に達していた。ひとつだけ残っていた予備のインクカートリッジも、ネットでみつけた重要な文書をいくつか出力するためにぼくが使ってしまった。そして、それらの資料や写真をぼくは店の大きなコルクボードにひとつひとつピンで留めていった。

一晩中、ヴェルヌイユ一家殺害に関する情報を求めていろいろなサイトを調べまくった。大手新聞の過去の記事をオンラインで閲覧したほか、電子書籍をダウンロードし、ポッドキャストで十本程度の番組の抜粋も聴いた。ヴェルヌイユ事件は強い伝染力を持つウイルスのようで、ぼくはたちまち感染してしまった。それは悲劇であると同時に、好奇心を掻きたてる事件でもあった。最初は、ある程度の確信がすぐに得られるだろうと思っていたが、一晩中かかりきりになったあげく、ぼくは相変わらず狐につままれたような気分だった。複数の要因がこの事件に混乱を招いていた。ひとつは、ヴェルヌイユ一家の殺害犯が一向に特定されなかったことである。事件そのものは、一九七〇年代の片田舎で起きた話題にもならない未解決事件(コールドケース)ではなく、二十一世紀への変わり目にパリ市内で起きた大事件だった。ある公的な人物の家族に関わる虐殺事件であり、しかもフランスでも選り抜きの警察官たちが捜査を進めたのである。クロード・シャブロル監督の犯罪映画というより、タランティーノのそれに近いと譬(たと)えたらいいだろうか。

計算すると、事件があった当時ぼくは六歳だったから、ニュースでその経過を追った記憶はないが、後に、ぼんやりとではあるけれど事件についての話を聞いた覚えがある。

きっと学生時代に『被告人を入廷させなさい』とか『犯行時刻』といった番組で観たか聴いたかしたに違いない。

アレクサンドル・ヴェルヌイユは、一九五四年にパリ郊外のアルクイユにて生まれた消化器外科を専門とする医師。六八年五月革命の影響もあり、高校時代（リセ）から政治に関心を向け、ロカール派青年運動（ミッテランの盟友であると同時に政敵でもあった五月革命の指導者のひとりミシェル・ロカールを信奉する社会党の新左翼世代、中道左派）を経て社会党員となる。医学部卒業のあと、〈公立サルペトリエール病院〉および〈国立コシャン病院〉に勤務。その後、政治的な関わりは人道支援活動に向かう。ヴェルヌイユの歩む道は、当時の市民運動と人道支援活動、そして政治活動の合流点で頭角を現しはじめていた複数の著名人のそれに似ていた。一九八〇年代と九〇年代におけるエチオピアやアフガニスタン、ソマリア、ルワンダ、ボスニア……などほとんどの戦場に、〈世界の医療団〉あるいは〈フランス赤十字社〉といっしょに行動する彼の足跡を見ることができる。一九九七年の総選挙で社会党が勝利したあと、彼は国際協力担当相の保健技術顧問に任命されたが数か月後には辞任、現場、ことにコソボに赴くことを選択した。一九九九年末になってフランスに帰国すると、〈パリ公立病院連合〉（AP-HP）外科学校の学長に就任した。医学関連の活動と併行して、ヴェルヌイユには生命倫理学のほか、人道的介入の権利および社会的疎外についての著作もあり、良書との評判を得ていた。人道支援運動の世界で尊敬を集めるヴェルヌイユは、ベテラン兵士のような好戦的な一面と、その巧みな弁舌を買われ、メディアに重宝がられた。

2

悲劇が周到に仕組まれたのは二〇〇〇年六月十一日の夜、その日はサッカーのUEFA欧州選手権〈ユーロ2000〉におけるフランス代表チームの初戦が予定されていた。その晩、ヴェルヌイユと妻のソフィア――歯科口腔外科医で、ロシェ通りにてパリで最も繁盛しているうちのひとつとされる歯科医院を経営――は、息子テオの十一回目の誕生日を祝っていた。家族の住まいはパリ十六区ボーセジュール通りにあり、一九三〇年に建てられた立派なアパルトマンの三階からはエッフェル塔とラヌラグ公園の美しい眺望が開けていた。ぼくはインターネットで男の子の写真をみつけたとき、たちまち動揺してしまった。同い年だったころのぼく自身を思いだしたからだ。屈託のない顔ですきっ歯を見せ、くせ毛のブロンドにカラーフレームのメガネ。

事件から十八年が経っても、今なおさまざまな事実の連鎖が論議を呼んでいる。確実に分かっていることは何なのか？　深夜〇時十五分ごろ、隣の建物の住人から通報を受け、パリ犯罪対策班がヴェルヌイユ家に乗りこんだ。アパルトマンの玄関ドアは開けっぱなしになっていた。刑事たちは、至近距離からの銃撃により顔の大部分を失い玄関近

今日、読んだコトバは、
明日のキミになる。

集英社文庫
http://bunko.shueisha.co.jp

くに倒れていたアレクサンドル・ヴェルヌイユの遺体をまたいで進んだ。妻のソフィアは心臓に一撃を食らい、奥のキッチンのドア付近で殺されていた。そして、幼いテオは背中を撃たれて廊下に倒れていた。その現場は凄惨の一言に尽きた。

殺戮は何時に起こったのか？　おそらく午後十一時四十五分ごろ。十一時三十分には、アレクサンドルが父親に電話をしてサッカーの試合結果（ジダン世代のフランス代表チームが三対〇でデンマークに勝利）を伝えていた。電話を切ったのが十一時三十八分。近隣住民による警察への通報はその二十分後だった。通報者本人の証言によれば、警察への電話が遅れたのは、対デンマーク戦の勝利を祝う外のお祭り騒ぎで、おそらく、銃声を爆竹の音と混同したからだろうとのことだった。

捜査に手抜きがあったわけではない。アレクサンドルはパトリス・ヴェルヌイユ——パリ司法警察を統括していた大幹部のひとりで、事件当時もまだ内務省の官僚——の息子だった。捜査はめぼしい成果をもたらさなかったが、そのなかで明らかになったのは、ヴェルヌイユ家のすぐ上の階、つまり四階の、南仏に出かけていた年金生活者の夫婦が所有する最上階のアパルトマンで、同夜、同時刻に空き巣狙いがあったということだ。そして、同じく確認されたのは、ソフィア・ヴェルヌイユの宝石類と夫アレクサンドルの超高級な腕時計のコレクション（彼は臆することなく〝ロレックス・マニアの左翼政治家〟のひとりと自称していた）、とりわけ、当時の評価額が五十万フラン以上とされた通称〈パンダ〉と呼ばれる〈ロレックス・デイトナ・ポール・ニューマン〉も盗まれていたことである。

建物の入り口には防犯カメラがあったが、そのカメラが壁側を向いてしまっていたため何も映っておらず、それが故意なのか偶然なのか、事件直前にそうなったのか、数日前からそうだったのかも不明とされた。回収できた散弾から、犯行に用いられたのはおそらくショットガンか猟銃だろうと思われ、最も一般的な口径が十二ゲージの薬莢が残されていたが武器自体は発見されなかった。薬莢だけでは、散弾銃のモデルを特定することはおろか、それが過去に犯罪で用いられたかどうかの追跡調査も不可能だった。現場に残されたＤＮＡにしても同じことで、家族のだれかに合致するか、もしくはそのどれにも一致はしないが、警察のデータベースを照合しても登録がないものしかなかった。それですべてだった。というか、ほぼすべてであった。

ぼくはそんな資料を夢中になって読みながら、アポリーヌ・シャピュイとカリム・アムラニがこの事件で潜在的な役割を果たしているのではないかと思った。自分が、この事件と彼らとを関連付けて捜査の見直しを考えはじめた最初の数人のひとりだろうと自覚した。となれば、もはや避けることのできないひとつのシナリオがはっきりと黒のインクで書かれていくしかないだろう。ごろつきのカップルは、最初は四階の老夫婦の留守宅に侵入して盗み、それから一階下のアパルトマンに下りた。そこも家族全員が留守だと思ったのかもしれない。ところがヴェルヌイユに出くわす。パニックに陥ったカリムとアポリーヌは銃を撃ってしまい——死体がひとつ、二つ、三つ——、そのあと時計と宝石を、ついでにカメラも盗む。

仮説に破綻は見えない。ぼくが〝地下鉄スターリングラード駅のボニーとクライド〟について読んだ記事のすべてが、カリムは凶暴だったと書いていた。この男は例の場外馬券売場を兼ねるカフェの店主を撃つのをためらわなかった。模造ピストルだったのは確かだが、それでも店主は失明している。

ぼくは椅子に座ったまま大きく伸びをし、大あくびをした。シャワーを浴びるまえに、もうひとつポッドキャストを聴いておかなければならなかった。〈フランス・アンテール〉放送のラジオ番組『要注意事件』で採りあげられたヴェルヌイユ事件についての回だった。聴こうとしたが、何も始まらない。

くそ、またルーターが落ちたか……。

この書店兼住居で頻繁に起こる問題だった。そのたびに二階に行き、ルーターを再起動させる。問題は、まだ朝の六時だからオディベールを起こすわけにいかないことだった。とはいえ、ぼくはリスクを冒して忍び足で階段を上る。主はドアを半開きにして眠っていた。サロンでスマートフォンのライトを点けると、ぼくはできるだけ音を立てずにルーターのあるキャビネットに近づく。電源を切ってから再起動させ、床板を軋ませぬよう引き返す。

身体が震えた。何度も来ている場所なのに、闇に沈んだサロンはまた違う空間のように感じられた。スマートフォンのライトを本棚のほうに向ける。〈プレイヤード叢書〉と〈ボネ＝プラシノス〉（ガリマール書店が一九四一年から六七年のあいだに刊行した二人の装丁家の意匠による豪華装丁本）の脇に、いくつか木枠の写真立てがあった。直感？　本能？　好奇心？　ぼくは家族写真を見てみようと近づいた。最初の数枚はオディベールと妻アニタの写真で、彼女が二年前にガンで亡くなっていたことは彼と最初に会ったときに聞いていた。そこに置かれていたのは、さまざまな時代の夫婦の写真だった。一九六〇年代なかばに結婚し、すぐに二人の腕に抱かれた赤ん坊の写真が加わり、それが、もう一枚のふくれ面をした反抗期の少女との写真に変わる。一九八〇年代の初頭、満面の笑みをたたえた夫婦がシトロエンBXをバックにポーズをとり、その十年後はギリシアへの旅、そして最後の旅となるニューヨークでの写真。失ってから初めてその価値を知ることになる幸せだった日々。だが、ぼくの血を凍らせたのは、残る二つの木枠の写真立てだった。その二枚の家族写真には、ぼくが知っているほかの人物の顔が写っていた。

アレクサンドルとソフィア、それにテオ・ヴェルヌイユの顔である。

そして、そこにはマティルド・モネーの姿もあった。

3

電話の音で、ネイサン・フォウルズは細切れの辛い眠りから目を覚ました。ソファーに座ったまま足下のブロンコといっしょに寝込んでしまった。大きなあくびをしてから、立ちあがりよろよろと電話へと向かう。

「もしもし」

彼の声は一晩で声帯が錆びてしまったかのように嗄れていた。突っ張った首筋に感覚はなく、ちょっとした動作でも全身が軋むように感じた。

電話は〈青少年の家〉メディアライブラリーの元責任者サビナ・ブノワからだった。

「ネイサン、朝でちょっと早すぎるけれど、何か分かったらすぐに電話してくれと言ったでしょう……」

「大いに助かる」フォウルズは言った。

「あなたの綴り方教室に参加した生徒たちのリストが手に入ったんです。それによると、あなたは教室を二回開いています。一九九八年の三月二十日と、同じ年の六月二十四日です」

「ああ、それで？」

「参加した生徒のなかにマティルド・モネーという名の子はいませんでした」

フォウルズはまぶたを揉みながらため息をつく。なぜあの記者は、その点で嘘をつかなければならなかったのか？

「マティルドという子はひとりだけいたけれど、名前はマティルド・ヴェルヌイユです」

フォウルズの血が凍った。

「あの気の毒なヴェルヌイユ医師の娘さんです」サビナ・ブノワは続ける。「あの子のことはよく覚えています。きれいな子で控えめ、感受性の強い、頭のいい生徒でしたね……。その子があんな悲劇に見舞われるなんて、だれが想像できたでしょう……」

4

マティルドはアレクサンドル・ヴェルヌイユの娘で、グレゴワール・オディベールの孫娘でもあった！　その新たな発見に茫然として、ぼくは闇のなかに少なくとも一分間は立ち尽くしていた。狼狽（ろうばい）し、頭は支離滅裂、全身に鳥肌も立った。

このまま留まっていてはいけない。本棚のいちばん上に四冊のアルバムが並んでいた。クロス装の大判サイズ、年代順になっていた。床に座りこみ、ぼくはスマートフォンのライトを点けてアルバムをめくり、タイトルや説明文に目を走らせた。ぼくが知りえたなかで重要な点はいくつかの日付だった。グレゴワールとアニタ・オディベールには一九六二年に生まれた一人娘ソフィアがいて、彼女はアレクサンドル・ヴェルヌイユと一九八二年に結婚していた。二人のあいだにはマティルドとテオが生まれ、その子たちは小さいころ、バカンスでしょっちゅうボーモン島に来ていた。

どうしてフォウルズもぼくもそれに気づかなかったのだろう？　ぼくが読んだ記事でマティルドの存在に触れたものはなかったように思う。スマートフォンを手にしていたので、早速グーグルにキーワードを入力して検索してみる。『レクスプレス』誌の二〇〇〇年七月の無料記事には〝一家の十六歳になる長女は、事件当夜、バカロレアの国語の試験勉強でノルマンディーの友人宅にいてパリの家を留守にしていた〟と書かれていた。

頭のなかで多くの仮説がひしめき合っていた。調査に関して、ぼくは決定的な一歩を踏みだしたという手応えを感じていたが、これら発見したことすべての結果がどうなるかは見当がつかなかった。手を引くべきだろうかともためらった。今いる場所まで、隣の寝室で眠っているオディベールの規則的な寝息が聞こえてくる。すでにぼくは、自分に与えられたチャンスを最大限に使ってしまったかもしれない。けれども、まだ掘りおこすべき秘密が残っているかもしれなかった。書店主の寝室をさっと盗み見る。装飾など何もない禁欲的な空間、まるで僧院だった。ベッドのそばの、壁際の小さな机にノートパソコンが置かれている。それだけが室内で唯一モダンなもの。興奮がぼくを捉え、たちまち慎重さを追いやって一か八かの行動に走らせる。ぼくはもっと知らなければならない。机に近づくと、意思とは無関係に、ぼくは自分の手がパソコンをつかむのを感じた。

5

一階に戻るとすぐに、ぼくはパソコンの中身を調べようと急いだ。オディベールが最新のテクノロジーに通じていないのは確かだろうが、彼は人にそう思わせたがるほどハイテク音痴でもないのだ。彼のパソコンは二〇〇〇年代末の古くても優秀な〈ＶＡＩＯ〉だった。ほとんど確信はあったが、ロック画面のパスワードは書店のＰＣと同じだろうと予想して運試しに入力してみると……正解だった。

ハードディスクはほとんど空っぽ。自分が何を探しているのかまるで見当がつかなかったけれど、ほかに発見すべき情報が存在するに違いないと思った。数少ないデスクトップ上のフォルダーのなかに、更新されていない書店の経理ソフト、請求書がいくつか、ボーモン島の地形図、そしてアポリーヌ・シャピュイとカリム・アムラニの犯罪歴に関する新聞記事のPDFファイルが埋もれていた。目新しいものは何もなし、どれも読んだことのあるものだった。そこから分かったのは、オディベールがぼくと同じ調査を手がけていたということだ。書店主のメール、あるいはメッセージを探ってみようか躊躇する。オディベールはフェイスブックのアカウントを持っていなかったが、書店のページはあるので開いてみると、一年以上もまえから更新されていなかった。写真のライブラリーも中身は乏しかった。だが、アルバムが三つあり、その内容は恐るべきものと判明する。

まずはアポリーヌ・シャピュイのホームページのスクリーンショットが多数、そして、フォルダーのひとつにはエヴリー市内を歩くカリム・アムラニの姿を望遠レンズで捉えた写真、それはぼくがマティルドの部屋でみつけたものと同じ写真だった。だが驚きはそれだけではない、最後のフォルダーにはほかの写真も保存されていたのだ。最初ぼくは、それらはマティルドがフォウルズに見せた写真だろうと思った。チンピラ男女のハワイ旅行の写真と、テオ・ヴェルヌイユの誕生会の写真。だが明らかに、マティルドはフォウルズに誕生会の写真の一部しか見せていなかったはずだ。というのも、それ以外の写真は弟の誕生会の夜、つまり彼女を除いた家族全員が殺されたとき、彼女が家のなかにいた事実を示していたからだ。

目がチクチクして耳鳴りがするし、こめかみまで破れそうに感じた。でも、どうして捜査官たちは、このことに気づかなかったのだろう？　ぼくは得体のしれない不安に襲われ、まぶたを焼くモニター画面から目をそらすことができなかった。写真の十六歳のマティルドは、どこかひ弱で、心ここにあらず、作ったような笑みを浮かべて相手の視線を避けるメランコリックな瞳を持つ美少女だった。

いくつかの常軌を逸した仮説がぼくの心によぎった。なかでも最も悲惨なのは、マティルドが自分の家族を皆殺しにしたというもの。そのアルバムのある写真がまたぼくを驚かせる。日付は二〇〇〇年五月三日、おそらく五月一日の祝日に合わせて連休をとっていたのだろう。マティルドとテオが〈深紅の薔薇〉の店の前で祖父母といっしょに写っていた。

パソコンの電源を切るまえに、念のためゴミ箱フォルダーを覗いてみる。動画ファイルが二つあったのでデスクトップに戻してからＵＳＢメモリーにコピーした。イヤホンを耳にセットし、動画を再生する。

そして目にしたものに、ぼくは震えあがった。

6

キッチンのテーブルに肘をつき、両手で頭を抱えたフォウルズは、サビナ・ブノワが明かしてくれたことがどういう結果をもたらすのか考えていた。モネーはペンネームだろう。マティルドはスイス人ではなく、本名はマティルド・ヴェルヌイユだった。そして彼女がほんとうにアレクサンドル・ヴェルヌイユの娘だとしたら、この数日のあいだ島内で起こったことのすべてが新たな意味を帯びてくる。

メディア嫌いが仇となり、フォウルズには何ひとつ現実が見えていなかった。マティルドが新聞記者であるという事実に惑わされて、最初から判断を誤ってしまったのだ。実際、マティルドが島に来ている理由は単純で、自分の家族を殺した相手に復讐をするためだった。彼女がカリムとアポリーヌを殺したという仮説が――彼女が二人を家族殺しの犯人と特定したという前提だが――今は大きな信憑性を持ちはじめた。

数十のイメージや記憶、かすれた音がフォウルズの頭をよぎる。その不安定な思考の流れのなかからひとつの映像が浮かびあがった。モーターボートの上でマティルドから見せられた誕生会の写真、そのうちの、ヴェルヌイユと妻、そして幼いテオがエッフェル塔の見えるテラスでポーズをとっている一枚である。明白な事実に愕然とさせられる。一枚の写真に三人の身体の膝から上がほぼ収まっているということは、セルフタイマーを使った可能性もないわけではないが、それを撮っただれかがいるということだろう。そのだれかがマティルドだった可能性はかなり高い。あの殺戮があった夜、おそらく彼女もアパルトマンにいたのだ。

突然、フォウルズは酷寒の闇に放りだされたように感じた。彼はすべてを理解し、自分が極めて危険な状況に陥っていることを察した。

急いでサロンに向かう。部屋の奥の、薪が積まれた金属製の棚の隣に、オリーブ材で組まれたボックス型の家具が取りつけられている。なかには銃がしまわれていたが、開けてみると銃は消えていた。何者かがクチェードラの彫られた銃を奪っていた。呪われた武器、恥知らずな犯罪の元凶、彼の不幸の源となった銃である。彼はふと、小説における古いルールのひとつを思いだした。小説家が作品の冒頭で銃を話題にすれば、かならず一度はその引き金がひかれ、小説の結末で登場人物のひとりが死ぬことになる。

フィクションの規則を信じているフォウルズは、自分が死ぬであろうことを確信した。それも、今日のうちに。

7

ぼくは最初の動画を再生してみた。長さは五分、スマートフォンで撮影されたと思われる。場所は屋内、戸建ての家のなかのようだった。

「許してくれ！　おれは何も知らないんだよ……。あんたに話したこと以外は何ひとつ知らないって言ってるじゃないか！」

手錠をかけられた両手は頭上に引っ張られており、カリムは床に向かって傾斜した板の上に寝かされていた。

その腫れあがった顔と血だらけの口元を見れば、何度も殴られたあとだということは一目瞭然だった。カリムを尋問している男は、ぼくが見たことのない大柄の人物で、白髪の、驚くほどがっちりとした体格、格子柄のシャツに〈バブアー〉のオイルドジャケット、タータンチェックのハンチング帽を被っている。

細部を確認するため画面に目を近づけた。この男は何歳ぐらいだろう？　顔のしわと身体全体から受ける印象から、七十五歳を超えているのではないか。巨大な腹のせいで移動するのが億劫なようだが、目の前のものすべてをなぎ倒す雄牛のようなエネルギーに満ちている。

「ほかに知ってることなんてないんだよ！」カリムが金切り声をあげる。

白髪の男は何も聞こえていないかのようだった。数秒のあいだ画面から姿が見えなくなり、タオルを手に戻ってくると、それでカリムの顔を覆った。そして、場数を踏んだ拷問のプロのような手さばきで、タオルの上から水を注いだ。

恐るべき水責め尋問（ウォーターボーディング）のテクニックだった。

動画はとても正視できる内容ではなかった。老人はカリムが窒息するまで水をかけつづける。カリムの身体はまっすぐに硬直したかと思うと、ばたばたと暴れた後、痙攣（けいれん）で

ねじ曲がる。ようやく老人がタオルを剝がしたとき、ぼくはカリムがもう生き返ること

はないと思った。だが、やがて彼は口から泡と粘液が混じった水を間歇泉のように噴きだす。カリムはしばらく死んだようにぐったりしていたが、何かを吐きだしてからつぶやいた。

「おれは……ぜんぶしゃべっただろうが、くそっ、いい加減にしろよ……」

老人は身を屈め、カリムの耳元で囁く。

「そうか、それなら、もう一度初めからやり直しだな」

カリムはすでに限界に達していた。恐怖に顔がゆがんでいる。

「だから、知らないんだって、おれは……」

「よし、では始めるとするか！」

老人はふたたびタオルを手にした。

「やめてくれ！」カリムが悲鳴をあげる。

彼はどうにか息を整え、考えをまとめようとした。

「あの晩、二〇〇〇年の六月十一日、アポリーヌとおれは十六区に住む金持ちの老夫婦の家で空き巣狙いをやろうとした。それで、ボーセジュール通り三十九番地の四階まで出向いたんだ。夫婦が留守だってことは、信用できる情報があったから分かっていた」

「その情報を流したのはだれだ？」

「覚えちゃいないが、仲間のひとりだった。年寄り夫婦の家は大金持ちという話だったけど、現金と宝石のほとんどはコンクリートの壁に嵌めこまれた金庫に入ってたんで、盗れなかった」

カリムは抑揚のない早口で語った。まるで何度も数えきれないほどこの話をしたことがあるかのようだった。鼻が潰れているので声は妙にこもり、内出血で塞がったまぶたからは血が流れていた。

「どうでもいいような物とか簡単に売り飛ばせる物をかっさらった。それで引き上げようと思ったとき、下の階から銃声が聞こえたんだ」

「何発だった？」

「三発。まずいと思ったんで、おれたちは寝室のひとつに隠れて時間が過ぎるのを待った。けっこう長い時間だった。すぐに刑事が乗りこんでくるに違いないし、下の階で殺しをやっているやつもヤバいと思ったからだ」

「おまえたちはそいつがだれか見なかったのか？」

「見てない！　ヤバい相手だと思ったって言っただろう。三階に行くのをビビっているうちに何分も時間が経ってしまったんだ。屋根伝いにずらかろうともしたんだが、鍵がかかっていてだめだった。で、しかたなく階段を下りた」

「それからどうした？」

「三階に下りたんだが、アポリーヌは死ぬほどビビってた。おれのほうはかなり気持ちが楽になっていた。例の年寄り夫婦の部屋に隠れているあいだ、ガラステーブルを使ってコカインをやっていたからだ。完全にラリってハイになっていたおれは、あのアパルトマンの玄関の前を通るときドアに首を突っこんで覗いたんだ。ひでえ虐殺だった。そこらじゅう血だらけで、床に死体が三つも転がっていた。アポリーヌは悲鳴をあげて、地下の駐車場でおれを待ってるからって言い残して先に逃げちまった」

「心配するなって、おまえの女にも尋問してやるからな」

「おれの女じゃないって言っただろう。もう十八年も話してないんだぞ」

「ところでおまえだが、ヴェルヌイユのアパルトマンで何をした?」

「全員が死んでた、それはもう言ったよな。おれはサロンと寝室を見にいって、持っていけそうな物はぜんぶ盗った。高級時計とか、現金もうなるほどあったし、宝石にカメラ……。それから、アポリーヌが待っている駐車場に下りた。それで数週間後に、おれたちはハワイに飛んで、そこで問題のカメラをなくした」

「そうだな、あれはまずかった」老人は相づちを打つ。

そして深くため息をついてから、いきなりカリムの脇腹を狙って強烈な肘打ちを食らわせた。

「まずいどころか最悪だ、あの日おまえがなくしたのはカメラだけじゃない、自分の命もいっしょになくしたんだ」

老人の巨大な二つの拳が想像を超えた力でカリムに襲いかかる。

ぼくはぞっとした。血しぶきを顔に浴びたように感じて画面から目を背けた。熱病に冒されたかのように、ぼくの全身に震えが走る。素手で人を殺せるこの男はいったい、何者なんだ？　これほど常軌を逸した凶行に老人を駆りたてる理由はいったい何なのか？

凍えるほどの冷気だった。ぼくは立ちあがると店のドアを閉めた。生まれて初めて身近に死の危険を感じる。一瞬、ノートパソコンを持って逃げようかと思ったが、好奇心のほうがそれに勝り、ぼくはまた机に座って二本目の動画を再生してみる。

一本目より恐ろしくない内容であってほしいと期待したが、そうはいかなかった。同じく極限までいたる拷問のシーンのあと、その結末は死だった。二本目の被害者はアポリーヌで、執行人役を務めるのはやはり男だが背中しか見せなかった。黒っぽいレインコートを着たその男は、カリムを殺した老人よりもいくらか若く、体格もそれほど大柄ではなかった。映像が粗い理由は、おそらく閉めきった屋内の弱い明かりのもとで撮影したからだろう。薄暗い小部屋のなかのようで、灰色の石壁が露わになっていた。

椅子に縛りつけられたアポリーヌの顔は血だらけで、歯が折れ、片方の目は殴られて腫れあがっている。手に火掻き棒を持った男は、すでに長い時間をかけて拷問をくり返していたようだ。短い動画で、アポリーヌが語った内容はカリムのそれと一致しているように思えた。

「死ぬほど怖かったって言ったでしょう！　わたしはヴェルヌイユ家のアパルトマンには入らなかった。そのまま地下の駐車場に下りて、そこでカリムが来るのを待つことにした」

彼女はすすりあげながら首を振り、血でまぶたに貼りついている髪を振りほどこうとした。

「警官が乗りこんでくるとばかり思っていた。ふつうならもう来ているはずだったし。駐車場内は薄暗かった。わたしはコンクリートの柱と小型のバンのあいだで、しゃがんだまま俯(うつむ)いていた。そしたら急に明かりが点いて、駐車場の下の階から車が一台現れた」

アポリーヌはしゃくり上げたが、火掻き棒の男が話の続きを促す。

「それは銀色のポルシェで、車体に赤と青のストライプが入っていた。わたしのすぐそばで少なくとも三十秒は停車していたはず。駐車場の出入り口の自動シャッターが故障していて、半分の高さまでしか上がらなかったから」

「そのポルシェに乗っていたのはだれだった？」

「男が二人」

「二人？　確かか？」

「間違いない。助手席の男の顔は見なかったけれど、運転していたほうの男は、邪魔な自動シャッターを開けようとして車から降りてきたの」

「おまえの知っている人間だったのか？」

「個人的には知らないけれど、テレビでインタビューを見たことがあるから。彼の小説を一冊読んだことがあったし」

「小説を一冊？」

「そう、あれは作家のネイサン・フォウルズだった」

言葉に尽くせぬ真実

10　世界に立ち向かう作家たち

敗者にとっての唯一の救いは、彼らがいかなる救いも期待しないことにある。

ウェルギリウス

1

あれは作家のネイサン・フォウルズだった。

それが、アポリーヌが死ぬ直前に残した最後の言葉だった。動画はそのあとも数秒ほど続き、彼女が昏睡状態に陥って、そして火掻き棒の一撃で絶命した。

この明らかになった新事実にぼくはかなり困惑させられたけれど、それ以上に切迫したつぎの問いに答えをみつけなければならなかった。いったいどうして、こんな動画がオディベールのパソコンのなかにあったのか？

次第に神経が昂り、ある種の興奮状態に陥ったぼくは、恐るべき光景を目にすることが分かっていながら、アポリーヌ処刑の動画をもう一度見てみようと決めた。今回は背景を細かく見るために、イヤホンを外した。**この切石の壁は……**。本の詰まった段ボール箱を昇降機で降ろす作業をしているとき、これと似たような壁を、〈深紅の薔薇〉の地下室で見たような気がした。多分、ぼくの考えすぎだとは思うけれど……。

店のキーホルダーには地下室の鍵もついていたはずだ。二、三回は下りたこともあるが、異常な点はとくに気づかなかった。

恐怖心はあったけれど、ぼくは見に行こうと決めた。もっとも、すさまじい音をたてる昇降機は使えないので、一度中庭に出て、地下への入り口の揚げ蓋を開く。すると、まるで梯子のようにほぼ垂直の木の階段があった。それを一歩下りた瞬間、むっとする不快な湿気に包まれた。

地下室に下りて、チカチカする頼りない蛍光灯を点けると、蜘蛛の巣だらけの棚と、そこに並ぶ本を詰めた段ボール箱ばかりが目に入ったが、これではすぐにカビが生えてしまうだろう。蛍光灯はジリジリと音を放っていたが、その数秒後に、パチンという音とともに消えた。

くそっ……。

ポケットからスマートフォンを取りだしてライトを点けようとしたが、そのとき床に置いてあった錆びたクーラーに足をとられてしまった。ぼくはコンクリートの床に転がって、埃まみれになってしまう。

ラファ、おまえらしいぞ……。

スマートフォンを拾って立ちあがり、その明かりを頼りに前進していく。かなり奥行きがあって、思っていたより広い地下室だった。部屋の奥に見える送風機は、暖房か換気装置の一部なのだろう。ブーンという音は何本もあるパイプのひとつから出ているようで、それらのパイプは、三枚重ねて壁に立てかけられた格子状のパネルの向こう側まで続いていた。

何のためのパイプで、どこまで延びているのかが気になった。パネルを動かそうといろいろ試しているうちにどうにか成功し、その裏にある出入り口をみつけた。金属製の引き戸で、巨大なオーブンの扉のようだった。そこもやはり施錠されていたが、店のキーホルダーにその鍵もついていた。

本能的な恐怖に襲われながらもなかに入ると、作業台がひとつと大型冷凍庫が置かれている。そして、作業台の上には動画のなかで見た火掻き棒のほかに、ハンマー斧に木槌(きづち)、石工用の鑿……。

胸が万力で締めつけられるように感じた。全身が震えだして止まらない。冷凍庫を開けた瞬間、ぼくは思わず悲鳴をあげた。内側が血塗られていたのだ。

ここは異常な殺人鬼の家。

ぼくは後ずさりし、必死で階段を上がって中庭に飛びだした。アポリーヌ・シャピュイを拷問にかけて殺したのはオディベールだったのだ。もし逃げださなければぼくも同じように殺されるだろう。店に戻ると、頭上で床の軋む音がした。店主が起きたところだった。床を歩く音、それから階段が軋む音。ヤバい……。大慌てでオディベールのノートパソコンをバックパックに突っこむと、ぼくは店のドアをバタンと閉めてスクーターにまたがった。

2

縞模様になった厚い雲の切れ目から朝日がこぼれていた。海岸沿いの街道に人影はなかった。海から上ってくるヨードの香りにユーカリのそれが混じる。ぼくの〝スーパースクーター〟は、追い風を受けているのに、アクセルをいっぱいに回してもメーターの針は時速四十五キロを維持するのが精一杯だった。ほとんど二分おきに、ぼくは不安な目で後ろをふり返る。こんな恐ろしい思いをしたのは生まれて初めてだった。オディベールがぼくとの決着をつけるために、島の幹線であるこの街道に火搔き棒を持っていつ姿を現してもおかしくはない気がした。

どうしたらいいだろう？　最初に思いついたのは、ネイサン・フォウルズの邸に避難することだった。けれども、動画のなかでアポリーヌ・シャピュイが彼に対する告発同然の証言をしていることを、ぼくも知らないふりはできないだろう。

ぼくは、心理操作をするにはもってこいの獲物だった。フォウルズがこの事件に関していつもすべてを語らなかったのをぼくは知っていたし、彼自身もまた、ぼくにそう思われてもまったく構わないようだった。彼に会いに行くのは、ひょっとして虎穴に入ることにならないだろうか。ぼくは彼がいつも手近に置いているポンプアクション式のショットガンのことを思った。あれがヴェルヌイユ一家の殺害に使われた武器である可能性もあった。少なくとも五分間は何をどうすればいいのか決められずにいたが、そのあとで、ぼくは自分を取りもどした。他人を信用してはいけないと母によく言われていたものだが、ぼくはいつもその正反対の行動をとってきた。お人好しのせいでだまされて悔しい思いをしたことはあっても、ぼくには、純朴さを失うことは自分自身を失うことに等しいという密かな確信があった。だから、自分の最初の直感を信じようと決める。『ローレライ・ストレンジ』と『打ちのめされた者たち』を書いた人物が悪党であるはずがない。

〈南十字星〉に押しかけたとき、ぼくはフォウルズがかなりまえから起きていたのではないかという気がした。黒っぽいタートルネックのニットになめし革のジャケットという格好だった。とても落ち着いたようすのフォウルズは、ぼくに何か重大な事態が起きたことをたちまち察したようだった。

「とにかく、これを見てください！」落ち着かせようとするフォウルズを無視して、ぼくは言った。

バックパックからオディベールのノートパソコンを取りだし、動画をスタートする。フォウルズはアポリーヌが彼の名前を口にしたときですら、表情をまったく変えることなく映像を見ていた。

「このアポリーヌとカリムを拷問している二人の男だが、きみはだれだか知っているのか？」

「ひとり目はまったく分かりません。でも二人目、これはグレゴワール・オディベールですよ。あの店の地下で、ぼくは彼がアポリーヌの死体を隠していた冷凍庫をみつけました」

フォウルズは無表情のままだったが、ぼくは彼が動揺しているのを感じた。

「マティルドがオディベールの孫で、アレクサンドル・ヴェルヌイユの娘だったのを知っていましたか？」

「一時間前に知ったところだ」

「ネイサン、なぜアポリーヌはあなたを告発するんですか？」

「告発はしていない。彼女は、わたしがもうひとりの男と車のなかにいるのを見たと言っているだけだ」

「だれなんですか、その男は？　あなたが無実であるとだけ言ってくれれば、ぼくは信じますよ」

「ヴェルヌイユ一家を殺害したのはわたしではない、それはきみに誓う」

「でもあの晩、あなたはあのアパルトマンのなかにいたんですよね？」

「そうだ、あそこにはいた。しかしあの家族を殺してはいない」

「説明してくれませんか！」

「いつか、きみに詳細を語るつもりだが、今はできない」

急にフォウルズは神経質になり、車庫（ガレージ）のリモコンらしきものをポケットから取りだしていじりはじめた。

「なぜ今ではだめなんですか？」

「なぜなら、ラファエル、非常に大きな危険がきみに迫っているからだ！　分かるか？　これは小説じゃないんだぞ。根も葉もない作り話ではないんだ。アポリーヌとカリムは死んで、二人を殺した犯人たちは自由に歩きまわっている。わたしがまだ知らない何らかの理由によって、ヴェルヌイユ事件がふたたび表舞台に蘇ってきた。あれだけの悲劇から生じてくる何かなら、それが良いものであるわけがないんだ」

「ぼくはどうすればいいんですか？」

「きみは島を出ろ。すぐに！」フォウルズは決断し、時計を見た。「フェリーの運航は午前八時に再開される。わたしが港まで送るよ」

「本気ですか？」

フォウルズはパソコンを指さした。

「きみも動画を見ただろう。あいつらはどんなことでもしかねない人間なんだ」

「でも……」

「急げ！」彼はぼくの腕をつかんで命じるように言った。

ブロンコに護衛されながら、ぼくは車までフォウルズの後についていった。彼のミニ・モークは、もう何週間も走っていなかったのだろう、なかなかエンジンがかからなかった。プラグが燃料かぶりを起こしたのかなと思ったが、フォウルズがもう一度やってみると奇跡のようにエンジンがかかった。ブロンコが後ろの席に飛びのり、これほど乗り心地の悪い車はないとぼくが思うドアなしのオープンカーは、でこぼこの林道をよこぎって街道に出た。

港までのドライブはひどいものだった。夜明けまえの頼りない朝日は陰鬱な空の後ろに隠れてしまった。黒ずんだ雲に覆われた空は、今や木炭をめちゃくちゃに擦りつけただけのカンバスだった。風も立っており、小さすぎるフロントガラスに突風が襲いかかる。湿り気のある暖かい東風とも、頻繁に吹いて雲を追いはらってくれるミストラルとも違っていた。それは容赦ない寒風、北極圏から雷鳴と稲妻を運んでくる黒いミストラルだった。

港に着いたが、まるでゴーストタウンだった。厚い霧が石畳を覆って立ちこめている。乳白色の霧が帯のように外灯やフェリーの船腹に絡みついては消えてゆく。まるでグリーンピースのピュレのように濃い霧だった。フォウルズはミニ・モークを港湾管理事務所のまえに停めると、ぼくのための切符を買いに行き、それからフェリーまでついてきてくれた。

「ネイサン、どうしていっしょに来ないんですか？」乗船口に進みながらぼくは聞いた。

「あなたにだって危険は迫ってます、そうでしょう？」

愛犬とともに桟橋に残った作家は答えずに首を振った。

「ラファエル、元気でな」

「いっしょに行きましょう！」ぼくは懇願した。

「それはできない。火を点けた者が消火しなければならない。あることに決着をつける必要があるんだ」

「何のことですか？」

「二十年前にわたしの手で始動させてしまった恐るべき機械装置（メカニズム）、それが、災いの元凶だよ」

　彼がぼくに手を振ったので、それ以上の話はもう聞けないのだろうと悟った。犬といっしょに遠ざかる彼の姿を見ていると、急に鳥肌が立ち、同時に深い悲しみに襲われた。なぜかぼくは、ネイサン・フォウルズを見るのはこれが最後になると確信したのだ。ところが、ふいに彼はきびすを返して近づいてくると、優しい目でぼくを見つめながら、ジャケットの上に羽織っていたウィンドブレーカーのポケットから丸めたぼくの小説原稿を引っぱりだした。

「ラファエル、『梢たちの弱気』が良い小説だっていうのを知っているか？　わたしの校正などなくても、出版社はそう思わなかったんですよ」

「それを読んでも出版社は出版に充分値するぞ」

　フォウルズは首を振ると、バカにするように息を吐きだす。

「出版社か……。出版社の連中というのは、きみの本について二言三言もっともらしいことを言って、それをきみがありがたがるのを当然だと思っている、その本を仕上げるのにきみが二年もかけたというのにだ。きみがパソコンのモニターをまえに目をしょぼしょぼさせているあいだ、マンハッタンのミッドタウンやパリのサン＝ジェルマン＝デ＝プレのレストランで午後三時まで延々と昼食をとっているくせに、きみが出版契約書にサインするのをちょっとでも遅らせるとすぐに催促の電話をしてくる。名編集者のマックス・パーキンズ（スコット・フィッツジェラルドやヘミングウェイなどを見いだした）とかゴードン・リッシュ（レイモンド・カーヴァーの作品の編集で知られる）のようでありたいと願っていても、けっして自分以上の存在にはなれない連中で、文学の管理責任者で、エクセルの表というプリズムを透してしか文章を読まない連中なんだ。いつでもきみの仕事のスピードが遅すぎると考え、きみを子供扱いし、読者が何を読みたいかをきみよりもよく知っていて、どんなタイトルあるいはどんな表紙がベストなのかを知っていると思っている連中だ。きみが成功するチャンスをつかむなり、たいていは彼らに無関係なんだが、自分がきみを売り出したと触れまわる連中。メグレ警部が胸くそ悪くなる凡庸さと言ってのけ、さらには、『キャリー』と『ハリー・ポッター』を認めず、『ローレライ・ストレンジ』の刊行を拒んだ連中なんだ……」

ぼくはフォウルズの悪態を遮る。

「『ローレライ・ストレンジ』が断られたんですか？」

「自慢じゃないが、ほんとうの話だ。ジャスパー・ヴァン・ワイクの尽力のおかげで後に出版を決めた編集者を含めれば、『ローレライ』は合計で十四人の文芸エージェントと編集者に拒まれた。あの連中を買いかぶりすぎてはいけないよ」

「ネイサン、今の問題が片づいたら、『梢たちの弱気』を出版するのに力を貸してくれませんか？　ぼくが作家になるのを助けてくれませんか？」

ぼくはフォウルズが陰りのない笑みを浮かべるのを、初めて（そして、最後に）見て、彼の言葉を聞き、最初から彼に抱いていたぼくの印象は間違っていなかったと思った。

「きみにはわたしの助けなど必要ない、ラファエル。すでにきみは作家だよ」

彼はぼくに向けて親指を立て、くるりときびすを返すと、ふたたび車に向かった。

3

霧がますます濃くなっていた。〈豪胆(テメレール)〉号は四分の三ほどの混み具合で、ぼくは船室内の席に座った。窓ガラスの向こうでは、最後の乗客たちが霧のなかから現れては乗船口に急ぐのが見えた。

ぼくはフォウルズの言ったことが気になっていたこともあり、口のなかに何かしら不快な味が残っているような気がしてならなかった。敗北の味？　戦いの最中に戦場から逃げだしたような。勝ち誇った太陽が燦々(さんさん)と輝くこのボーモン島に、ぼくはやる気満々でやって来た。それなのに、立ちこめる霧のなかで途方に暮れ、大団円が書かれようとするその矢先、危険に慄(おのの)きながら島を去ろうとしていた。

ぼくはもうかなり進んでいる二作目の小説のことを思った。『作家の秘められた人生』のことである。ぼくはこの小説のなかに生きていた。ぼく自身も登場人物だった。物語の語り手は、話が急展開しそうなその瞬間、臆病者のように修羅場を見捨てて逃げ出すわけにはいかないだろう。こんな機会がふたたび訪れることはないのだから。それでも、「なぜなら、ラファエル、非常に大きな危険がきみに迫っているからだ！　分かるか？　これは小説じゃないんだぞ。根も葉もない作り話ではないんだ」と言ったフォウルズの警告を再考してみる。もっとも、フォウルズ自身おそらく自分の言葉を信じてはいないだろうが。それに何かの機会に彼は、自分の人生のなかに小説的なものを加え、自分の小説のなかに人生を加えていると言ってはいなかったか？　もとよりぼくは、フィクションが実人生に感染する瞬間を病的なくらいに追求してきた。ぼくが読書を大いに好むのはそれが理由のひとつでもある。読書をするのは、実生活から想像世界に逃れるためではない。読書によって変形した世界にまた戻ってくるためなのだ。フィクションのなかへの旅と、そこでの出会いで得たより豊かな何かを、こんどは現実のなかに注ぎ込みたいと願ってきたのだった。「本は何の役に立つのか、もしそこから人生に何も持ち帰ることがないなら、もしそこで、より強い渇望、強烈な喉の渇きを覚えることができないのなら」とヘンリー・ミラーは自問した。おそらく、大した役には立たないのだろうけれど。

そして、ネイサン・フォウルズもいた。ぼくの英雄、ぼくにとっての助言者。ほんの五分前、ぼくを作家の仲間に、栄誉ある騎士団の一員に叙任してくれたフォウルズ。ぼくは、死の危険に立ち向かう彼をひとりにすることはできなかった。ぼくはヤワな人間ではない、冗談じゃない！　ぼくはガキでもないんだ。ぼくはひとりの作家を助ける、もうひとりの作家なんだ。

全世界を相手に立ち向かう二人の作家……。

甲板に向かおうと船室の長椅子から立ちあがった瞬間、ぼくはオディベールの小型バンが村役場のまえまでやって来ているのを目にとめた。青緑色に塗られた古いルノー・4Lで、本人によれば、数年前ある生花店から買いとったということだ。

書店主はバンを郵便局前で二重駐車させ、郵便ポストに封筒を投函するため車から降りた。彼は急ぎ足で戻っていくと、運転席に座るまえに、長いあいだフェリーのほうを窺っていた。ぼくは鉄柱の後ろに隠れ、姿が見られていないことを願った。鉄柱の陰から出たときには、もうバンは道の角を曲がっていた。それでも霧を透して、停止したバンのハザードランプの点滅するのが見えた。

どうしよう？　ぼくは恐怖と好奇心との板挟みになった。同時にネイサンのことも心配だった。オディベールがどこまでやるのかを知った今、ネイサンをひとりにしておいていいものだろうか？　フェリーの汽笛がさし迫った離岸を告げる。**決断しろ！**　フェリーの繋留ロープが解かれた瞬間、ぼくは板張りの桟橋に飛び移った。逃げることなどできなかった。去ること、それは自分の格を下げること、自分の信念を捨て去ることにほかならなかった。

ぼくは港湾管理事務所のまえの遊歩道を進み、道路をよこぎって郵便局のほうに向かった。どちらを向いても霧だらけ。歩道に沿って書店主の車が曲がったモルトヴィエル通りまで進む。

人通りのない通りは濃霧に沈んでいた。霧の向こうでハザードランプを点滅させているバンに近づくにつれ、目に見えない脅威に囲まれて今にも飲みこまれてしまいそうに感じた。そして車のそばに近づいてみると、なかにはだれもいなかった。

「おい、出来損ないの駄文書き、わたしを探しているのか？」

ふり返ると、黒いレインコートを着たオディベールの姿があった。アッと口を開きかけた瞬間、声を発するよりも早く、ありったけの力で書店主が例の火搔き棒をぼくめがけて振り下ろした。ぼくの悲鳴は喉の奥で止まってしまう。

そして辺りが暗くなった。

4

土砂降りの雨だった。

慌てて外出したので窓は開けっぱなし、家のなかまで風が吹き荒れていた。〈南十字星〉に戻ったものの、門すら閉めなかった。ネイサン・フォウルズが立ち向かおうとしている脅威は、塀で囲うとか家のなかに閉じこもるとかで追い返せるような相手ではなかった。

テラスに出て、音をたてている鎧戸（よろいど）を固定する。雨と突風に見舞われたボーモン島は様相を一変させていた。もはや地中海の島というより、嵐に襲われるスコットランド沖の離島と言ったほうがいいかもしれない。

フォウルズは数分のあいだじっと立ったまましぶき雨に打たれていた。幾度となく耐えがたいイメージが目に浮かんでくる。ヴェルヌイユ一家殺戮の光景と、カリムとアポリーヌの処刑の光景。頭のなかに、昨夜読み返すことになった手紙の言葉が反響していた。二十年前、心から愛した女性に彼が書き送ったメッセージ。そのすべてが蘇ってきて、茫然とする彼の頰を涙が濡らす。愛から切り離されてしまった憤り、諦めざるをえなかった自分の人生、多くの死体から流れでた血が描く朱色の線、そばにいただけで巻き添えになった被害者たち。

着替えるため室内に戻る。乾いた服に身体が包まれた瞬間、たとえようもない疲労感に襲われた。全身の精気を一挙に抜かれてしまったような。すべてが早く終わってほしいと思う。この二十年間、彼は日本の武士の作法にならって生きようとした。生きることに勇気と誇りをもって対峙するよう努めてきた。規律に従い、孤独な道を進んできたが、それは、いつの日か死が訪れても恐れずに迎えられるよう心の準備をすることでもあった。

用意はできていた。最終章が喧噪と憤怒のなかで展開するのを好みはしなかったが、そう思っても仕方ないことだ。彼が送られる場所は、けっして勝者などいない戦争の最前線だ。そこには死者しかいないだろう。

二十年前から、物事が悪い結末を迎えることは分かっていた、遅かれ早かれ殺さなければならないか殺されるかのどちらか。なぜなら彼のみが知る忌まわしい秘密の本質が、そういうものだからである。

とはいえフォウルズは、悪夢のなかですら、彼を連れ去ろうとする死神が、金髪で、緑色の瞳を持つ、あのマティルド・モネーの美しい顔をしていたとは想像すらしなかった。

11　夜はかくのごとし

「良い小説とは何か？」

「読者の愛情と共感を呼び起こすような登場人物を考えだす。それから彼らを殺す。それにより読者を傷つけるのだ。こうすれば、読者はあなたの小説をいつまでも記憶に留めるだろう」

ジョン・アーヴィング

1

意識を取りもどしたとき、ぼくはルノー・4Lの後部座席で縛られており、目に見えない悪魔に刃物で頭の内側を削られているように感じた。ひどく苦しい。鼻を潰され、左目は開けられず、切れた眉の辺りから血が噴きだしていた。ぼくはパニック状態に陥ってもがこうとしたが、オディベールはゴム紐でぼくの手足をがっちり縛りあげていた。

「オディベール、ほどいてくれ！」

「坊や、黙ってろ」

ルノーのワイパーがフロントガラスを滝のように流れる雨を払うのに奮闘していた。ぼくにはよく見えなかったが、車はサフラニエ岬のほうに向かっているようだった。

「なぜこんなことをする?」

「黙ってろと言っただろう!」

ぼくは雨と汗とでずぶ濡れになっていた。膝はガクガクして心臓まで震えていた。死ぬほど恐ろしかったけれど、それより、もっと理解したいという思いのほうが強かった。

「あの古いカメラで撮った写真を最初に受けとったのはあんただった、そうだろう?マティルドじゃなかったんだ!」

オディベールはニヤニヤした。

「店のフェイスブックのアカウントに送られてきたんだ、きみ、そんなこと想像できるか? アラバマのアメリカ人が最初の写真に写っていた店の看板を見てわたしのことを探しだしたんだ。マティルドとわたしが店のまえで撮った写真だよ。日付はあの子の十六歳の誕生日で、カメラはそのプレゼントだった!」

ぼくは物事の流れを把握するために目をつむった。つまりオディベールは、自分の娘とその夫、そして自分の孫を殺した犯人たちに罪を償わせるという待ちに待った復讐を企てた張本人だった。だがどうして、彼はこの復讐行為に孫娘までをも引きこんだのか、それが理解できなかった。その疑問をぶつけると、彼はふり返ってぼくの目を見据えながら、口角泡を飛ばさんばかりにぼくを罵倒しはじめた。

「つまりおまえは、わたしがあの子を守ろうとしなかったと思っているわけだな、このまぬけが！　あの子に写真は見せなかった、絶対にな！　写真を送ったのはパトリスだ。あの子の父方の祖父だよ」

ぼくはもう頭がぼんやりしていたが、ほとんど徹夜となった調査のなかで、アレクサンドルの父親の名前を見たような記憶があった。パトリス・ヴェルヌイユ、元は警察の大幹部、司法警察中央局次長で、事件当時は内務省の参事官だった。連立政権下の社会党ジョスパン首相の時期は閑職に追われたが、保守派のサルコジが内務大臣に就任すると最盛期を迎えた。

「パトリスとわたしは同じ苦しみによって結びつけられていた」いくらか落ち着いたオディベールは続ける。「ソフィアとアレクサンドル、テオの三人が殺されたとき、わたしの人生は終わった。というか、われわれ夫婦のあずかり知らないところで人生が勝手に進んでいったと言ったほうがいいだろう。悲しみに打ちのめされて、パトリスの奥さんは二〇〇二年に自殺してしまった。うちの妻のアニタは最後まで気丈でいたんだが、病院のベッドで息を引き取る直前、わたしに呪文のようにくり返した、どうして、わたしたちの子を殺した連中を、だれも殺そうとしなかったのか、と」

しがみつくようにハンドルを握る彼は自分自身に語りかけているようで、怒りを帯びたその声は爆発する機会を窺っていた。

「あの写真を受けとってパトリスに見せたとき、わたしたちはすぐにそれが復讐の願望を叶えてくれる神からの贈り物だと思った。まあ、悪魔からの贈り物だったのかもしれないがな。パトリスがあのチンピラの男女の写真を司法警察のかつての同僚たちに見せると、たちまちやつらの身元が判明したというわけだ」

ぼくはもう一度両手のゴム紐を解こうと試したが、さらに手首が締めつけられただけだった。

「もちろん、わたしたちはマティルドをその計画から遠ざけておこうと決めた」オディベールは続ける。「われわれは仕事を分担することにした。パトリスの担当がカリム・アムラニで、わたしはアポリーヌ・シャピュイをこの島におびき寄せるために、ガッリナーリ家のブドウ園の管理人になりすましたんだ」

話しているうちに興が乗ってきたのか、オディベールは自らの犯行の経緯を細々としゃべりはじめた。

「わたしはフェリーまであのあばずれを迎えに行った。あの日も今日と同じで土砂降りだった。車のなかでスタンガンを食らわせてから、地下室に運びこんだんだ」

2

今さらながらぼくは、どれだけオディベールのことを見くびっていたか悟った。地方の老教員といった風貌の下には、冷酷な殺人者の本性が隠されていたのだ。パトリス・ヴェルヌイユと彼は事前に拷問場面の撮影をとり決め、後にそれを互いに見せ合うつもりだった。

「地下室に運び入れたあと、わたしは、あの女の血を最後の一滴まで絞りとれるということに深い喜びを覚えた。だがな、われわれが味わわされたすべての苦しみに比べれば、受けるべき報いとしてはまだまだ軽すぎたんだ」

どうしてぼくは、あの郵便局横の通りに意気揚々と足を踏み入れてしまったのだろう？　なぜネイサンの言ったことを聞かなかったのか？

「拷問にかけたら、あの女は最後にフォウルズの名を明かしたんだ」

「つまりあんたは、フォウルズがヴェルヌイユ一家を殺したと思っているわけか？」ぼくは聞いた。

「そうじゃない。あのまぬけなアポリーヌが彼の名を口にしたのは出任せで、たまたまこの島に来ていて、ここに住んでる作家の名前を思いついたからだろう。わたしはあの二人のクズが犯人だと思っている。だから死ぬまで刑務所に入れておくべきだった。だが結果的には、やつらもそれ相応の報いを受けたということだな。もしあいつらをもう一度殺さなければならないとしたら、わたしは喜んでそうするね」

「それなら、もう事件は落着したわけじゃないか、アポリーヌとカリムを殺したんだから」

「わたしにとってはそうだが、頑固なパトリスの意見は違った。彼はどうしても自分自身でフォウルズを尋問したがっていた。だが、それを実行するまえに死んでしまったんだ」

「パトリス・ヴェルヌイユが死んだ?」

オディベールが正気とは思えないような笑い声をあげた。

「二週間前のことだ。長く患っていた胃ガンだよ! ところが、あのバカは死ぬ直前に例の古いカメラで撮られた写真と、われわれ二人による捜査の成果とも言うべき動画を保存したUSBメモリーを、なんとマティルドに送りつけるというとんでもない間違いを犯してしまった!」

ジグソーパズルのピースがそろい、想像を絶するシナリオが明らかになった。

「誕生会の写真を見たとたん、マティルドは動転させられた。十八年のあいだ、あの子は両親と弟が殺された夜、自分も家のなかにいたことを記憶の奥底に追いやってしまっていた。ぜんぶ忘れていたということだよ」

「ちょっと信じがたいな」

「きみが信じようと信じまいとどうでもいい、これは事実だ！　十日前、突然うちに現れたマティルドは憑かれたように逆上していて、自分の家族の恨みを晴らすと心に決めていた。パトリスはあの子に、アポリーヌの死体がうちの冷凍庫に隠されていることを話してしまったんだ」

「あの島いちばんのユーカリの古木にアポリーヌを磔にしたのはマティルドなのか？」

オディベールがバックミラーに向かって肯くのが見えた。

「何のために？」

「島を海上封鎖させるために決まってるだろう！　ネイサン・フォウルズの逃亡を阻止して責任をとらせるためだ」

「フォウルズに罪はないと思うって、あんたは言ったばかりじゃないか！」

「まあな。だがマティルドはフォウルズが犯人だと信じこんでいる。いずれにせよ、わたしは自分の孫娘を守るつもりだ」

「どうやって守るんだ？」

書店主は答えなかった。窓ガラスを透して、アルジャンの入り江の浜辺を通り過ぎたのが分かった。ぼくは鼓動が急に速まったのを感じる。いったいどこに連れていかれるのだろうか？

「オディベール、さっき郵便物を投函するのを見たけど、あれは何だったんだ？」

「ハハハ！　よく見ているじゃないか、坊や。あれは供述書だよ。トゥーロン警察本部に送ったんだ。わたしがアポリーヌとフォウルズを殺したと自白する手紙だ」

オディベールが〈南十字星〉のほうに向かっている理由はそれだった！　もうサフラニエ岬までは一キロメートルもない。オディベールはフォウルズを始末しようと決めていた。

「きみ、分かるだろう、マティルドが殺るまえにわたしが彼を殺さなければならないんだよ」

「で、ぼくはどうなる？」

「きみか、きみはだな、悪いとき悪い場所に居合わせた。〝巻き添えの被害者〟と呼ばれるあれだ。じつにばかげた話だよな、そう思わないか？」

彼の常軌を逸した行動を何としても止めなければならないと思った。括られた両足で、満身の力をこめて、ぼくは運転席の背もたれを蹴飛ばした。オディベールはそんな反撃を予期していなかった。彼は悲鳴をあげ、ぼくのほうにふり返った瞬間、二度目の蹴りがその頭部を直撃する。

「ふざけるなよ、この腑抜けが、おまえ……」

そのとき、車が大きくスリップした。屋根を叩く雨音、そして滝のような土砂降り、まるで難破船のなかにいるようだった。

「……おまえ、ぶっ殺してやるからな！」オディベールは助手席に置かれていた火掻き棒をつかんだ。

彼がハンドルを取りもどしたと思ったそのつぎの瞬間、ルノーはガードレールを突き破って虚空に飛びだした。

3

ぼくは、ほんとうに死ぬなんてまったく考えていなかった。車が落下している数秒間、ぼくは最後まで悲劇を回避する何かが起こってくれるものと期待した。なぜなら人生とはひとつの小説だから。それに、どんな著者であろうと、自分の作品の語り手を巻末の八十ページも手前で殺しはしないものだから。

この瞬間には、死の味も恐怖の味もない。自分の人生を早送りでふり返ることもなければ、ましてや、映画『すぎ去りし日の…』のなかで自動車事故に遭ったミシェル・ピコリのように、ゆっくりと自分の過去を思いだすこともなかった。

けれども、ひとつの奇妙な思いが頭をよぎった。ある思い出、というか、最近になって父が打ち明けてくれたことだ。突然で、意外だった父の心中の吐露。ぼくがまだ子供だった時期、どれほど父の人生は「光り輝いていたか」と——ほんとうにそう言ったのだ。「おまえが小さかったとき、パパはいっしょにいろんなことをやったんだ」と、ぼくに思いださせてくれたのだった。それは事実だった。ぼくも思いだす、森のなかの散歩、美術館に行ったこと、芝居の公演、模型作り、日曜大工。でも、それだけではなかった。毎朝ぼくを学校に連れていってくれたのは父で、その途中で父はいつも何かを教えてくれた。それは歴史の一コマや、芸術についての逸話、文法の規則、そして人生の教訓であった。父の話す声が耳に聞こえる。

「再帰代名動詞の複合過去形における過去分詞は、もしそれが目的補語のまえにあれば数を一致させるんだ。たとえば、『Ils se sont lavé les mains.（彼らは手を洗った）』は『Les mains qu'ils se sont lavées.（彼らが洗った両手）』と複数形になる」、「紺碧海岸（コート・ダジュール）の空を見ていて、イヴ・クラインは可能なかぎり澄んだ青を創ろうと思いついて、それがインターナショナル・クライン・ブルーと呼ばれるようになったんだ」、「割り算記号〝÷〟はフランス語でオベリュスと呼ぶんだよ」、「一七九二年の春、それから一年もしないうちにルイ十六世は断頭台で処刑されるんだが、水平なギロチンの刃を斜めにしたほうがよく切れるからと言って改良させたんだ」、「プルーストの小説『失われた時を求めて』でいちばん長い文は八百五十六語で、最も有名な八語は『かなり・まえ・から・わたしは・早い・時刻に・寝に・行く』、最も短い文は『彼は・見た』で、最も美しい十語は『人は・その・すべてを・所有して・いない・もの・しか・愛する・ことは・ない』なんだ」、「蛸(たこ)を意味するpieuvre(ピユーヴル)という単語は、ヴィクトル・ユゴーの小説『海の労働者』のなかで初めてフランス語として使われたんだよ」、「二つの連続する整数の和は、それらの整数のそれぞれを二乗した数の差と等しいんだ。たとえば$6+7=13=7^2-6^2$」……。

楽しかったけれど、少しだけ厳粛な時間でもあった。この朝の通学時間に習ったことはちゃんとぼくの記憶に刻まれたように思う。ある日のこと、ぼくは十一歳だったはずだが、父がほんとうに悲しそうな顔でぼくに告げた。自分が知っていることのほぼすべてをぼくに教えてしまった、だからほかのことは本を読んで学ばなければいけないと。ぼくもすぐにはそれを本気にしなかったが、父との関係は以前よりも遠ざかってしまった。

父はぼくを失うという強迫観念にとらわれていた。車に轢(ひ)かれるのではないか、病気にならないか、公園で遊んでいるぼくを異常者が誘拐するのではないか……。でも最終的には、本が父からぼくを奪ったのだ。その利点を盛んに説いていた父から、本がぼくを引き離したのだった。

すぐには理解できなかったが、本は必ずしも人々を解放する仲介者の役割を果たすとは限らない。本は人と人を隔てる要因ともなるのだ。本は壁を壊すだけでなく、反対に壁を築くこともある。多くの場合、思われている以上に本は人を傷つけ、打ちのめし、殺しもする。本は人を欺く見せかけの太陽なのだ。あの二〇一四年度ミス・イル＝ド＝フランスで最終候補三名に選ばれたジョアンナ・パウロウスキの美しい顔のように。

車が荒磯に激突する直前、最後の思い出が頭のなかをよぎる。朝の通学路でたまに遅刻しそうになると、父とぼくは最後の二百メートルほどを走りだすのだった。つい数週間前のことだ、父はタバコ――いつもフィルターが焦げそうになるまで吸うのだが――に火を点けながら言った。なあ、ラファ、パパはおまえのことを思うとき、いつも同じ光景が目に浮かぶんだ。それは春で、おまえが五歳か六歳のころだったと思うが、陽が差しているのに雨も降っていた。おまえが学校に遅刻してはいけないから、雨のなかを走ったんだ。二人並んで手を繋ぎ、光の雫のなかを走った。

おまえの目のなかの光。

光をばらまくおまえの笑い声。

生命の完璧なる均衡だった。

12　変化する顔

真実を言うのは難しい、というのも、それはひとつしかないからだが、真実は生きており、したがって変化する顔を持っている。

フランツ・カフカ

1

フォウルズの邸に乗りこんだとき、マティルドはポンプアクション式のショットガンを持っていた。濡れた髪、化粧をしていない顔はまんじりともしなかった夜の痕跡を留めていた。花柄プリントのワンピースの代わりに、裾のほつれたジーンズにフード付きのダウンジャケットを着ている。

「ネイサン、ゲームはおしまい！」応接間(サロン)に姿を現すなり彼女は告げた。

フォウルズはテーブルに置いたオディベールのパソコンをまえに座っていた。

「そうかもしれない」彼は落ち着いた声で応じた。「だが、ゲームのルールを決めるのはきみひとりではない」

「でもアポリーヌ・シャピュイの死体を木に磔にしたのは、わたしひとりで決めたことだけど」

「その目的は何だ?」

「当局に島の封鎖を決断させてあなたの逃亡を阻むためには、神をも冒瀆するほどの演出が必要だった」

「無駄なことだな。なぜわたしが逃げると思った?」

「わたしに殺されたくないからに決まってる。それと、あなたの小さな秘密が全世界に暴かれるのを避けるため」

「小さな秘密に関して言えば、きみのほうもなかなかうまくやっていると思うが」

その言葉を強調するかのように、フォウルズはパソコンをマティルドのほうに向けて彼女もいっしょに写っているテオの誕生会の写真を見せた。

「だれもがヴェルヌイユ家の長女は試験勉強でノルマンディーに出かけていたとずっと思っていた。だが、嘘だった。きみもあの犯行現場にいたんだ。そんな秘密を抱えて生きるのは辛かったと思うが、どうかな?」

図星を突かれたマティルドは、テーブルの端に腰を掛け、手の届くところにショットガンを置いた。

「ええ、辛かったけれど、あなたが思っているような理由とは違う」

「説明してくれないか……」

「バカロレアの試験勉強に入っていた六月の初旬から、わたしは友だちのイリスとオンフルールにある彼女の両親の別荘に行っていた。土日には大人たちが来ることもあったけれど、平日はイリスと二人きりだった。わたしたちはまじめだったし、勉強もはかどっていたので、六月十一日の朝、わたしはイリスに少し休もうと提案したの」

「きみは弟の誕生日に顔を出したかったのだね？」

「そう、どうしてもそうする必要があった。というのは、数か月前からテオが変わってしまったように感じていたから。以前はとても陽気で元気いっぱいだったあの子が、どこか悲しそうだし、嫌なことがあるみたいに不安げなようすを見せていた。わたしが行くことで、あの子をとても愛していると、何か困ったことがあればそばにいてあげると分からせてやりたかった」

マティルドの声は落ち着いていた。話はよくまとまっていて、この告白が彼女の計画の一部であることは想像がついた。彼女は真実を、真実のすべてを、ひとつひとつの記憶の隅々まで探るつもりなのだ。彼女自身の記憶をも含めて。

「イリスは、わたしがパリに戻るなら、その日はノルマンディーの彼女の従姉妹(いとこ)たちに会いに行くと言った。わたしは両親に帰ることを伝えて、テオを驚かせたいので内緒にしておくようにと頼んだ。イリスをバスでアーヴルまで送って行って、そこからパリのサン＝ラザール駅行きの電車に乗った。太陽が燦々と輝いていた。わたしはテオのプレゼントを買うためにシャンゼリゼのお店に寄った。あの子がほんとうに喜びそうな物をみつけてあげたかった。結局、サッカーのフランス代表チームのユニホームを買って、それからメトロ九号線で十六区のラ・ミュエット駅まで帰ってきた。家に着いたのは午後六時ごろ。家にはだれもいなかった。母とテオはソローニュの田舎からパリに向かっているところで、父は相変わらずまだ仕事中だった。わたしは母に電話をして、母が注文していた料理とケーキをそれぞれのお店にとりに行けると伝えた」

フォウルズは平然と、マティルドが語る呪われた夜の時間的な経緯を聞いている。この二十年のあいだ彼は、自分がヴェルヌイユ事件の全容の鍵を握る唯一の人間だと思っていたが、今日、それがまるで見当違いだったということを知った。

「素敵な誕生会だった」マティルドは続ける。「テオは嬉しそうだった。それだけがわたしにとっては大事なことだった。フォウルズ、あなたに兄弟か姉妹はいるの？」

作家は首を振った。

「弟との関係がどう変わっていくのかは分からなかったけれど、あのころのテオはわたしのことが大好きだったし、わたしもそうだった。テオは繊細すぎるところがあって、あの子を守るのがわたしに与えられた使命のような気持ちを抱いていた。サッカーの試合が終わって、勝利を祝っているうちに、テオはソファーで眠ってしまった。十一時ごろ、半分目を覚ましたテオをベッドまで運んで、できるときはやってあげるようにしていたのだけれど、シーツをマットレスに挟んであの子がベッドから落ちないようにしてから、わたしは自分の部屋に行った。疲れていたのはわたしも同じだった。本を持ってベッドに入った。キッチンで話す両親の会話がかすかに聞こえて、そのあと父が祖父に電話をしてサッカーの話をしていた。そしてわたしは、開いたままの『感情教育』の上で眠ってしまった」

マティルドはそこで小休止をとる。しばらくは、窓を叩く雨音と暖炉の薪の爆(は)ぜる音しか聞こえなかった。マティルドにとって、それ以降の話は辛いものに違いないが、もはや躊躇したり先延ばしにしたりできるような状況ではなかった。彼女は続きをほとんど一気に話し終える。それはもはや対話ではなく、だれひとり、そこから無事に帰還できるとは思えない深淵へのダイビングだった。

2

フローベールといっしょに眠ったはずなのに、わたしは『時計じかけのオレンジ』とともに目を覚ました。一発の銃声が家中に響きわたった。デジタル時計を見たら午後十一時四十七分。長く眠っていたわけではないけど、あれほど乱暴に叩き起こされたのは初めてだった。危険を感じつつも、裸足で部屋から出てみると、廊下で血だまりのなかに父が倒れて死んでいた。それは堪えられない光景だった。至近距離から顔を撃たれていた。脳の欠けらの混じった血が壁を染めていた。悲鳴をあげるまもなく、耳をつんざくような二発目の銃声が響いて、キッチンの入り口で母が倒れるのが見えた。そのときわたしは怖さを通りこした状態、あまりの恐怖に堪えきれず、ほとんど錯乱の一歩手前にいた。

そんな状況に置かれれば、脳はもう言うことを聞かなくなるし、もはやどんな論理にも従うことはない。わたしが最初にとった行動は自分の部屋に飛びこむことだった。隠れるのに三秒もかからなかった。後ろ手にドアを閉めようとして、テオを忘れていたことに気づいた。廊下に出た瞬間、また銃声が響くと同時に、部屋から出てきた弟が背中を撃たれて、その身体が、ほとんどわたしの足下に転がった。

生存本能だったと思うけど、わたしは自分のベッドの下に隠れた。寝室の明かりは消えていて、でもドアは開けっぱなしになっていた。ドアの外にちっちゃなテオの遺体が見えた。サッカーのユニホームが大きな血の染みにしか見えなかった。

わたしは目を閉じ、歯を食いしばり、両手で耳を覆った。もう見ない、もう泣かない、もう聞かない。そうやって息を止めて、どのくらい時間が過ぎたのだろう？　三十秒？　二分？　五分？　目を開けたとき、部屋のなかに男がひとりいた。わたしが隠れている場所からは男の靴しか見えなかった。履き口の両サイドがゴム布になった茶色のショートブーツだった。男は数秒間じっとしたまま部屋のなかにいて、わたしのことを探そうともしなかった。わたしが帰宅していたのを知らないのだろうと思った。しばらくすると、男はくるりと向きを変えて、部屋から出て行った。そのあとも何分間か、わたしは俯せになったままでいた、身体が動かなかったから。パトカーのけたたましいサイレンの音で、無気力な状態から抜けだした。わたしのキーホルダーには、屋上バルコニーに出られる揚げ戸の鍵もついている。わたしはバルコニーから屋根を伝って逃げだした。その理由は説明できない。警察が来てくれれば安心すると思っていたのに、逆に怖くなってしまったの。

そのあとの記憶はぼんやりとしている。きっと機械仕掛けの人形のように行動したのだろうと思う。夜の街をサン＝ラザール駅まで歩いて、ノルマンディー方面行きの始発を待って列車に乗った。わたしがオンフルールの別荘に着いたとき、イリスはまだ戻っていなかった。彼女が帰ってきたときには、わたしは彼女に嘘をつくだけの気力を取りもどしていた。前日に彼女と別れたあと、急に頭が痛くなった、だからパリには行かなかったのだと。イリスはわたしが死人のような顔をしているのでそれを信じた。医者を呼ぶと言い張ったくらいだ。それで医者が来たのは午前中、ちょうどアーヴル警察の警官たちが祖父のパトリスとともに別荘に乗りこんできたときだった。家族が殺されたことを正式に伝えてくれたのは祖父だった。そしてその瞬間、わたしの脳はすべてを遮断して、そのまま気を失ってしまった。

二日後に意識を取りもどしたとき、わたしはあの晩のことをまったく覚えていなかった。両親とテオがわたしの留守中に殺害されたと、わたしはほんとうにそう思った。客観的には到底信じがたいことだろうけど、実際にそうだったとしか言えない。まさに十八年間も続いた記憶喪失だった。おそらく、わたしが生きつづけられるようにと、わたしの頭が考えついた唯一の解決法だったのかもしれない。事件が起きるまえから、わたしは絶えず激しい不安に襲われていたけれど、あのときの強い精神的な衝撃（ショック）が決定的な脳のシャットダウンを引きおこしたのだと思う。それは記憶が感情から解離するような防御反応のひとつだったのでしょうね。その後の数年間、何かがおかしいとは感じていた。正真正銘の苦しみを抱えていたけれど、その原因をわたしは家族を失ったからだと理解していた。それが完全に正しかったわけじゃない。でも記憶を追いやっていたのは確かで、いつのまにかそれがわたしの内で腐敗しつづけ、目に見えない重荷となっていたのだと思う。

祖父がつい二週間前に亡くなって、それを機にわたしを覆っていた無知のベールが引き裂かれた。パトリスは死ぬまえ、大きな封筒に入った手紙をわたしに送ってきて、そこにはあの晩に起きた殺害事件の真犯人があなたであるという祖父の確信が綴られていた。自分を連れ去ろうとしている病気に対する憤り、あなたを自分の手で殺しに行くことを阻むガンへの憎しみが記されていた。封筒にはＵＳＢメモリーも添えられていて、アポリーヌ・シャピュイとカリム・アムラニへの尋問動画と、ハワイ沖で落としたというカメラで撮られた写真のすべてが収められていた。あの事件の夜、パリの自宅にいた自分が写っている写真をみつけたとき、わたしの頭にかけられていた閂（かんぬき）が外れて、思い出が間歇泉のように噴出をくり返した。目のくらむフラッシュのように記憶が次々と蘇ってきて、それと同時に、罪悪感と怒りと屈辱感までもが舞いもどってきた。わたしは溺れてしまいそうだったけれど、もう止めることはできなかった。突然コンクリートの堤防が決壊して流域全体を飲みこんでいくように。

　まさに心臓発作を起こしたような状態。わたしは叫びたかった、消えてしまいたかった。まるで過去のなかに放り投げられたかのように、すべてを再体験させられた。解放などとはほど遠いものだった。何か分からない恐ろしい体験。混乱した心が爆発してわたしをふたたび恐怖の底に沈める。襲いかかるイメージ、音、においがあまりにもリアルで残酷なので、あたかもその情景を何倍も強烈に体験しているかのように感じられた。耳を聾（ろう）する銃撃音、血しぶき、悲鳴、壁に張りつく脳の欠けら、自分の足下に倒れたテオを見る恐怖。そんな地獄を二度も体験させられるに値するほどの、いったいどんな罪をわたしは犯したっていうの？

3

アンジュ・アゴスティーニはおしっこの直撃を受けた。自治体警察官はそれでも毅然と娘リヴィアのおむつ交換を終えた。もう一眠りしようとしたとき、携帯電話が鳴った。ジャック・バルトレッティ、島の薬剤師からで、彼が目撃した事故を知らせる電話だった。朝早く海上封鎖が解けるのを待ちかねて、ジャックはモーターボートを出し、カンパチやサバ、タイを釣りに出かけた。しかし雨と風のせいで、予定より早く切りあげることにした。サフラニエ岬の先を進んでいると、一台の車が道路から飛びだして崖から転落するのを見た。焦ったジャックは、すぐに沿岸警備隊に通報した。そして今、自治体警察官にその後どうなったのか問い合わせの電話をしてきたのだった。

アンジュはその件は知らないと答えた。電話を切ってから――そのあいだにもリヴィアはもうおしっこのにおいがする肌着にミルクを少し吐いていた――情報が島の救急隊にも伝わっているのか確かめるため消防署に電話をした。しかし応答はなく、ボーモン島の消防隊長ベンナシ中佐の携帯電話にかけても同じだった。心配になり、アンジュは自ら現場まで行ってみることに決めた。だが状況は理想的とは言えなかった。今週の当番は自分なのだが、暗雲が垂れこめるように不安が募りはじめた。息子のリュカが喉風邪をひいて寝ていることに加えて、この悪天候、街道を走るにはかなり危険だろうと思った。

ほんとついてない……。アンジュはリュカを起こしに行き、暖かい格好をさせた。息子と娘を抱えたアンジュは――**この子たち、ずいぶん重くなったな**――ガレージに続く戸口から家を出る。オート三輪の荷台にリュカを乗せて幌(ほろ)で覆い、リヴィアのチャイルドシートを助手席に固定した。彼の家からサフラニエ岬まではほんの三キロの道のりだった。両親から引き継いだこの土地にプロヴァンス風の家を建てたのはいいが、元妻のポーリーヌには、この場所は「狭すぎるし、日当たりが良くない」、「土地が傾斜しすぎで、しかも暗い」と思われていた。

「おい子供たち、パパはゆっくり行くからな」

息子が親指を立てて了解の合図を送るのをバックミラーで確認した。オート三輪は表街道(ストラーダ・プランシパル)に出る曲がりくねった小道を上っていった。雨のせいで道は滑りやすく、ピアッジオ社のオート三輪は急な上り坂で立ち往生しそうになった。子供たちを危ない目に遭わせているので、肝を冷やす思いだった。街道に出て、ようやく安堵のため息をつく。とはいえ、すべての危険が去ったわけではなかった。滅多にない強さの嵐が島を通過中だったのだ。ふだんはあれほど住み心地の良い島が、今は、どんな人間でも内に秘める暗い面があるのと同じように不機嫌かつ威嚇するような姿を見せていた。

揺れる車、雨が音をたててフロントガラスを叩く。赤ん坊のリヴィアは泣き叫び、リュカだって怖がっているに違いない。アルジャンの入り江を過ぎてすぐのカーブでオート三輪は道に横たわる風で折れたマツの太い枝に前進を阻まれた。アンジュは車を道路脇に停め、自分が枝を片づけるあいだ、リヴィアのそばにいるよう息子に合図を送った。

雨のなか、自治体警察官はマツの枝を苦労して道路脇に片づけ、道路上の小枝なども取りのぞいた。車に戻ろうとしたとき、五十メートルほど先のボタニストの道との分岐点に停まっている消防の救助工作車が目に入った。オート三輪を消防車の横に停め、リュカに車から出ないように言ってから、消防士たちのほうへ駆けていった。雨に濡れ、ポロシャツの襟から垂れた水滴が背中まで染みているといった哀れな状態だった。崖下を見ると車の残骸が見えていたが、だれの車かは判別できなかった。

背の高いナジブ・ベンナシ――ボーモン島消防隊を指揮する中佐――が霧のなかから現れた。

「やあ、アンジュ」

二人は握手を交わした。

「本屋の車だよ」ベンナシが聞かれるまえに告げた。

「グレゴワール・オディベールのか?」

消防隊中佐は肯き、補足する。

「ひとりじゃないんだ。店の若い店員もいっしょに車のなかにいた」

「ラファエルか?」

「そうだ、ラファエル・バタイユ」ベンナシはメモを見つめながら言った。

しばらく間をおいてから、中佐は部下の消防士たちを見ながらつけ加える。

「彼らを引き上げるための作業中なんだ。二人とも死亡だ」

あの若者だな、かわいそうに!

またしても死が、この島にいきなり侵入してきた。アンジュは参ってしまった。ちょうど封鎖措置が緩められたばかりだったのに。消防隊長と視線が合う。すると相手の表情に戸惑いのようなものがあった。

「ナジブ、どうかしたのか?」

しばしの沈黙のあと、ベンナシ隊長が当惑を口にする。

「かなりおかしな点があるんだ。若い店員の手と足が縛られていた」

「縛られていたって、なにで?」

「ゴム紐だ、荷物を括るようなゴム紐で縛られていたんだよ」

4

猛烈な勢いの嵐だった。マティルドが話し終えてからとうに一分は経っていた。彼女は黙りこんだまま、ふたたびショットガンをフォウルズに向けて威嚇した。彼は立ちあがる。両手を後ろに組んだまま窓に向かって立つと、暴風雨に痛めつけられて撓(しな)るマツの木を眺めた。ひどく長い時が流れてから、彼はゆっくりとマティルドのほうに身体を向けた。

「わたしが理解したところでは、きみも、このわたしがきみの家族を殺したと思っているのかな?」

「あの駐車場でアポリーヌは間違いなくあなたの姿を確認している。このわたしも、ベッドの下からはっきりとあなたの靴を見た。だから、そうね、わたしはあなたが殺人犯だと思う」

フォウルズは彼女の言い分を否定することなく聞いた。そしてしばらく考えてから、自問するように言う。

「しかし、わたしの動機とはいったい何なんだ?」

「動機? あなたが母の愛人だったから」

作家は驚きを隠せなかった。

「ばかげている。きみのお母上には会ったこともないんだぞ！」

「それでも、あなたは何度も母に宛てて手紙を書いていた。ごく最近、あなたはそれを取りもどしたようだけど」

マティルドは銃身で、フォウルズがリボンで結んでテーブルの上に置いていた手紙の束を示した。フォウルズは反撃に移る。

「この手紙だが、どうやってきみは手に入れた？」

マティルドはふたたび過去へ足を踏み入れた。またしてもあの同じ夜だ。多くの人間の運命を破滅に追いやった、あの数時間の出来事の連鎖に思いをはせる。

「二〇〇〇年六月十一日の誕生会のディナーが始まるまえ、わたしはそれにふさわしい格好がしたいと思った。自分のクローゼットでお気に入りの夏のワンピースをみつけて、でもそれに合う靴がなかったから、ときどきそうしていたように母の衣装部屋（ドレッシングルーム）を見に行ってみた。母はほんとうにいろいろなデザインの靴を百足以上持っていたの。そこで、厚紙の箱に入ったこの手紙をみつけた。ざっと読んでみたとき、わたしは二つの相反する感情にとらわれた。ひとつは母に愛人がいたという衝撃（ショック）、もうひとつは、認めたくはなかったけれど、ひとりの男がこれほど詩的で情熱的な文章を母に贈ったことへの嫉妬だった」

「そして二十年間も、きみはそれを持っていたというわけか？」

「じっくり読むために自分の部屋に持ち帰ってバッグのなかにしまった。あとで元の場所に戻すつもりだったけど、そんな機会は訪れなかった。事件のあとで、それがどこにいったのか分からなかったし、その記憶自体も失ってしまった。父方の祖父のパトリス・ヴェルヌイユは——事件後、彼の家にわたしは住むことになったのだけれども——この手紙を、わたしにあの晩のことを思いださせるようなほかの物といっしょにどこかにしまったんだと思う。けれども祖父はちゃんと忘れずにいた。アポリーヌ・シャピュイが明かした事実を知って手紙とあなたとを結びつけた。それで祖父はＵＳＢメモリーといっしょにこの手紙をわたしに送ってきたというわけ。疑いの余地はまったくないでしょう、筆跡もあなた、署名もあなたのものなのだから」

「そう、確かにこれはわたしが書いた手紙だが、どうしてそれがきみのお母上に宛てたものだと思うんだ？」

「この手紙はＳ宛てでしょう。母の名はソフィアで、手紙は母の部屋にあった。これだけの状況証拠がそろっていれば、そう思って当然なのでは？」

フォウルズは答えなかった。その代わり、もうひとつの駒を進める。

「ここにやって来た理由は何だ？　わたしを殺すためか？」

「すぐにじゃない。そのまえに、わたしからあなたへプレゼントをひとつ」

彼女はポケットを探って何か円いものを取りだすとテーブルの上に置いた。フォウルズは最初それを黒の粘着テープかと思ったが、すぐにタイプライターのインクリボンだと分かった。

マティルドは棚のほうに向かうと、そこから〈オリベッティ〉のタイプライターを取ってテーブルに置いた。

「フォウルズ、わたしはあなたの完全な供述書がほしい」

「供述書？」

「あなたを殺すまえに、わたしには書面による証拠が必要なので」

「書面による何の証拠だ？」

「わたしはあなたがやったことを皆に知ってもらおうと思っている。偉大なるネイサン・フォウルズがじつは殺人犯であることを世界中の人に知ってほしい。あなたの銅像が後世まで残るようなことは許さない、わたしは本気よ！」

彼はタイプライターに視線を向け、それからマティルドの目を見ながら反論を試みる。

「万が一、わたしが殺人犯だったとしても、きみにわたしの本を貶（おとし）めることはできないよ」

「そうね、本人と芸術家とを分けて考えたがるのが今の流行りだということは知っている。あいつは残忍なことをやらかしたけれど、天才的な芸術家であるとか、そういうことでしょう。悪いけど、わたしはそんな意見には同意しないの」

「大いに議論が必要だな。しかし、きみは芸術家を殺せても、芸術作品を殺すことはできない」

「たしか、あなたの作品は過大評価されていたのでは？」

「それが問題ではないんだ。きみだって心の底では、わたしの言っていることが正しいと分かっているはずだ」

「ネイサン・フォウルズ、わたしの心の底では、あなたの身体にショットガンを二発ぶっ放したいと思っているの」

彼女は素早く立ちあがり、フォウルズの背中を銃尻で乱暴に殴りつけて座らせた。

彼は倒れこむように椅子に座ると、歯を食いしばって苦痛に耐えた。

「きみはだれかを殺すのが簡単だと思うか？　きみは……きみは一連の状況証拠をつかんだので、わたしを殺す権利があると考えているのか？　それとも、ただきみの気分が良くなるからわたしを殺したいだけか？」

「いいえ、あなたには自分を弁護する権利がある、それは事実。だからわたしは、あなたが自分自身の弁護人になる可能性を残そうと思った。インタビューで、よくあなたは言っていたじゃない。『少年時代からわたしの武器はというと、齧(かじ)って頭が潰れたボールペンと方眼ノートだけだった』って。そう思ってほら、あなたが自分を弁護するために使うタイプライターとタイプ用紙、それからインクリボンを用意してあげました」

「正直なところ何を望んでいるんだ、きみは？」

苛立ったマティルドが銃口をフォウルズのこめかみに当てた。

「真実に決まってるじゃない！」彼女は叫んだ。

フォウルズも負けてはいない。

「その真実が、きみの過去を白紙にしてくれて苦悩からきみを解放し、すべてをゼロからやり直せる、そう思っているのか？　気の毒だが、それは幻想だよ」

「その判断はわたしだけが下せる」

「だが真実など存在していないんだ、マティルド！　いや、むしろ真実は存在しているが、それは生きているので絶えず動きつづけ、絶えず変化しつづけている」

「フォウルズ、あなたの詭弁にはもう反吐が出そう」

「きみが望もうと望むまいと、人間は白か黒かの二元論のみでは生きられない。わたしたちはだれもがグレーゾーン、つまり不安定な状況のなかにいるわけで、そこではほかの人間より能力のある者が取り返しのつかない間違いを犯してしまうことも起こりうるんだ。なぜそんな危険に自分を晒す？　きみが耐えることのできない真実かもしれない。まだ塞がっていない傷に酸を垂らすようなものかもしれないんだぞ」

「わたしはだれの保護も必要としていない。少なくとも、あなたに守ってもらう筋合いなんてない！」と言い放った。

マティルドはタイプライターを差し示した。

「仕事に取りかかって。さあ早く！　あなたの言い分を書くの、ありのままの事実、事実だけを書いて。凝った文体は要らない、詩情も余談も誇張もなしにして。三十分後に書いたものを渡してもらいます」

「待て、わたしは……」

しかし二度目の銃尻の一撃がフォウルズに抵抗を諦めさせた。身体を屈めて苦痛に耐え、それから、ゆっくりとインクリボンをタイプライターに装着した。

もっとも、死ぬのが今日ということであれば、タイプライターをまえに座って、というのも悪くなかった。自分に最適の場所だろう。いくらか苦しみが癒やされる場所。命を奪われないためにタイプライターで言葉を並べていく。それは彼が応じることの可能な挑戦ではあった。

調子を整えるつもりで、ふと頭に浮かんできた言葉をタイプする。彼の師のひとりであるジョルジュ・シムノンの一文が最もふさわしいように思った。

実際に生きてみた人生と、後にそれを子細に調べた人生とがどれほど異なっていることか。

二十年ぶりのことで、指でキーを叩いたとき全身に震えが走った。そのしぐさへの愛着が絶えずあったのはもちろんだが、こうしてキーボードをまえにすることをやめたのは自分のせいではなかった。こめかみに銃口を突きつけられるようなことでもなければ、意志のみではどうにもできないこともときにはあるのだなと思った。

わたしがソワジック・ル＝ガレックに出会ったのは一九九六年春のことで、ニューヨークからパリへ向かう飛行機のなかだった。彼女は隣の窓側の席にいて、わたしの作品のひとつに読みふけっていた。

さあ、始まるぞ……。フォウルズはまた数秒間ためらい、マティルドにもう一度だけ視線を向けたが、彼の目はこう言っていた。「まだすべてを止める時間は残されているんだ。今ならまだ、わたしたちの鼻先で爆発して二人とも殺してしまう手榴弾のピンを抜かずにすませることができる」

しかしマティルドの目はたったひとつのことを伝えていた。「手榴弾のピンを抜けばいいの、フォウルズ。わたしの傷口に酸を垂らしてみればいい……」と。

13　ミス・サラエボ

実際に生きてみた人生と、後にそれを子細に調べた人生とがどれほど異なっていることか。

ジョルジュ・シムノン

わたしがソワジック・ル＝ガレックに出会ったのは一九九六年春のことで、ニューヨークからパリへ向かう飛行機のなかだった。彼女は隣の窓側の席にいて、わたしの作品のひとつに読みふけっていた。それは最新作『アメリカの小さな町』で、彼女は空港で買ったのだった。すでに百ページぐらい読み進んでいたので、わたしは身分を明かさずに、彼女がその本を気に入っているかどうか聞いてみた。すると彼女は飛行中の雲のなか、落ち着いた口調で、まったく気に入らないし、この著者に夢中になっている風潮が理解できないと答えた。わたしは、そうは言ってもネイサン・フォウルズはピューリッツァー賞をとったところだがと指摘したけれど、彼女はいかなる文学賞も信用していないし、おまけに本の表紙を台無しにしている得意げな帯ときたら、ただの子供だましで、しかないと断定するのだった。わたしは少し驚かせてやろうと、哲学者ベルクソンの言葉（「わたしたちは物自体を見ずに、ほとんどの場合、それに貼ってあるレッテルしか見ようとしない」）を引用したが、彼女がベルクソンに感銘を受けたようには見えなかった。

しばらくして焦れったくなり、わたしは自分がネイサン・フォウルズであると明かしたが、それすらも彼女を驚かせるには不充分だった。本題に入るまえの序章としてはあまり芳しくはなかったにもかかわらず、二人は六時間のフライトのあいだずっと会話を続けた。というか、わたしが質問をくり返し、彼女の読書を妨げたと言ったほうがいいかもしれない。

ソワジックは三十歳で医師だった。わたしは三十二歳。断片的にではあったが、彼女もいくらか自分について話しはじめた。一九九二年に大学を卒業すると、彼女は当時親しくしていたテレビ局〈アンテヌ２〉のカメラマンが滞在中のボスニアに向かった。ちょうどそれは現代の包囲戦において最も長く続くことになるサラエボ包囲、あの恐ろしい大量虐殺が始まった時期だった。その数週間後、カメラマンはフランスに戻ったか、あるいはほかの紛争地域に行ってしまう。ソワジックはサラエボに留まり、現地の人道支援組織の活動に参加。それから四年にわたり、自分の専門知識を、包囲された町への奉仕に当てることで三十五万の市民と苦難をともにしたという。

きみに大教室での講義をしてやる能力はないが、わたしがこれから語ることや、わたし自身の話、それに付随するきみの家族の話を少しでも理解しようと思うなら、きみも当時の現実のなかに身を置く必要があるだろう。それは、ベルリンの壁の崩壊およびソビエト連邦の解体後、数年間にわたってユーゴスラビア自体も崩壊を迎えた時期だった。第二次世界大戦のなかばまで王制だったユーゴスラビアは、ティトー元帥の宣言によってバルカン半島のスロベニア、クロアチア、モンテネグロ、ボスニア・ヘルツェゴビナ、マケドニア、セルビアの六か国が統一されて連邦人民共和国となっていた。共産主義体制の崩壊は、バルカン半島諸国に民族主義の台頭をもたらした。諸国間の緊張が高まる状況下において、連邦体制の有力者スロボダン・ミロシェヴィッチが各国の少数民族として散らばるセルビア人を一領土に結集させるという古い大セルビアの構想を持ち出した。スロベニアにはじまり、クロアチア、ボスニア、そしてマケドニアが相次いで独立を宣言するなか、激烈かつ多数の人命を奪う一連の紛争がそれに続いた。民族浄化作戦と国連の非力を背景に、ボスニア紛争は十万人以上の死者を出す殺戮の現場となった。

初めて会ったときのソワジックは、肉体的にも精神的にもサラエボで負った受難の傷を抱えていた。それは四年間の恐怖、やむことのない爆撃、飢え、寒さ、銃弾がかすめる音、麻酔なしの執刀。ソワジックは世界の苦悩を自分の身の内に抱えこんでしまうタイプの女性だった。だが、そのことが彼女を蝕(むしば)んでしまう。世の中の悲惨さは、それを自分の問題とすると当人を押しつぶしてしまうのだ。

★

灰色に霞(かす)むシャルル＝ド＝ゴール空港に着いたのは朝の七時だった。彼女と別れの挨拶を交わしたあと、わたしはタクシー乗り場の列に加わった。何もかもお先真っ暗、これからの日々は彼女に会えないだろうし、冷たく湿ったあの朝、公害に汚れた雲が空を覆っていて、まるでそれがわたしに用意された唯一の地平であるかのように思われた。しかし、ある種の反発力のようなものに掻きたてられ、わたしは行動を起こす。きみはギリシア語の〝カイロス〟という概念を知っているだろうか？　やり過ごすことの許されない決定的瞬間のことだ。どんな人生であっても、たとえそれがどうしようもなくくだらないにしても、天は少なくとも一度は、きみの運命をひっくり返すための機会(チャンス)を与えてくれる。カイロスとは、天が差しのべてくれるその救いの手を握り返すという能力なのだ。しかも、それはたいていほんの一瞬にすぎない。それに二度と同じ機会は巡ってこない。ところがあの朝、わたしには自分にとって決定的な出来事が起きつつあることが分かった。わたしはタクシー待ちの列を離れて引き返すと、ソワジックを探してターミナル中を歩きまわり、やっとのことでシャトルバスを待っている彼女をみつける。

わたしは自分の本のサイン会で地中海の島に招かれていることを伝えた。そして単刀直入に、いっしょに来ないかと提案した。ときにカイロスは同時に二人の人間のもとに訪れることがあるようで、ソワジックはためらうことなく承諾し、こうしてその日のうちにわたしたちはボーモン島に発った。

そのまま二週間を過ごし、二人が島を愛するようになったのと同時に、わたしたちも愛し合うようになった。幸せが存在すると信じさせるために、質(たち)の悪い人生がたまに与えてくれる時の流れから外れたようなひとときだった。スナップ写真に写ったガラスの首飾りがダイヤモンドの輝きを見せるような瞬間。抑えがたい衝動に駆られたわたしは、〈南十字星〉を購入するために、なんと十年分の印税をつぎ込んだ。二人で幸せな日々が送れるだろう、二人の子供たちが育っていくのを見ることができるだろうと思った。そこで新しい小説に取りかかる自分の姿さえ想像したものだ。とんでもない間違いだった。

★

それから二年間、わたしたちはいつもいっしょだったわけではないが、完璧に調和のとれた暮らしを送った。二人のときは、ソワジックの故郷で彼女の実家があるブルターニュ地方で過ごし、あるいは二人の隠れ家〈南十字星〉で日々を送った。新たに愛を得たことに刺激され、わたしは新しい小説『難攻不落の夏』の執筆に取りかかった。それ以外の時間、ソワジックは現場にいた。彼女にとっての心の本拠地であるバルカン半島に戻って、国際赤十字社の任務を続けていた。

不幸にも、世界でもその地域では戦火による惨状が続いていた。一九九八年以降、こんどはコソボで紛争の火が点いた。これについても申し訳ないが、わたしはきみに理解してもらうため、また歴史教師を演じなければならない。コソボ地域というのは、アルバニア人が多数を占めるセルビアの一自治州だった。一九八〇年代末から、例のミロシェヴィッチが州の自治権を侵食しはじめ、ついには州内にセルビア人を送りこんで再植民地化を図るという挙に出た。

コソボ地元民の一部が州外に追放された。抵抗運動が組織され、当初は「バルカン半島のガンジー」と呼ばれ、暴力行使を拒んだイブラヒム・ルゴヴァが中心となって、その後はコソボ解放軍――UÇK（ウ・チェ・カー）の略称で名高いこの組織は崩壊しつつあったアルバニアに後方陣地を設け、その軍隊から武器弾薬を奪った――が創設されて武装闘争に移行した。

ソワジックが殺されたのはそのコソボ紛争中のことで、あれは一九九八年十二月末だった。フランス外務省から彼女の両親に宛てられた情報によれば、首都プリシュティナから三十キロメートル離れた場所で取材中の英国人記者と行動をともにしていて待ち伏せに遭い、殺されたという。遺体はフランスに送られ、ブルターニュのサント＝マリーヌの小さな墓地に埋葬された。十二月三十一日のことだった。

★

愛する女性を失い、わたしは打ちのめされた。六か月のあいだ、わたしは家に閉じこもって酒に溺れ、薬に漬かった。一九九九年六月に断筆宣言をする。もう世間から何かを期待されるのはまっぴらだった。

世界情勢は動きつづけていた。国連安保理が態度を決めないなか、一九九九年の春、紆余曲折のあとＮＡＴＯ軍はコソボへの介入を決断、それはユーゴスラビア全土への空爆という形をとった。その年の六月にセルビア軍が撤退すると、コソボは国連の監督下に置かれる。この戦争による犠牲者は一万五千人、行方不明者は数千人を数えた。その大部分が一般市民だった。そんな惨事が、パリからフライトで二時間の場所で起きていたのだ。

★

秋になり、わたしは自分でバルカン諸国に行ってみることを決意した。まずはサラエボに、それからコソボへ。ソワジックが特別の思いを寄せていた土地、死ぬまえの数年間生きていた場所を見ておきたかった。現地では、燃え残りの炭がまだ熱い状態にあった。わたしは、コソボ住民の大多数を占めるアルバニア人のほか、イスラム教徒のボシュニャク人、セルビア人とも会った。この十年間を戦火と混乱のなかで生きてきた彼らは、途方に暮れ、怯えており、どうにかこうにか国の立て直しに取りかかろうとしているようすだった。ソワジックの足跡を追っていると、彼女の亡霊が道路の曲がり角や公園、診療所に見えるような気持ちになった。わたしを見守り、わたしの苦悩にも寄りそってくれる亡霊。胸が張り裂ける思いと同時に、心地よさも感じたものだ。

そんなつもりはほとんどなかったのに、ソワジックが死ぬ直前に会っていた人々と会話を交わしているうち、いつのまにかわたしは情報をひとつひとつ集めていた。ある人から聞いた打ち明け話がべつの疑問に繋がっていくといったふうに。少しずつそれらが枝分かれして蜘蛛の巣状になり、最初は喪に服すつもりだったわたしの旅が、ソワジックがいかにして殺されたかの状況を克明に探る現地調査となった。人道支援の任務から離れてずいぶん経ってはいたが、わたしは当時の経験から学んだ勘と反射神経を忘れずにいた。まだ知り合いもいたし、何よりもわたしには時間があった。

★

わたしがずっと疑問に思っていたのは、ソワジックは殺されたとき、なぜ『ガーディアン』紙の若い記者といっしょだったのかという点だった。記者の名前はティモシー・マークリオ。彼がソワジックの一時の恋人だったと疑ったことはない。後に知ったのだが、マークリオは自分がゲイであることを公言していた。しかし、わたしは彼ら二人がたまたま殺害現場に居合わせたとも思わなかった。ソワジックはセルビア語、クロアチア語が話せた。だから記者は住民たちに質問をするため、彼女に同行してくれと頼んだのではないか。ある噂をわたしは何度か耳にしていた。マークリオが〈悪魔の家〉と呼ばれる古い農園――場所はアルバニア国内にあって、臓器の闇取引に必要な監禁施設として利用されていた――について調査をしていたというのだ。

その監禁施設の存在はもはやスクープですらなかった。アルバニアはコソボ解放軍(UÇK)の後方陣地であり、彼らはそこに捕虜収容施設を設けていた。だが〈悪魔の家〉はそれらとは違った。人々のあいだで囁かれているのは、その農園に捕虜、主にセルビア人だが、セルビアに協力したと告発されたアルバニア人も連れていかれ、医学的な判断に基づいて選別されていたという。その忌まわしい選別のあと、適合者は頭に銃弾を食らい、その臓器が摘出されるのである。噂によると、そのおぞましい密売行為は地域一帯で恐れられているマフィアのような謎の集団〈クチェードラ〉の男たちが取りしきっていたという。

★

それを聞いてどう理解すべきか戸惑った。最初のうちは、それがいい加減な噂話、ああいった状況下でよくある特定グループの信用を失墜させるための誇張だろうと思った。けれどもわたしは、マークリオとソワジックによる調査を初めからやり直そうと決めた。わたし以外の人間にはできないだろうと思ったからだ。あの時期の旧ユーゴスラビアでは、行方不明者の数が数万人はいたと言われていたが、手がかりや証拠はすぐに消えてしまうし、人々は話すのを怖がっていた。それでもわたしは最後まで調査を続けるつもりでいて、しかも、調べれば調べるほど〈悪魔の家〉の存在が信憑性を帯びてくるのだった。

懸命に調査を続けた結果、臓器密売についての証人を特定できたのだが、いざ細かい話になってくると彼らは急に口をつぐんでしまった。わたしが出会った多くは〈クチェードラ〉の男たちに恐怖心を抱く農民、あるいは貧しい職人たちだった。きみにクチェードラという言葉についてもう話したかな？　アルバニアの民話に出てくる角を生やした不吉なドラゴンのことだ。九つの舌に銀の目を持つ悪魔的な雌の怪物で、醜悪な長い胴体には棘が生えていて、巨大な翼もある。民間の言い伝えでは、クチェードラは絶えず人身御供（ごくう）を要求し、それがないと炎を吐いて国中に火と血をまき散らすというのだ。

根気がようやく実を結び、わたしはアルバニアで捕虜の輸送に携わっていたという運転手をみつけた。気の遠くなるような交渉のあげく、彼はわたしを〈悪魔の家〉まで案内することに同意したのだ。それは人里離れた森のなかの農園の母屋で、ほとんど廃墟となっていた。わたしはそこを縦横に歩きまわったが、手がかりになるような物はみつからなかった。あの場所で手術が行われていたとは考えにくかった。いちばん近い村でも十キロはあり、村人は非協力的だった。わたしが要点に触れるたび、彼らは〈クチェードラ〉の男らによる報復を恐れて舌が硬直したかのように黙ってしまった。話さずにすむよう、彼らは英語がまったく分からないと言い張るのだった。

わたしはその村に数泊しようと決めた。結局、わたしの身の上話に同情したある道路作業員の妻が夫から聞いたという話をしてくれた。〈悪魔の家〉はただの中継基地だった。貨物の集配所のようなもので、そこで捕虜たちはあらゆる種類の健康診断やら血液検査を受けた。臓器提供者に選ばれるとイストク郊外にある秘密の小さな〈フェニックス病院〉に連れていかれる。

★

道路作業員の妻から得た情報をもとに、わたしは苦労の末に〈フェニックス病院〉の場所を特定した。一九九九年冬のコソボ、訪れた病院の建物は廃墟でしかなく、内部の設備などはすべて持ち去られていた。錆びたベッドが二、三台、壊れた医療機器、使用済みの点滴バッグや薬の空き箱でいっぱいのゴミ箱しか残っていなかった。しかし決定的とも言える出来事は、廃墟に居座っているホームレスの男と出会えたことだった。骨の髄まで麻薬に冒されているその人物はカーステン・カッツと名乗った。オーストリア人の元麻酔科医師で、かつて〈フェニックス病院〉に勤務していたという。後に知ったことだが、カッツはあまりよろしくないあだ名を二つ持っていたという。お伽噺で子供の目に砂を振って眠らせる〈砂売りおじさん〉、そして〈麻薬剤師〉である。

病院についての質問をしてみたが、カッツは答えられる状態になかった。幻覚を見ている目、タラタラと汗を流し、苦痛に身体をよじっていた。モルヒネ依存症、一回分を手に入れるためには何だってやるだろう。わたしはブツを持って戻ってくるからと約束した。プリシュティナに急いで帰ると、その日はモルヒネを探しまわることに時間を費やした。ドル札は充分に持っていたので複数の売人と連絡がとれ、わたしはありったけのモルヒネを買った。

　わたしが病院跡に戻ったときは、もう日が暮れてからだいぶ時間が経っていた。カーステン・カッツはゾンビも恐れをなすほどの形相だった。壁の換気口を暖炉代わりに、床板やベニヤ板を燃やしていた。モルヒネの入ったアンプルを見るなり、飢えた犬のように飛びついてきた。注射を打ってやったのはわたし自身で、それから彼が落ち着くまで辛抱強く待った。やがて元麻酔科医師は白状する気になり、すべてを語った。

　わたしはまず〈悪魔の家〉が選別のための中継基地だったことを確認した。その後、一部の捕虜が〈フェニックス病院〉に移送され、そこで頭に銃弾を食らって殺されると、移植される予定の臓器、主に腎臓が摘出された。その恩恵を受ける患者（レシピエント）たちは、移植手術のために五万から十万ユーロを払えるたいへんに裕福な外国人だった。「ビジネスは順調だった」とカーステン・カッツは続けた。〈クチェードラ〉のメンバーがだれなのか、カッツには分かったという。そのメンバーらは邪悪な三人組（トリオ）の指揮下にあった。コソボ解放軍のリーダー、アルバニアのマフィア幹部、そしてフランス人の外科医アレクサンドル・ヴェルヌイユだった。最初の二人がもっぱら捕虜の確保と輸送を受け持った一方で、医学的な分野に関しては、いいかねマティルド、きみの父親がすべてを采配していたんだ。きみの父親はカッツのほかにも、外科医としてトルコ人ひとりとルーマニア人ひとり、そしてギリシア人の看護師長を雇っていた。医学的に何をするのか承知していても、医師になったときのヒポクラテスの誓い（紀元前五～四世紀のギリシア人医師ヒポクラテスによる医師の倫理を定めた宣誓文。現在も各国の医科大学で採用されている）に関しては理解しているのかかなり怪しい連中だった。

カッツによれば〈フェニックス病院〉では闇の移植手術が五十回ほど行われたという。だが、ときには腎臓がその場では移植されずに、航空便で外国の病院に送られることもあった。わたしはモルヒネ入りのアンプルをちらつかせながら、カッツから最大限の情報を引き出そうとした。〈砂売りおじさん〉は断言する、アレクサンドル・ヴェルヌイユがこのビジネスにおける実質的なボスであり、臓器密売を計画し、その実行を主導したのも彼自身だったと。もっと悪いことに、きみの父親にとっては、この行為はコソボが最初の試みではなく、人道支援で赴く先々ですでに行っていたことをくり返したまでのことだった。自分の地位と人脈を利用してアレクサンドルは多くの国々のデータベースに入ることができた。したがって、大金を払っても臓器の提供を受けたい重症患者たちと連絡がとれた。取引はすべて現金か、あるいは海外（オフショア）の匿名口座を介して行われていた。

わたしはコートのポケットからさらに二つのアンプルを出してみせる。元麻酔科医師は血走った目でそれを追う。

「さてこんどは、ティモシー・マークリオについて話してもらおうか」

「確か『ガーディアン』紙の記者だったかな?」カッツは思いだした。「おれたちを何週間も追い回していたな。ある垂れ込み屋がいたんだが、ビジネスが始まったころおれたちといっしょに働いていたコソボ人の看護師で、記者はそいつから話を聞いたんだろう」

カッツは手巻きタバコを巻くと、まるでそれが人工呼吸器であるかのように必死に吸いはじめた。

「〈クチェードラ〉の連中が取材をやめるようマークリオに何度か脅しをかけたんだが、記者は英雄を気取りたかったようだ。ある晩、ここの守衛たちがカメラごとやつを取り押さえた。どれほど危険なのか承知していたにしては、〈フェニックス病院〉のことを甘くみすぎていたんだろう」

「記者はひとりだったのか?」

「いや、ブロンドの女といっしょだった。助手か通訳だったんじゃないかな」

「おまえたちが二人を殺したのか?」

「ヴェルヌイユが自分で始末したよ。そもそもほかに解決策はなかった」

「死体は?」

「プリシュティナの近くまで運んで、記者と連れの女がゲリラの待ち伏せに遭ったように見せた。かわいそうだが、あの二人のために涙は流さないね。マークリオはこの辺りにやって来たらどんなリスクがあるのかよく分かっていたはずだからな」

★

真実を知りたがったのはきみだったな、マティルド、だから真実を告げよう。きみの父親は、他人にそう思わせていたような優秀かつ高邁（こうまい）な医学博士ではなかった。犯罪人で人殺しだったんだ。唾棄すべき怪物、何十人もの死に関して良心の呵責（かしゃく）も感じない男だ。そしてきみの父親は、かつてあれほど愛した人はいないとわたしに思わせた唯一の女性を、その手で殺したんだ。

★

フランスに帰国した時点で、わたしはアレクサンドル・ヴェルヌイユを殺そうと決意していた。だがわたしは、バルカン滞在中に得た証言のすべてを文章にしておくだけの時間をとった。撮影した写真とビデオをぜんぶ整理してから、きみの父親を告発する文書を作成するため彼が赴いた紛争地域について時間をかけて調査を行った。ヴェルヌイユに死んでほしかっただけでなく、彼がいかなる怪物であったかを白日の下に晒したいと思った。きみがわたしに対してやろうと思ったこととまったく変わらない。

告発状を仕上げて実際の行動に移る段階になり、わたしは彼の尾行を始め、あらゆる動きを見張るようにした。どのように事を進めたらいいかは、まだはっきりと決めていなかったけれど、耐えがたい苦しみを長く味わってほしいとは思っていた。しかし時間が経つに従い、明白なことを認めざるをえなくなった。わたしの復讐は甘すぎるのではあるまいかと。ヴェルヌイユを殺せば、彼を犠牲者に祭りあげてしまうおそれがあるし、何より苦しみを長引かせるという当初の計画とは逆の結果をもたらすことになる。

二〇〇〇年六月十一日、わたしはヴェルヌイユの行きつけのレストラン〈ル・ドーム〉に入った。黒服のウェイターに告発状の入った封筒を預け、それをヴェルヌイユに手渡すよう頼んだ。そしてわたしは、ヴェルヌイユに気づかれるまえにそっと店から立ち去った。証拠を添えた告発状を翌日にも司法および報道機関に郵送して真実を暴露することに決めていた。だがそのまえに、ヴェルヌイユには恐ろしさのあまりズボンのなかに失禁するような、はらわたを貪られるような思いをさせたいと思ったのだ。わざと数時間前に知らせることで、追い詰められる恐怖と、押しつぶされて息ができなくなるような苦しみを味わわせたかった。非難の嵐が襲いかかり、彼の人生を、妻の人生を、子供の人生を、両親の人生を根こそぎにする光景を、明晰な意識のなかで頭に浮かべて不安に駆られる苦難の数時間を味わわせ、あの男を破滅へと追いやるつもりだった。それを待ちつつ、何もする気になれないで家に帰ると、なぜかソワジックの死にもう一度立ち会っているような気分になった。

★

「ジダンを大統領に！　ジダンを大統領に！」

フランス代表チームの勝利を祝うサッカーファンの叫び声で目を覚ましたのは午後十一時ごろだった。うなされ、汗まみれになっていた。午後のあいだ酒を飲みつづけたため、頭がぼんやりとしていた。それでも、ある不安が胸を押しつぶす。ヴェルヌイユのような悪魔的な人間はいったいどういう反応をするのだろうかと。何もせずにいる、それはまず考えられなかった。わたしは自分の行動が引きおこす結果のことは考えなかった。考えなかったというのは、つまり彼の妻、そして子供のことを考えなかったという意味だ。

不吉な予感にとらわれ、わたしは家から走りでた。モンタランベール通りの駐車場から自分の車を出すとセーヌ川を渡り、ラヌラグ公園まで走らせた。ボーセジュール通りに着いて、きみの家族が住む建物のまえまで来たとき、すぐに何かふつうでないものを感じとった。建物地下の駐車場に向かう電動シャッターが開いたままだった。わたしは駐車場に進入してポルシェを停めた。

それからは何もかもが瞬く間に進んだ。わたしがエレベーターのボタンを押すと同時に、上階から二発の銃声が聞こえた。わたしは階段に向かい、三階まで駆け上った。玄関のドアは半開きになっていた。アパルトマンに足を踏み入れた瞬間、わたしはポンプアクション式のショットガンを持ったきみの父親と鉢合わせになった。玄関の壁と床が深紅のしぶきで帯状に染まっていた。きみのお母上の遺体が見え、廊下の奥に弟さんの遺体もあった。そして、つぎがきみの番だった。過去にも前例があるように、きみの父親は衝動的な殺人鬼と化し、家族全員を殺してから自殺しようとしたのだ。わたしは彼に飛びかかって武器を取りあげようとした。床に転がっての乱闘となり銃が暴発、彼の頭をまさに吹き飛ばしてしまった。

こうして知らぬ間に、わたしはきみの命を救ったというわけだ。

14　虚無を生きのびた二人

地獄はもぬけの殻、
悪魔がぜんぶここに来ている。
ウィリアム・シェイクスピア

1

目をくらませる稲妻が連続して室内を照らし、すぐあとに雷鳴が轟いた。応接間(サロン)のテーブルに腰を掛けたマティルドは、ネイサン・フォウルズの告白文を読み終えたところだ。読み進むうち、まるで室内の酸素が薄まって脳貧血を起こしたかのように、何度も呼吸ができなくなるように感じた。

フォウルズは事件の顚末を記すだけでは満足しなかった。自分の言葉を裏付けるためか、自らが実施した調査で得た証拠類を戸棚から取りだしたが、それは束をなすタイプ打ち文書と、それに添えられた三つの分厚いファイルホルダーだった。

彼女は自分の父親が犯した恐るべき残虐行為の証拠を目の前にしていた。マティルドは真実を要求したが、その耐えがたい真実が彼女の立っている地面を揺るがせた。あまりにも鼓動が激しくなり、もう動脈が破裂してしまうだろうと思った。フォウルズは、真実を知れば傷口に酸を垂らすことになると断言したが、実際に彼はマティルドの生傷に酸を注いだだけではなく、彼女の両目を狙って、それをぶちまけたのだ。

マティルドは悔やんだ。なぜ自分はそこまで不覚だったのか？　少女時代も、両親が亡くなってからも、家のお金がどこから来るのか本気で考えたことがなかった。ボーセジュール通りの二百平方メートルのアパルトマン、ヴァル＝ディゼールの山荘、アンティーブの夏期別荘、父の腕時計コレクション、母のダブルの衣装部屋（ドレッシングルーム）は二間のアパルトマンの広さはあった。彼女は自他ともに認める新聞記者、ジャーナリストであり、横領の疑いがある政治家や、有名人の脱税、あるいは一部の企業経営者の非倫理的な行為に関する調査を主導してきたが、いまだかつて自分自身を調べてみようと思ったことはなかった。「兄弟の目のなかのおが屑は見えるのに、自分の目のなかの丸太には気づかないのか」というイエスの言葉そのままだった。

窓ガラスの向こうに、テラスに出ているフォウルズの姿が見えた。パティオの板塀の陰で雨を避けながら不動のまま水平線を見つめている。忠犬ブロンコがそばにいた。マティルドは、告白文、いや、告発文を読むあいだテーブルに置いておいたショットガンをふたたび手にとった。銃床とハンドグリップはウォルナット材で、鋼鉄のボディー部分にはおどろおどろしいクチェードラが彫ってある。その銃が自分の家族を皆殺しにしたのかもしれないということを、今マティルドは知ったところだった。

で、**これからどうしよう？**　マティルドは自問する。

せっかくの家族写真を完成させるには、自分の頭に向けて銃弾を放つこともできる。そう思った瞬間、その行為がやすらぎになるような気がした。弟といっしょに死んでやれなかったことにどれだけの罪悪感を抱いてきたことか。あるいは、フォウルズを殺し、彼の告発文書を燃やして是が非でもヴェルヌイユ家の名誉を守ることもできるだろう。これほどの家族の秘密は、何をしようともその汚点を拭うことは不可能だ。子供を持つことなど許されない運命の暴発。それが公になれば、何世紀にもわたって彼女の血統および子孫は汚辱にまみれることだろう。さらに第三の解決手段、それはフォウルズを殺して自分も死ぬ。この事件の証人すべてを葬って〝ヴェルヌイユ事件〟という疫病を根絶やしにする。

テオの面影が彼女の頭から離れない。幸せだった記憶が胸を刺す。おどけたテオの表情がマティルドを優しい気持ちにさせる。カラーフレームのメガネに、あのすきっ歯。あの子がどれだけ自分を信頼していたことか。テオは怖がることがよくあって、それは夜であったり、休み時間に校庭で威張り散らす五年生であったりしたけれど、マティルドはいつでも必要なときは助けに行くから怖がらないでと安心させるのだった。だが、その言葉も今となっては虚しい。なぜならテオがほんとうに危機に瀕していたとき、マティルドは何もしてやれなかったから。もっと悪いことに、彼女は自分のことしか考えずに自室に逃げこんでしまった。それを思うとやりきれなかった。そんな重荷を背負って生きていけるだろうか。

窓の向こうを見ると、フォウルズが雨に打たれながら〈リーヴァ〉を泊めた桟橋に向かう石段を下りていくところだった。一瞬、彼がモーターボートを出すつもりかと思ったが、マティルドは玄関の小物入れに〈リーヴァ〉のキーが置かれているのを確認してあった。

耳鳴りがしていた。頭のなかが沸騰していた。ひとつの考えが浮かんだかと思うと、またべつの違う感情にとらわれる。自分の家族について疑問を感じなかったというのは百パーセント正確ではない。十歳のころには――おそらく、もっとまえから――、もう彼女は光に満ちた時期と、そしてもっと陰鬱な時期を交互にくり返すようになっていた。不安に苛まれ、原因の分からない生きづらさに苦しむ瞬間がたびたび訪れた。さらには摂食障害が原因で二度ほど〈青少年の家〉への入所が必要となった。

今になって分かるのは、父親の秘密の二重生活がすでに彼女の内面を侵食していたということだ。そして、それが彼女の弟にも感染しはじめていた。突然、テオの生活のある一面に新たな暗い光が照らされた。それは悲しみや喘息、何かとても恐ろしそうな悪夢、自信喪失、学校の成績の悪化。あの秘密は姉弟のすぐそばに幼いころからあって、彼女たちを毒のように少しずつ蝕んでいたのである。完璧な家族という仮面の下に、姉弟は暗い領域、毒を放つ汚臭を感じとっていた。そのすべては無意識下で進行していた。二人はいくつかの謎めいた言葉や態度、言葉にされなかったことや沈黙をすかさずテレパシーのように感じとり、それが漠然とした不安となって彼女たちの内に流れこんだのだった。

ところで、母親のソフィアは夫の犯罪行為を実際にどこまで知っていたのか？　おそらく大したことは知らなかったのだろうが、彼女はお金が湯水のように使われている状況に疑問を持つこともなく、そんな暮らしに比較的すんなり順応していたのだろう。

マティルドは身体が沈みこんでいくように感じた。ほんの数分間で、すべての指標を、長いあいだずっと自分のアイデンティティーを明示してくれていた標識のぜんぶを失ってしまった。銃口を自らに向けるまえ、マティルドはしがみつける何かを必死になって探そうとした。その瞬間、フォウルズの話のある細かい点が頭をよぎった。死体が倒れる順番である。突然、フォウルズの話に疑念が湧いた。心的外傷性の記憶喪失に陥ったあと、彼女の記憶は驚くべき正確さをもって蘇ったのだ。そして、いちばん先に死んだのは父親だったことを確信した。

2

雷鳴が轟き、邸が今にも崖から崩れ落ちてしまうかのように震えた。ショットガンを構えたマティルドはテラスをよこぎり階段を下りると、桟橋の近くで愛犬といっしょにいるフォウルズに近づく。

邸内で最も低い場所に位置する片岩を敷石にした踊り場。作家は圧倒するようなムリエール壁（硅石を積んで石灰で固めた壁）を背に、庇（ひさし）の下に避難していた。その壁にはいくつか不透明の円窓が並んでいて、初めてその窓を見たマティルドは奇妙に感じたが、今ではここが〈リーヴァ〉のボートハウスなのだろうと納得している。それでも、暴風雨の日には高波が桟橋を越えてこの場所まで押しよせてくるだろうにと思った。

「あなたの話には辻褄の合わない箇所がある」

うんざりしたのか、フォウルズは首筋を揉む。

「わたしの家族が倒れた順番」マティルドは追及する。「父が最初に母を殺し、そのあとが弟だったとあなたは書いていた」

「実際そうだったからね」

「でも、それはわたしの記憶とはまったく違っている。最初の銃声で目を覚ましたとき、わたしは部屋から出て、廊下に倒れている父の遺体を見た。そのあとで、わたしは母と弟が殺されるところを目撃した」

「それは、きみが覚えていると思っていることなんだ。だが、それは再構成された記憶だよ」

「自分が何を見たかくらい分かります！」

フォウルズはその点についても知りつくしているようだった。

「数十年におよぶ部分的な健忘症（ブラックアウト）のあとで舞いもどってきた記憶というのは正確なように見えるが、それは信用できないんだ。根本的に間違っているわけではないけれど、記憶は損傷を受けており再構成されている」

「あなたは神経科医なの？」

「違う、わたしは小説家で、それについての文献を調べた。心的外傷性の記憶は、場合によっては劣化していることもある。それは当然だろう。アメリカでは、〝虚偽記憶〟と呼ばれるものについての論議が数年にわたって大きな話題となった。この論争は〝記憶の戦争〟と言われたくらいだ」

マティルドは正面から反撃に移る。

「コソボに関するあの調査だけど、どうしてあなたひとりだけしか調査を行っていないわけ?」

「それはわたしが現地にいたからであり、さらに言うなら、わたしはだれにも許可など求めなかったからだろう」

「もしあの臓器密売のビジネスが実際にあったのだとすれば、その痕跡が残っているはずでしょう。国家当局もそんな事件を絨毯(じゅうたん)の下に隠すような真似はできないと思うけど」

　フォウルズは悲しげな笑みを浮かべた。

「きみは紛争地域にもバルカン諸国にも行ったことはない、違うかな?」

「それはそうだけど……」

「捜査の兆しのようなものがあるにはあったのだが……」フォウルズが彼女の言葉を遮った。「あの当時の至上課題は法治国家の体裁だけでも回復させることであって、紛争時の傷を掻きむしることではなかった。さらに言えば、行政は名状しがたい混乱ぶりだった。コソボを管理する国際連合コソボ暫定行政ミッション(UNMIK)とアルバニア政府当局は互いに責任をなすりつけ合っていた。それは旧ユーゴスラビア国際刑事裁判所(ICTY)にしても、欧州連合・法の支配ミッション・コソボ(EULEX)にしても同じだった。それらの組織の財源が、調査を実施するためには非常に限られていたんだ。きみにはもう説明したが、多くの、しかも整合性のある証言を得るのは困難で、おまけにああいう類いの事件では証拠がすぐに消えてしまう。それに、当然ながら言葉の壁もあった」

見るからにフォウルズは疑問のすべてに答えを持っているようだが、彼は作家なので――だからといって、マティルドは諦めはしないが――プロの嘘つきとも考えられる。

「二〇〇〇年六月十一日の夜、どうしてうちの建物の駐車場はシャッターが開けっぱなしになっていたのかしら？」

フォウルズは肩をすくめた。

「おそらく、上の老夫婦の留守宅に侵入したカリム・アムラニとアポリーヌ・シャピュイがこじ開けたんだろうね。彼らを拷問したきみのお祖父さんたちに聞いておくべきだったんじゃないだろうか」

「あの晩、あなたは二発の銃声を聞いて、うちのアパルトマンに駆けあがったのね？」

マティルドはフォウルズにしつこく質問を続ける。

「そう、きみの父親は玄関のドアを半開きにしていた」

「それをおかしいとは思わなかった？」

「自分の家族を殺すような人間に論理もクソもないだろう！」

「でも、あなたが忘れていることがひとつだけある。それはお金」

「何の金だって？」

「臓器密売で稼いだお金の一部が、ひとつ、もしくは複数の海外（オフショア）口座に振り込まれた、あなたはそう書いていた」

「確かに、元麻酔科医のカーステン・カッツがわたしにそう証言したからね」

「じゃあ、その口座はどうなったんでしょうね？　父の遺産を相続したのはわたしだけで、でもそんな話は聞いたことがない」

「それは銀行秘密の原則とか、そういった原則の不透明な構造に情報が阻まれているんじゃないか、わたしはそう思うが」

「当時そうだったことは認めるけれど、あれから租税回避地（タックス・ヘイヴン）の取り締まりはかなり厳しくなったはずでしょ」

「いずれにせよ、その金はどこかで眠っているはずだと思う」

「では、ソワジックの手紙については？」

「手紙が何だって？」

「彼女宛ての手紙が母の衣装部屋にあったけれど、これはどういうこと？」

「きみの父親がソワジックの遺体のそばでみつけたんだろう」

「なるほど。でも、それは父にとっては危険極まりない証拠になりうる。どうして父はそんなリスクを冒したの？」

　フォウルズは落ち着きはらっている。

「それはあの手紙がよく書けていたからだろう。書簡体文学というジャンルにおける傑作だったからだ」

「謙遜よ、こんにちは……」

「真実よ、こんにちはだろう」

「でも、それならなぜ父はあの手紙を母に渡したの？　母は父の二重生活のことなどまったく知らなかったはずなのに」

こんどばかりはフォウルズも言葉に詰まった。自分の話にほころびが出ていた。そしてマティルドはここぞとばかりに責めたてる。

3

自己破壊と自殺願望の嵐は過ぎ去った。マティルドは自分自身に戻っていた。というより、自分が好む自分に戻った。燃え盛る炎のような、したたかで、けっして何事にも挫けない、子供のころから多くの障害をどうにか打ち負かしてきた、そんな自分を取りもどしたのだ。そのマティルドは昔からずっと変わらない。いきいきとして、いつでも闘う覚悟ができている。あとは敵をおびき出すだけ。

「ネイサン、あなたは事実を言っていないと思う。母とテオが死ぬまえ、わたしが父の遺体を見たことに間違いはないはず」

今や彼女の頭のなかで、その記憶は完全に鮮明なものとなった。一点の染みもなく、揺るぎない、確実な記憶だった。

雨はやんでいた。フォウルズは庇の下を離れ、ポケットに手を突っこんだまま浮き桟橋のほうに歩きだした。カモメとウミウが空中で円を描き、恐ろしげな鳴き声を響かせる。

「なぜわたしに嘘をつく必要があるの？」フォウルズに近づきながら彼女は聞いた。

彼はマティルドの目をじっと見た。降参したのではない、観念したのだ。

「きみの言うとおりだ。あの晩の最初の銃声は、確かに、きみが廊下で目にした人物が撃たれた際に響いたものだ。だが、あの男はきみの父親ではなかった」

「そんなはずない！　間違いなく父だった！」

フォウルズは首を振りながら目を細めた。

「きみの父親は信じられないほど慎重で周到な人間だった。あの夜のすべてを見越していたんだ。あれほど残虐な行為に手を染めていた以上、いずれ自分の人生が根底から覆される危険に直面するであろうことは充分に予測できていた。その大問題から身を守るため、とっさに逃げなければならない不測の事態に備えて手はずは整えてあった」

マティルドは身動きすらできずにいた。

「逃げるって、どこに？」

「アレクサンドル・ヴェルヌイユは別人に成り代わって人生をやり直すつもりだった。そのために、彼の海外口座(オフショア)は自分の名義ではなく、架空の名義にしてあったんだ」

「だれのことを話しているの？　ネイサン、それなら廊下に倒れていたあの死体はいったいだれ？」

「彼の名はダリウシュ・コルバス。犬を連れた路上生活者だった。モンパルナス大通りに居着いていたその男に、アレクサンドルは事件の一年前から目をつけていた。自分と同じ年齢、自分と同じ体型。コルバスにどれほどの利用価値があるか、アレクサンドルにはすぐにピンときた。コルバスに話しかけ、翌日また会ったときにはもう、日中に彼を受け入れてくれる施設までみつけていたんだ」

風向きが変わり、雨雲が最後の雫を振りしぼる。

「アレクサンドルは頻繁にコルバスをレストランに招いた。自分が着なくなった服を与えたほか、必要な医療に関しても便宜を図ってやった。夫の考えていることなど想像もしなかったきみのお母上は、何度かコルバスを自分の歯科クリニックに迎えて無料の治療までしてやった」

「でも、いったい何の目的で父はそんなことをしていたの？」

「コルバスに身代わりになってもらうため、アレクサンドル自身が自殺しなければならないと判断したときのためだ」

マティルドは、自分が立っている木製の浮き桟橋が海中に沈みつつあるかのように身体がふらついた。

　フォウルズは続ける。

「二〇〇〇年六月十一日、アレクサンドルはコルバスに泊まりの支度をして深夜〇時前に家まで来るよう指示した。〈聖ヨハネの精華（フルロン・サン・ジャン）〉に連れていってやるという理由だった」

「フルロン・サン・ジャンというのは？」

「パリ西端のジャヴェル河岸に繋留されている川船（ペニッシュ）のことで、マルタ騎士団フランス救護会が犬を連れたホームレスが泊まれる避難所に改造したものだ。きみの父親が考えた計画は極めて単純で、きみたち、つまり母親と弟、そしてきみを殺すまえにコルバスを殺すというものだった。そして実際そのとおりになった。コルバスが家に来ると、アレクサンドルはコルバスのためにコーヒーをいれてやるよう妻に頼んだ。その間、彼はコルバスの荷物を探った。それから例のペニッシュの避難所に出かける段になり、彼は至近距離からショットガンでコルバスの顔を撃った」

　ただちにマティルドは反論する。検死の結果、死体は父親のものであると確認されたことを彼女ははっきり覚えていたのだ。

「そのとおり」フォウルズは同意する。「遺体は事件の翌日、アレクサンドルの両親――きみの祖父パトリス・ヴェルヌイユとその妻――が身元を確認している。悲痛と混乱のなかでの確認作業であって、だれひとり想像すらできないような企てを見破るためというより、むしろ所定の手続きをすませる意味合いが強かった」

「刑事たちの反応は？」

「彼らは丁寧に初動捜査を実施した。死体の歯型、バスルームにあったアレクサンドルの櫛(くし)および歯ブラシから検出したＤＮＡとの照合などだ」

「その櫛と歯ブラシはコルバスのものだったということね」マティルドが先を読んだ。

フォウルズは肯く。

「アレクサンドルが泊まる支度をしておけと指示したのはそのためだった」

「で、歯型は？」

「それがいちばん厄介な問題だったが、きみの父親はあらゆる状況を想定していた。彼自身もコルバスと同じようにきみの母親の歯科クリニックで治療を受けていて、科学警察の技官たちを欺くため、彼は診療室に保管されていた二人のパノラマＸ線写真を入れ替えておいたんだ」

「じゃあ、ソワジックへの手紙はどういうこと？　なぜ父はあの手紙を母の衣装棚のなかに置いておいたの？」

「きみの母親に愛人がいたと捜査官たちに思わせるためだ。そして、妻の浮気が殺戮の原因だと捜査を誘導するためでもあった。Ｓのイニシャルが好都合だったことは想像に難くない」

フォウルズは首を振ってびっしょり濡れた髪の水を払う。その瞬間、彼にも過去の記憶が押しよせてきたが、それと対峙するのはいまだに辛いことだった。

「わたしがきみの家に踏みこんだとき、アレクサンドルはすでにダリウシュ・コルバスと自分の妻、そしてきみの弟を殺したあとだった。出入り口のドアが半開きになっていたのは事実だ。いつでも逃げだせるようにとの算段だったのかもしれない。だがそのまえに彼は、――わたしは今日になってそれを知ったのだが――きみも殺すつもりでいたんだな。ともかく、わたしはあの男から武器を取りあげようとして格闘になり、彼が抵抗できなくなるまで銃の台尻で顔面を何度も殴りつけた。そのあと各部屋を覗いて回ったが、ほかにはだれもいなかった」

「わたしがあなたのブーツを見たのはそのときね」

「それからわたしは、アレクサンドルが倒れている応接間(サロン)に戻った。かなりひどい状態で気を失っていたが、生きてはいた。わたしにとっても悪夢のような体験だったので動転していた。何が起こったのか、長い時が経過したあとでしかきちんと整理できなかった。興奮していた勢いで、わたしは意識のないアレクサンドルをエレベーターで降ろすことにした。駐車場に着くと、車まで彼を運んで助手席に座らせた」

それを聞いてマティルドは、アポリーヌ・シャピュイが作家のポルシェには二人の男が乗っていたと断言した理由が分かった。

「駐車場から出ると、いちばん近そうに思われたパリ郊外のブローニュ＝ビヤンクールにある〈アンブロワーズ＝パレ病院〉に向けて車を走らせた。救急外来の入り口まであと数メートルのところだったが、車を停めずにそのまま運転を続けた。そしてパリ環状線から高速A六号線、さらにはA五〇号線で南フランスのトゥーロンまでを一晩かけて走った。わたしは、アレクサンドルに治療を受けさせる気にはどうしてもなれなかった。あれだけの惨劇からこの男ひとりだけが、そんな悲劇を生んだ張本人だけが生きのびることなど絶対に許せないと思った」

4

「イエールに着いたのは夜明けだった。それまでにアレクサンドルはいくらか意識を取りもどしたようだったが、わたしは二本のシートベルトを使って手足を縛りあげておいた」

フォウルズはまた語りだしたが、その徹夜のドライブと同じように先を急いで休みなく話しつづける。

「わたしはモーターボートを泊めてあるサン＝ジュリアン＝レ＝ローズの港に向かって

走りつづけた。そしてアレクサンドルを〈リーヴァ〉に乗せると、この浮き桟橋まで運んできたんだ。コソボから帰ってきた時点で決意していたのは、自分の手で彼を殺すことだった。すぐにそうしていれば、あの晩わたしが立ち会った殺戮を回避することができただろう。だが、わたしはすぐには殺さなかった。彼の死が手ぬるいものであってはならない。あの男には、ゆっくりと、恐怖を味わいながら、絶望的な暗闇のなかで死んでほしかった」

フォウルズは歩きはじめるとボートハウスに近づいていった。熱に浮かされているように見えた。

「死んだソワジックの復讐のため、そしてアレクサンドル・ヴェルヌイユが殺害したすべての人たちの復讐を果たすために、わたしは彼を地獄に送らなければならなかった。だが真の地獄とは、頭に銃弾を撃ちこむことでも、心臓にナイフを突き立てることでもない。ほんとうの地獄とは、そんな瞬間が永遠に続くということだ。終身の苦痛、同じ罰がやむことなく与えられるということだ。毎日、ワシに肝臓を食われるプロメテウスが受けたというあの責め苦のように」

マティルドはフォウルズの話がどこに行き着くのかまだ分からずにいた。

「わたしはきみの父親を〈南十字星〉に幽閉した」彼は続ける。「そして、当時わたしがまだ知らなかったことをすべて吐かせたあと、彼に話しかけるのを一切やめた。長期にわたる報復で心が癒やされ、わたしが耐えてきた苦しみに釣り合った復讐になるだろうと思っていた。そして日々が過ぎ、週が、月が、年が過ぎていった。何年も続く隔離と孤独。何年にもおよぶ償いと、限りない苦しみであったはずのもの、それは結局のところ、ひとつの恐ろしい事実を証明したにすぎなかった。それだけ年月が経った後、真の囚人がアレクサンドル・ヴェルヌイユではなく、わたし自身だったということだよ。わたしは自分自身の牢番になってしまったんだ……」

茫然としたマティルドは、このあまりにも恐ろしい真実に衝撃を受けて思わず後ずさりした。ずっと何年ものあいだ、ネイサン・フォウルズは彼女の父親をこのボートハウスに監禁していたのだ。開かずの円窓が並ぶこのボートハウス、だれも足を踏み入れたことのない邸宅の一部に。

マティルドは崖に嵌めこむように造られたボートハウスをあらためて眺めた。入り口は、建物側面の小さなドアと、ガレージなどによく見られる鉄製の大きなシャッター式の扉の二つがあった。マティルドはフォウルズと目を合わせる。作家はポケットから小さなリモコンを取りだすと、それを大きな扉へと向けた。ゆっくりと軋みながら、扉が開きはじめる。

5

怪物のねぐらに風が吹きこんで渦を巻き、鼻が曲がるような焦土のにおい、硫黄と尿の混じった汚臭をまき散らす。

マティルドはどうにか気力を振りしぼり、ついには意を決して、最後の対決のため深淵に向かって足を踏みだした。安全装置を外して銃を構える。風が顔を殴りつけるが、その冷たさがむしろ心地よく感じられるほどだった。

じっと待った。大扉の金属の軋みにミストラルの唸りが入り交じる。クチェードラの隠れ家は闇のなかに沈んでいた。金属音がひときわ大きくなったそのとき、闇から悪魔が姿を現した。

アレクサンドル・ヴェルヌイユはもう人の姿を成していなかった。青ざめた皮膚は乾いて爬虫類(はちゅうるい)のようなまだらを見せ、形容しがたい白髪のボサボサ頭、刃のように鋭い鉤状(かぎじょう)の爪、紫がかった顔はできものに覆われてひび割れが走り、異様に光る二つの目は幻を見つめているようだった。

怪物となり果てた父親をまえにしてマティルドは足下がふらつくように感じた。その数秒間、彼女は狼や人食い鬼を怖がる少女に戻ってしまう。唾を飲みこみ、構えを解いてショットガンを降ろした瞬間、雲の切れ間から差した陽の光が銃に刻まれた飾り模様に反射した。勝ち誇ったような銀色の目、巨大な翼を広げたクチェードラ。マティルドの全身に震えが走る。倒れないように銃を支えにしたけれど……。

★

「マティルド！　ぼく怖いよ！」

　抑揚からして、それは子供の声だった。彼女の頭の片隅に隠れていた古い思い出。一九九六年の夏。ここから数キロと離れていない松の荒磯（カランク・デ・パン）だった。温かな風、マツの木陰にうっとりするようなユーカリの香りが漂っていた。テオの弾けるような笑い声。あの子は七歳だった。テオはひとりで浜辺からすぐそばの海中から突きでた岩礁プンタ・デラーゴのとっかかりによじ上ったところだった。だが今になって、海に飛びこむ勇気があるのかどうか自分で分からなくなっていた。数メートル下では、マティルドが紺碧の海を泳いでいた。頭を上げて、岩礁を見あげて弟を励まそうと叫ぶ。

「がんばれ、テオ！　いちばん強い子なんでしょう！」

　弟がまだためらっているので、彼女は力一杯に両腕を振って声を張りあげる。

「わたしがいるからだいじょうぶ！」

魔法の言葉だ。軽々しく口にしてはいけない言葉。その証拠にテオの目が輝きだし、笑みも浮かんだ。男児は思いっきり息を吸いこんでから海に飛びこんだ。そのテオのイメージは、まるで接舷攻撃をするときの海賊のように空中を飛んでいるままの姿で静止する。軽やかで幸せなひとときなのに、その情景にはすでに憂愁(ノスタルジー)が感じられた。それは、後の人生のあらゆること、重苦しさや悲しみや苦悩からまだ守られていた瞬間だった。

★

思い出が薄らぎ、涙に混じって流れでた。

マティルドは頬を拭い、クチェードラに向かって歩を進める。彼女の目の前で身を震わせている悪魔は、邪悪そうにも威圧的にもまるで見えなかった。それは翼をもぎ取られて片岩の敷石の上を這うただの非力な人間でしかなかった。陽の光に目をくらまされた怪獣(キマイラ)。

ミストラルが荒れ狂う。

マティルドはもう震えなかった。

ショットガンを構えた。

耳にテオの亡霊が囁く。
ぼくがいるからだいじょうぶ。
すでに雨はやんでいた。風が雲を追いはらっていく。
銃声はたったの一発だった。
すっかり洗われた空に、一度だけ乾いた銃声が響いた。

エピローグ

インスピレーションはどこから来るのか？
——『作家の秘められた人生』への補注

ギヨーム・ミュッソ

今年の春、わたしの新作が刊行されてまもないころ、ボーモン島に一軒しかない書店からサイン会の依頼を受けた。〈深紅の薔薇（ラ・ローズ・エカルラット）〉の前書店主が亡くなり、店はボルドーで書店を経営していた女性のカップルが買いとった。たいへんに積極的な若い二人は、古くからある書店を時代に合わせて立て直そうとの意欲に燃えており、わたしがいわば店の後ろ盾になるよう望んでいたのだった。

それ以前に、わたしはボーモン島に行ったことはなく、地理的な認識も曖昧（あいまい）だった。頭ではぼんやりと、あのポルクロル島と混同していたように思う。とはいえ、わたしは先の提案を承諾することにした。というのも、書店の雰囲気が良さそうだったことと、ボーモン島はわたしの大好きな作家ネイサン・フォウルズがほぼ二十年間も暮らしていたことを知っていたからだ。

ボーモン島について書かれたものを読むと、いたるところに島民は用心深くて無愛想とあったが、書店での講演会とそのあとのサイン会はとても温かい雰囲気であったし、島民たちとも気持ちの良い会話を交わすことができた。島の人たちはみな何かしら語ることがあって、彼らとは話をしていて心地よかった。「いつの時代にも、作家はボーモン島で歓迎されてきたんです」と書店の共同経営者二人はわたしに請け合った。そしてわたしのために、島の南岸のベネディクト会修道女が住む修道院の近くにある、絵はがきのような民泊（シャンブルドット）を週末のあいだとってくれていた。

その二日間、島を巡ることに費やしたわたしは、たちまちフランスの片隅でありながらフランスではないようなこの島の虜になってしまった。観光客もいなければ、これ見よがしの派手さもなく、公害やコンクリートとも無縁という、ある種の永遠なる紺碧海岸（コート・ダジュール）だった。わたしは島を去る気持ちになれなくて、滞在を延ばすことにし、そのため小さな家をみつけて買うか借りるかしようと決めたのだった。その時点で、ボーモン島には不動産屋というものが存在しないこと、家屋の一部は家族内で世代から世代へと受け継がれ、その他は住民による推薦で譲渡されてきたことを知った。わたしが滞在したシャンブルドットの持ち主で高齢のアイルランド人コリーン・ダンバーに相談してみたところ、もしかしたら売り家があるかもしれないと、ネイサン・フォウルズが所有していた〈南十字星〉について教えてくれた。さらに彼女はその件に関してすべてを委任されているという人物をわたしに紹介してくれたのだった。

それがジャスパー・ヴァン・ワイクで、彼はニューヨークの出版界における最後の伝説的な人物のひとりだった。ヴァン・ワイクはフォウルズのほか、重要な作家たちのエージェントだった。とりわけ彼は、マンハッタンの主要出版社の大多数から拒まれていた『ローレライ・ストレンジ』の刊行を実現させた手腕で名を知られていた。フォウルズに関する記事が出ると、そこには決まったようにヴァン・ワイクの見解も表明されており、わたしは彼ら二人の関係がどういうものなのかと不思議に思ったものだ。完全に沈黙してしまう以前から、どこかフォウルズには世界全体を、ジャーナリストや編集者、同業の作家すらも嫌っているような面があったように思う。わたしがヴァン・ワイクに電話をしたとき、彼は休暇（バカンス）でイタリアに来ていたが、わたしに〈南十字星〉を見せるため一日だけ休みを中断してもいいと承諾してくれた。

　待ち合わせの約束をして二日後、ヴァン・ワイクはレンタルらしき迷彩塗装のミニ・モークでコリーン・ダンバーの家までわたしを迎えに来た。どこもかしこも丸っこい人の良さそうな人物で、その復古調（レトロ）のダンディーな服装と跳ねあげた口髭、茶目っ気のあるまなざしから、わたしはエルキュール・ポワロを演じるピーター・ユスティノフを思い浮かべた。

　サフラニエ岬まで連れていかれ、それから自然のままの大庭園に足を踏み入れると、潮風にユーカリとペパーミントの混じった香りがした。小道は急な斜面をくねくね曲がり、するとふいに海が現れ、同時にネイサン・フォウルズの邸も目に入る。黄土色の石にガラス、コンクリートの平行六面体の建物だった。

　わたしはすぐに魅了された。このような場所にある別荘に住むのが、ずっとわたしの夢だった。崖に引っかかったような邸、そして見渡すかぎりの青。子供たちがあのテラスで走りまわる姿を思い描いた。海に臨む自分の書斎を想像してみた。そこでなら、景色の美しさが涸(か)れることのないインスピレーションの源泉となって難なく小説を書けるのではないか、と。だがヴァン・ワイクは莫大な金額を提示し、わたしだけが購入を希望しているわけではないと告げた。ある中東の投資家がすでに複数回訪れたあと、正式なオファーを表明しているとつけ加えた。「せっかくのチャンスを逃すのは惜しいですよ」ヴァン・ワイクは続けた。「この邸は作家が住むために改築されたんですから」作家が住むための家というのがどんなものかよく分からなかったが、わたしはこのチャンスがふいになるのを恐れて、気の遠くなるような散財をするという誘惑に負けてしまった。

★

　その夏の終わりに、わたしは〈南十字星〉に引っ越しをした。建物の状態は良好だったものの、かなりの改修が必要だった。だがちょうどいいと思った。というのも、わたしは久しぶりに十本の指で何かしたくてたまらなかったからである。そこで早速、作業に取りかかった。毎朝六時に起きると昼食まで執筆に充てる。午後の時間はペンキ塗りのほか、水道管と電気工事などに時間を費やした。〈南十字星〉に住んで初めのころはいくらか怖じ気づいた。ヴァン・ワイクは家具付きでこの邸をわたしに売ったので、何をやるにもフォウルズの亡霊がついて回るのだ。このテーブルで彼が朝食をとった、このオーブンで料理した、このカップでコーヒーを飲んだ……。時を待たずしてわたしはフォウルズに憑かれたようになり、彼はこの邸内で幸せだったのだろうか、なぜ最終的にここを売ろうと決めたのかと、自問をくり返すようになった。

　もちろん最初に会った時点でヴァン・ワイクに聞いてはみたが、あの愛想のいい彼が歯に衣着せずに、それはわたしに関係のないことだと言ってのけた。もっと問い詰めていたら、邸はわたしのものにはならなかったと思う。わたしはフォウルズの三作品を読み返したほか、みつけられた彼に関する記事のすべてをダウンロードし、とりわけ彼と交流のあった島の住民とも会話をするようにした。どちらかと言うと、ボーモン島の人々は当の小説家を褒める傾向にあった。もっとも彼は、いくらかメランコリックな人物として知られており、旅行者を警戒して、写真に撮られること、あるいは自分の小説について話すことを徹底して拒んでいたが、地元民にとってフォウルズは礼儀正しい、謙虚な人物だった。孤独を好むぶっきらぼうなイメージとはかけ離れていて、実際の彼はユーモアもあり、人との交流を好むタイプで、島のパブ〈フルール・デュ・マルト〉の常連だったともいう。彼の突然の引っ越しは多くの島民を驚かせた。そもそも彼が離島した際の状況は判然としなかったが、多くの住民が口をそろえて言うのは、昨年の秋、島に休暇で滞在していたスイス人の女性記者と出会ってから、フォウルズは忽然と姿を消したということだった。彼の愛犬、ブロンコという名前のゴールデンレトリバーが数日のあいだ行方不明になっていたのを、その若い女性が連れもどしてくれたのが二人の出会いだったという。だれもそれ以上のことは知らず、だれも表だって口にはしないけれど、フォウルズが住民への挨拶もなしに夜逃げ同然に去ってしまったことを、彼らはいくらか残念に思っているようだった。わたしは「それは作家の弱気な性格の表れなのです」とフォウルズをかばった。しかし、彼らがそれを信じたかどうかは分からない。

★

冬が到来した。

わたしは粘り強く、午前中は現在取り組んでいる本の執筆を、午後は家の工事を続けていた。実を言えばあまり書いていなかった。『梢たちの弱気』という小説を書きはじめたのはいいが、なかなか仕上げることができずにいたのだ。威圧感のあるフォウルズの影がわたしから離れなかった。執筆の代わりに、わたしが午前中かけてやっていたのは彼の消息についての調査だった。スイス人ジャーナリストだという女性の身元は判明し、名前はマティルドといった。勤務先の新聞社はわたしに彼女が退社したと告げ、それ以上のことは教えてくれなかった。両親がスイスのヴォー州にいることまでは分かった。「娘は元気でやっている、だからほっといてくれ！」と、彼らはわたしに言い放った。

改修工事のほうだが、こちらは幸いにも順調に進んでいた。母屋の各部屋の改修を終えたので、こんどは付属の建物、まずはフォウルズの〈リーヴァ〉が格納されていたらしいボートハウスに手をつけることにした。ヴァン・ワイクは〈リーヴァ〉もいっしょに売りたがったが、そんなモーターボートがあっても使わないと思ったわたしは断ったのだった。邸のなかでそのボートハウスだけが、何かわたしに違和感を与えるように思った。陰気で寒々とした雰囲気があったのだ。そこでわたしは、コンクリートで塞がれていた円窓の代わりに大きな楕円形の窓を設け、充分に光を取りいれるようにした。それでもまだ気に入らなかったので、わたしは室内を狭くしていた内壁を取りはらうことにした。だが驚いたことに、そんな壁のひとつを壊していると内側のコンクリートのなかから骨が出てきたのだ。

その瞬間わたしは焦った。人骨だろうか？　このボートハウスはいつ建てられたのだろう？　フォウルズは殺人事件に関わっていたのだろうか？

しかし、何にでも理屈をこじつけて話をこしらえるのが小説家の特性だろう。自分でもそれが分かっているので、わたしは冷静さを取りもどすことにした。

二週間が経ち、わたしもだいぶ落ち着いたところで、また新たな発見をしたが、こんどは屋根裏だった。みつけたのは薄緑色の〈オリベッティ〉のタイプライターと厚紙のファイルホルダーに入った百ページほどの原稿で、フォウルズの未完成小説の冒頭部分と思われた。

わたしは少年のように興奮してしまい、発見した宝物を抱えて応接間（サロン）に戻った。夜の帳が下りていて家のなかは冷えきっていた。そこで、サロン中央の天井から吊り下げられた暖炉に火を点けてから、フォウルズがバーコーナーに二本残していった彼のお気に入りのウイスキー〈薔薇の園〉をグラスに注いだ。海を眺めるソファーに落ち着くと、タイプライターで打たれた原稿を読みはじめる。一度目は貪るように、二度目は文章を吟味しながら読んだ。それは、わたしの人生のなかでも際だって記憶に残る読書体験のひとつとなった。子供時代から思春期にかけて読んだ『三銃士』や『グラン・モーヌ』（アラン＝フルニエの青春小説）、あるいは『潮流の王者』（パット・コンロイの小説。ある家族の物語）とはもちろん異なるけれど、そうした本を発見することで味わえた、あの強烈な新鮮さに似たようなものがあった。

原稿はフォウルズが断筆を決意するまえに取り組んでいた小説『難攻不落の夏』の出だしだった。この作品については、AFP通信による最後のインタビューにおいても触れられていた。作品は、人道主義に基づく力強い大河小説になることが予想され、ほぼ四年間も続いたサラエボ包囲を生きつづける数々の人物像が描かれるはずだった。わたしが読んだのは校正も手直しも加えられていない生の原稿だったが、最初から読者の目を射るような炎の燃え上がりは、フォウルズがそれまで書いてきた作品と比肩しうるものだった。

そのあとの数日間は毎朝起きるたび、あの文章を目にする恩恵を得たのがおそらく世界で自分ひとりだと思うことで、わたしはエネルギーを注入されたような気分になったものだ。しかしその興奮が治まってしまうと、フォウルズが執筆中の原稿を放棄した理由についての疑問が湧いてきた。わたしが読んだ原稿は一九九八年十月の日付が入っている。小説はとても快調な滑り出しを見せていた。フォウルズは満足だったはずである。だが、あれほど突然に書くことをやめたからには、当然ながら彼の人生に何かが起こったに違いない。重度のうつ病？　恋愛による破滅？　愛する人間を失った？　彼の決断はボートハウスでみつかった骨と何かしら関わりがあるのだろうか？

すっきりしたいと思い、わたしは専門家に骨を見せることに決めた。数年前になるが、執筆予定の警察小説（ポラール）のために取材をしていたわたしは、いくつかの犯罪捜査に協力している法人類学者のフレデリック・フーコーという女性と知りあった。彼女の勤務先であるパリの国立予防考古学研究所（Inrap）で会ってくれるというので、わたしは骨の一部を入れたジュラルミンのトランクを持ってアレジア通りの研究所まで出向いた。しかし玄関ホールまで入った土壇場になって、気が変わった。何の権利があってわたしはフォウルズの人生を汚そうとするのか？　わたしは判事でもジャーナリストでもない。わたしは小説家である。わたしはまたフォウルズの読者のひとりであって、あまりにもナイーブかもしれないが、『ローレライ・ストレンジ』と『打ちのめされた者たち』の著者が悪党や殺人犯であるはずがないという確信を持っていた。

★

骨を処分すると、わたしはニューヨークのジャスパー・ヴァン・ワイクに会おうと思い立ち、フラットアイアンビルの大量の原稿で埋まり狭くなった彼のオフィスまで出かけていった。壁一面にセピア色の複製銅版画が飾ってあり、それはどれも醜くて恐ろしいドラゴンたちが戦っている図だった。

「これは出版界の寓意（アレゴリー）ですか？」わたしは聞いた。

「もしくは文壇がテーマでしょうな」彼はすかさずやり返してきた。

それはクリスマスを一週間後に控えた日だった。上機嫌のヴァン・ワイクはわたしをコーネリア・ストリートにある〈パール・オイスターバー〉に招いた。

「まだあの家を気に入っていますか？」彼が聞いた。わたしは肯いたが、工事をしていたこと、ボートハウスの内壁を壊したら骨をみつけたことも話した。カウンターに肘をついたままのヴァン・ワイクはちょっと眉をひそめたが、それ以外はいつもの何を考えているか分からない表情をまったく変えることはなかった。わたしのグラスにサンセールのワインを注ぎながら、彼は〈南十字星〉の造りをよく知っているが、あの邸が建てられたのは一九五〇年代から六〇年代にかけてで、それはフォウルズが買うよりもずっと昔のことなので、牛か犬の骨に違いないだろうと言った。

「発見はそれだけではなかった」とわたしは言って、『難攻不落の夏』の原稿の件を伝えた。初めはわたしが冗談を言っているとヴァン・ワイクは思ったようだが、やがて気にしはじめたので、原稿の最初の十枚だけをブリーフケースから取りだすと、読みはじめたヴァン・ワイクの目が輝いた。「あの嘘つき男め、わたしには書きはじめた原稿を燃やしたと言ったんですよ！」

「残りをもらうにはどうしたらいいでしょう？」彼が聞いてきた。「べつに何も」と言いながら、わたしは残りの原稿を彼に渡した。「わたしはゆすり屋じゃない」ヴァン・ワイクは感謝の意を目に浮かべ、まるで聖遺物を扱うかのように残りの原稿を受けとった。オイスターバーを出るとき、わたしはふたたびフォウルズの消息を尋ねたが、ヴァン・ワイクはその話をするのを避けた。

話題を変えるためにわたしは彼にアメリカでのエージェントを探していると伝えた。そして、それはネイサン・フォウルズがボーモン島で過ごした最後の日々を小説風に語る新作の案を相談するためだと説明した。「それは非常に良くない企画です」とヴァン・ワイクは不安を露わにした。「伝記でも覗き趣味の本でもない、フォウルズという人物像にインスピレーションを得たフィクションで、『作家の秘められた人生』というタイトルまでもう考えてあるんです」

ヴァン・ワイクは反応しなかった。彼の賛同を得るために出向いてきたわけではないが、気まずい雰囲気のままで別れるのは気が重かった。「ほかに書きたいことが何もないんです」わたしはさらに続けた。「小説家にとって語ることのできない物語を抱えていることほど辛いことはないでしょう」するとヴァン・ワイクは肯いた。「それは理解できます」と同意したが、続けて彼は、メディアに向けてよく使っていた大仰な言葉をわたしにも浴びせる。「ネイサン・フォウルズの謎、それは謎が存在しないことなのです」

「あなたが心配することはないでしょう」わたしは答える。「それを創りだすのがわたしの仕事なので」

ニューヨークを発つまえ、わたしはブルックリンにある古いタイプライターを扱う店でインクリボンをいくつか買っておいた。

〈南十字星〉に帰り着いたのは金曜日の夕方、クリスマスの二日前だった。とても寒かったが、息を飲むような景色は変わらず、水平線に陽が沈む光景は幻想としか思えなかった。初めてわたしは我が家に戻ってきた気分だった。

★

ターンテーブルに映画『追想』のサウンドトラックをのせ、暖炉の火を点けるのに手こずってから、〈薔薇の園〉をグラスに注いだ。それからサロンのテーブルに置いたベークライト製の〈オリベッティ〉をまえに座るとインクリボンを装着した。

深呼吸をする。こうしてタイプライターをまえにして座るのはじつに気分が良かった。そこがわたしのいる場所だった。そこがいちばん憂鬱にならずにすむ場所だった。ウォーミングアップのつもりで、最初に頭に浮かんだ言葉を叩いてみる。

作家に求められる第一の資質、それは尻の皮が厚いこと。

キーがたてる音に震えるような興奮を覚えた。わたしは続ける。

第一章

二〇一八年九月十一日、火曜日

まばゆい空の下、風が帆をはたく。

二本マストのヨットが南仏ヴァール県の港を出たのは午後一時過ぎ、今は五ノットでボーモン島に向かっている。

さあ、乗ってきたぞと思いながら最初の文を叩いたところで、ジャスパー・ヴァン・ワイクからのショートメッセージ（SMS）が届き作業が中断された。わたしが新作を書き上げた時点で、読んでみたいという申し出だった（どんな小説になるかと警戒しているのだ、それぐらいわたしにも分かる）。それから、フォウルズが元気でいることと、百ページほどの原稿——本人はその存在すら忘れていたと言い張っているようだが——を戻してもらって、わたしに感謝している旨を伝えるよう頼まれたと書いていた。そういう事情で信頼されたのだろう、ヴァン・ワイクはメッセージに、一週間前にマラケシュでひとりの旅行者が撮ったという写真を添付していた。ローラン・ラフォリという名の自称ジャーナリストが、旧市街（メディナ）でフォウルズを見かけて激写したという写真の一枚だそうである。即席のパパラッチとなったその男は写真をネットメディアやゴシップ雑誌に売り込もうとしていたが、そうなるまえにヴァン・ワイクが手に入れたということだ。

興味が湧き、わたしはスマートフォンで写真をじっくりと見てみた。場所には見覚えがあった。というのも休暇でモロッコを訪れた際にわたしも行ったことがあるからだ。そこは鍛冶屋と金物商が集まる〝鍛冶屋の市場(スーク)〟と呼ばれる場所だった。狭い道が入り組んだ迷路のなかに小さな店や露天商が密集していて、そこで道具や溶接器具を手にした職人たちが鉄板などを叩いたり溶かしたりしてランプ、カンテラ、衝立のほか、鉄製の家具を作っていた。

火花が飛ぶなか、はっきりと三人の姿、ネイサン・フォウルズと例のマティルド、そしてベビーカーに座った一歳くらいの子供が写っていた。

写真のマティルドは、ジャカード編みの丈の短いワンピースに〈パーフェクト〉のライダースジャケット、ヒール付きのサンダルという装いだった。片手をフォウルズの肩に置いている。彼女の顔からは、何かしら繊細で、とても優しそうでありながら太陽のように力強いエネルギーが放たれていた。いちばんまえに立つフォウルズは、空色の麻のシャツにジーンズ、フライトジャケットという格好だった。日焼けした顔に澄んだ目の色、いきいきとした表情は今も変わらない。サングラスを額の上にのせている。写真を撮られているのに気づいたのだろう、その目はこう言っているように見えた、「とっと失せろ、おまえみたいなくそったれに邪魔されてたまるか！」と。彼は両手でベビーカーのグリップを握っていたが、そこに座る子供の顔を見て驚いた。わたしの幼いころにそっくりだったのだ。金髪にすきっ歯、カラーフレームの丸メガネをかけていた。プライバシーの侵害だとは分かっているが、この写真がある何かを捉えていることは否定できない。それは相互の信頼、暗黙の了解に基づくやすらぎの一瞬、つまり完璧な均衡で保たれたひとつの人生である。

★

〈南十字星〉に夜が訪れた。わたしはふいに闇のなかでひどい孤独感に襲われ少し寂しくなった。執筆を続けるために明かりを点けようと立ちあがる。

テーブルに戻り、もう一度あの写真を見た。わたしはネイサン・フォウルズと会ったことはないけれど、彼の作品を読んで好きになり、また彼の家に住んでいることもあって、よく知っているような気がする。写真の光のすべてが赤ん坊に、その輝くような笑い声に吸収されていくように感じた。そして突然、フォウルズを救ったのは本でも執筆でもなかったのだとわたしは確信した。男の子の目のなかで輝くきらめきに、作家はしがみついたのだ。冷静さを取りもどし、人生に新たな意味を見いだすために。

わたしはウイスキーの入ったグラスを掲げ、彼と乾杯する。
彼が幸せでいると知って安心した。

記述内容の真偽について

インスピレーションはどこから来るのですか？

これはわたしが読者あるいは書店、ジャーナリストの方々と会うと、かならずどこかの時点で聞かれる質問です。でも答えは、だれもが思っているほど簡単ではありません。本書『作家の秘められた人生』は、書く行為（エクリチュール）を生みだす不思議なプロセスを描いたことで、可能な回答のひとつの形態になると思います。つまり、あらゆるものが潜在的にインスピレーションの源泉およびフィクションの素材となりえますが、わたしたちが見て経験し、知ったことがそのまま小説のなかに現れることはないのです。不思議な夢のなかのように、現実の各細部は変形することも、また生まれつつある物語の基本要素になることだってあるのです。するとその細部は小説的になる。真実であることに変わりはないが、より小説の現実に即すようになるのです。

たとえば、保存されていた写真のおかげでマティルドが殺人犯の正体を暴いたと思った例のカメラですが、これはある実際の出来事から着想を得ています。台湾の海岸でみつかった〈キヤノン・パワーショット〉が、実際にハワイから六年をかけて流れ着いたのです。そのカメラには休暇中の写真しか入っていませんでした。しかし小説のカメラはもっと危険性を秘めています……。

もうひとつの例を挙げると、本書第二部のタイトル〈金色の髪の天使〉は、ウラジーミル・ナボコフが、愛妻ヴェラに書き送った数えきれないほどの手紙のなかの一通で彼女に愛情をこめてつけたあだ名でした。それらの書簡の美しさと、アルベール・カミュとマリア・カザレスが交わした感動的な手紙を思い浮かべながら、わたしは〝S〟とネイサン・フォウルズの手紙のやりとりの話を書きました。

ボーモン島について言うと、これは架空の島であり、一部はカリフォルニアの驚くべき町アサートンから、また一部はたいへん魅力的なポルクロル島、そしてわたしが旅をしたイドラ島、コルシカ島、あるいはスカイ島からインスピレーションを得ました。ボーモン島にあるカフェなどの変わった店名（フルール・デュ・マルト、ブレッド・ピット……）は、取材等で出かけた先々で見かけたものを参考にしました。

書店主グレゴワール・オディベールの抱えている幻滅と読書一般についての悲観主義は、フィリップ・ロスに負うところが多いです。

最後に、本書執筆中わたしの道連れとなって楽しませてくれたネイサン・フォウルズという人物像を形づくる要素、たとえば彼にとって不可欠な孤独を始めとして、執筆の断念、そしてメディアを避けたりぶっきらぼうな態度をとったりすることなどについては、あるときはミラン・クンデラから、またあるときはサリンジャーから、そしてまたしてもフィリップ・ロスから、あるいはエレナ・フェッランテからヒントを得ています。今やわたしは、フォウルズが、エピローグに登場する架空のギヨーム・ミュッソと同様に、独立した人物としてちゃんと存在しているような気がします。ですから、この世界のどこかで、彼がふたたび人生に興味を持つことができたと知って嬉しく思います。

解説

杉江松恋

壮大な時の流れを味方につけて読者を翻弄する達人。

端的に表現すれば、ギヨーム・ミュッソはそんな作家だ。

すでに集英社文庫に収録された『ブルックリンの少女』（二〇一六年）の訳者あとがき、『パリのアパルトマン』（二〇一七年）の川出正樹氏解説でミュッソの来歴や作風については詳しく紹介されている。ゆえにここでは詳細は省くが、二〇〇〇年代に小説家としてのデビューを果たしたミュッソは、二〇一〇年代に入ってから規模の大きな犯罪劇を描く、スリラー的な作風へと大きく舵を切った。訳者の吉田恒雄氏は、実弟ヴァランタン・ミュッソが警察小説作家としてデビューしたことが影響しているのではないかという説を呈示している。もちろんそれも無視できないだろうが、過去作がことごとくベストセラー・リストに入ったほどに成功した作家が方向転換を行った背景には、一言では説明できない理由があると思われる。

ミュッソの作品では、現在が過去によって否定される瞬間が訪れることが多い。目の前に展開している世界の自明性が突如怪しまれるようになり、厳然として存在する過去の事実によってそれらが上書きされていくのである。冒頭には不可解な状況が提示され、そのために世界は緊張する。『ブルックリンの少女』では、小説家ラファエル・バルテレミの婚約者、アンナ・ベッケルが理由も言わずに彼の前から突然姿を消して行方不明になることから話が始まる。謎を解く鍵はアンナの過去以外にはなく、ラファエルは彼女の人生を遡って調べることになる。『パリのアパルトマン』でアンナ・ベッケルに相当するのは、急死した画家ショーン・ローレンツだ。ショーンの人生についての調査は、彼が遺した作品を解釈することとほぼ同義である。創作者は自分自身を作品の中に盛り込もうとするからだ。

アンナ・ベッケルやショーン・ローレンツの人生を調べようとする試みは、彼らが送ってきた時間を一方向に遡れば完了するようなものではない。最初は見えなかったところに横穴があって思いもよらない人物とつながっていたり、意外な場所で彼らが時を過ごしていたことが判明したり、と知れば知るほど未知の領域は広がっていくからだ。調査者は、地理的にも長い旅を強いられることになる。ミュッソは高校卒業後に渡米してニューヨークで暮らしていた期間があるというが、舞台がフランスのみに絞られず、欧州全土や別の大陸を股に掛けて物語が展開していくのも特徴の一つである。進む先に何があるか、どこに行くことになるのかがまったくわからない。迷路のような構造がミュッソ作品に備わっているのは、前記のような過去へのベクトルゆえだろう。

『作家の秘められた人生』は、二〇一九年に発表されたミュッソの十七作目にあたる長篇である。『パリのアパルトマン』と本作の間に*La Jeune Fille et la nuit*（二〇一八年）という作品があり、同作から出版社がそれまでのXO Éditions から Calmann-Lévy に変更された。そのことによる影響なのかはわからないが、『作家の秘められた人生』には過去作にはない特徴がある。物語の舞台がほぼ動かず、ボーモンという島のみに限定されていることだ。おお、もしかするとミュッソ初の孤島ミステリーか。

物語の中心にいるのは、アメリカ・ニューヨーク生まれのネイサン・フォウルズという小説家だ。一九九三年に最初の作品『ローレライ・ストレンジ』を刊行し、二作目の『アメリカの小さな町』でピューリッツァー賞作家となったフォウルズは、一九九七年にフランスに移住し、第三作の『打ちのめされた者たち』を発表するが、その後まもなく断筆を宣言し、地中海に浮かぶボーモン島で隠遁生活に入る。島の人間とは気安く交流するが、自作について聞こうとする者が自宅近くに現れると、猟銃を持ちだして撃退する、というのが彼の評判だ。

冒頭でこのフォウルズの人となりが簡単に紹介された後に、挑戦者が登場する。〈ぼく〉こと小説家志望の青年、ラファエル・バタイユだ。『ブルックリンの少女』のラファエル・バルテレミとよく似た名前なのは、偶然か、それとも含意があるのかはわからない。出版社から持ち込み原稿の『梢たちの弱気』の出版を断られたラファエルは、ボーモン島にある唯一の書店で働くことを選択する。島にはフォウルズがいるからだ。なんとしても『梢たちの弱気』を作家に読ませて助言を貰おうと考えるラファエルは、無謀にもフォウルズの敷地に無断侵入し、噂通り猟銃の威嚇射撃で出迎えを受ける。

これとは別に二つの出来事が起きる。一つは、フォウルズの犬が行方不明になることだ。島の離れた場所でその犬は保護され、マティルド・モネーという女性が作家の邸に返還に来る。フォウルズは、マティルドには魂胆があるのではないか、自分に接近するために犬を誘拐したのではないか、と怪しむのだが、彼女の魅力に負けて家に招き入れてしまう。このマティルドが何を考えているのか、というのが最初に呈示される謎である。こちらはやや軽め。

もう一つの出来事は、島で女性の死体が発見されることである。ユーカリの樹に体が鑿で釘付けにされるという惨たらしいもので、明らかに他殺であった。それまで犯罪らしい犯罪が存在しなかったボーモン島の住人は疑心暗鬼の状態になってしまう。さらに当局の指示によって当面の間、船で行き来することが禁止され、島は閉ざされた空間となる。この殺人事件の犠牲者は何者で、フォウルズを巡る物語とどのような関係があるのか。これがもう一つの、重めの謎ということになる。

隙があれば読者を横道に誘い込み、迷路のような関係図の中を逍遥させようとしていた前二作と本作とでは、話の構造が明らかに異なる。物語の主舞台はボーモン島にほぼ限定されており、その中ですべての謎が解かれることになる——少なくとも、現在パートでは。そう、もちろん過去パートが存在するのである。ギヨーム・ミュッソの小説なのだから。

ミュッソの扉とでも言うべき世界の裂け目が今回出現するのは、第四章の終わりだ。ある登場人物が過去の出来事について語り始める。ここでついに地獄の釜が開く。前二作を読んだ人は、来たな、と思うはずだ。中からはどんな魑魅魍魎(ちみもうりょう)が出現して、ヴァルプルギスの夜を繰り広げてくれるものか。だが、過去の事実と現在進行中の出来事との関連は今一つ見えてこない。驚くようなことがいくつか起きた後、ある人物の言葉を借りれば「恐るべき機械装置(メカニズム)」が真の姿を現し、事件を終幕へと導くのである。始動が遅い分、いったん動き出してからの加速が凄まじく、あれよあれよという間に読者の見ている世界を変えていってしまう。

最後に残るのはごく単純な図式、これしかないだろうという人間関係なのだが、そこに向かって物語が収斂(しゅうれん)していく感覚が特に後半は強い。過去に翻訳されたミュッソ作品の中では、最も一般的なミステリーの概念に近いのが本作だ。ミュッソ未体験の方は、入門書として本作から読み始めるのもいいかもしれない。

ミュッソはしばしば巻末のメモで、作中の典拠や創作意図について言及する。本作にも「記述内容の真偽について」という文章が置かれており、小説がどのような経緯を辿って成立したかについて、この作家なりの考えが示されている。大意を述べれば、作家の体験や知見は何でも素材となりうるが、元のままそれが使われているわけではなく、小説内現実のありように即して変化するか、もしくは小説世界を下支えするための基本要素として組み込まれることになる、という内容だ。この考えを自ら実践するかのように、ミュッソは小説内で起きた出来事が、小説家によって素材に組み込まれる事例をいくつか書いている。たとえば「もう書かない作家」の第一章「作家に求められる第一の資質」は、「まばゆい空の下、風が帆をはたく」という文章から始まる。これは後に、ラファエルがボーモン島に来てから執筆を開始した小説「作家の秘められた人生」の書き出しになっていることが明かされるのだ。

ミステリーで作中作の趣向があることが明かされたら、読者はなんらかの仕掛けがあることを予測すると思う。作者がその叙述によって錯誤を招こうとしているのではないかと。本作でミュッソが狙っていることは少し違っていて、「記述内容の真偽について」では、小説を構成する部品は常に作家が現実をとりこむという行為によって生成されるという原理に改めて注意が促されている。すべてがエクリチュール、すなわち作家の「書く行為」によって生み出されたものなのだと言い換えてもいい。本作はそのエクリチュールについての小説でもあって、小説家志望者であるラファエルと書かなくなった小説家であるフォウルズの間では幾度か、書く行為についての会話が交わされる。それらには興味深い文言も含まれるが、ここにはいちいち記さない。作家についての小説が好きな人には絶対響く内容なので、実際に目を通してもらいたい。

重要なのは、そうした問答を通じて作者が、本作がエクリチュールに関する小説であり、作中に登場するものはすべて構成部品なのだ、と読者に念を押していることなのである。特権的な位置にあるものはなく、すべてが書かれたものとして同一平面上に置かれている。これがもしかすると、ミュッソという作家を理解するためには最も重要な原則なのかもしれない。すべてが等価で、何が起きてもおかしくない小説世界。ああ、だからミステリーという形式に傾倒したのかも。

大事なことを忘れていたので、慌てて補足する。勘のいい方はすでにお察しだと思うが、ネイサン・フォウルズは、幾人かの実在する作家をモデルとして組み立てられた登場人物である。前述の「記述内容の真偽について」に名前が挙げられているので各自ご確認いただきたいが、そのうちの一人であるJ・D・サリンジャーについては少しだけ書いておく。一九六五年、四十六歳のときに短篇「ハプワース16、1924年」を「ニューヨーカー」誌同年六月十九日号に発表してから、二〇一〇年に亡くなるまで沈黙し続けたこの作家が、フォウルズの造形に大きな影響を与えているのは確かである。

一九六五年以降のサリンジャーはほぼ隠者の暮らしを通したが、いくつか例外的にメディアにその暮らしぶりを書かれている。一回は本作でも紹介されているベティー・エップスの一件だ。この女性は、小説家志望者と称して作家に近づき、話した内容の録音を無断でインタビューとして大衆誌に掲載した。これに激怒したサリンジャーは、以降取材を完全に拒否したため、エップスのインタビューが生前最後のものになった。もう一人はジョイス・メイナードだ。一九七二年に十八歳で自叙伝的エッセイを発表した彼女にサリンジャーが手紙を出したことがきっかけで交流が始まり、一時は同棲関係にあった。その体験談を含む『ライ麦畑の迷路を抜けて』（一九九八年。東京創元社）には賛否両論があるが、隠遁生活中のサリンジャーを描いた数少ない資料にもなっている。

現実と小説内の要素が一対一対応するわけではない、と作者自ら釘を刺しているのだからそれに従おう。おそらくエップスとメイナードのイメージを融合させ、二人のキャラクターとして再分離させたのが、ラファエルとマティルドなのではないだろうか。このように、小説についての知識、作家のアフォリズムなどがパッチワークのように鏤められた作品でもある。小説が現在の形になるに至った長い歴史の流れをも取り入れ、味方につけてミュッソは書く。書くという行為に徹した作家の強かさを思い知らされた。

（すぎえ・まつこい　書評家）

LA VIE SECRÈTE DES ÉCRIVAINS by Guillaume Musso
Copyright © Calmann-Lévy, 2019
Japanese translation rights arranged with
Éditions Calmann-Lévy
through Japan UNI Agency, Inc., Tokyo

集英社文庫

作家の秘められた人生

2020年9月25日　第1刷　　　定価はカバーに表示してあります。

著　者　ギヨーム・ミュッソ
訳　者　吉田恒雄
編　集　株式会社 集英社クリエイティブ
東京都千代田区神田神保町2-23-1　〒101-0051
電話　03-3239-3811
発行者　徳永　真
発行所　株式会社 集英社
東京都千代田区一ツ橋2-5-10　〒101-8050
電話　【編集部】03-3230-6095
【読者係】03-3230-6080
【販売部】03-3230-6393（書店専用）
印　刷　図書印刷株式会社
製　本　図書印刷株式会社

フォーマットデザイン　アリヤマデザインストア　　マークデザイン　居山浩二

ISBN978-4-08-760767-3 C0197